dtv
premium

Rosa Montero

Im Herzen des Tartaros

Roman

Aus dem Spanischen von
Astrid Roth

Deutscher Taschenbuch Verlag

Von Rosa Montero
sind im Deutschen Taschenbuch Verlag erschienen:
Geliebte und Feinde (12896)
Ich werde dich behandeln wie eine Königin (12969)
Die Tochter des Kannibalen (20473)

Deutsche Erstausgabe
Januar 2003
Deutscher Taschenbuch Verlag GmbH & Co. KG,
München
www.dtv.de

Titel der spanischen Originalausgabe:
›El corazón del Tártaro‹
(Espasa Calpe S. A., Madrid 2001)

Umschlagkonzept: Balk & Brumshagen
Umschlagfoto: ›Hotel Lobby‹ von Renate Ponsold-Motherwell
(© Marion Grcic-Ziersch)
Satz: Fotosatz Reinhard Amann, Aichstetten
Gesetzt aus der Sabon Antiqua 10,5/13,5˙ (QuarkXPress)
Druck und Bindung: Kösel, Kempten
Gedruckt auf säurefreiem, chlorfrei gebleichtem Papier
Printed in Germany · ISBN 3-423-24328-7

Für meine Mutter,
die mich das Erzählen lehrte.

Für meinen Bruder,
der mir zeigte, daß es möglich ist,
Romane zu schreiben.

Und in Erinnerung an meinen Vater,
der mir die Liebe zum Lesen einpflanzte.

Das Kind ist des Mannes Vater.
William Wordsworth

Kein Sterblicher durchschreitet sein Leben unversehrt,
ohne dafür zu bezahlen.
Aischylos

Versuche mit allen anderen das
Gastmahl des Lebens zu genießen.
Epiktet

Das schlimmste ist, daß das Unheil sich nicht ankündigt. Weder jaulen die Hunde im Morgengrauen, um die Stunde unseres Todes zu verkünden, noch weiß man bei Tagesanbruch, ob einen das tägliche Einerlei erwartet oder eine Katastrophe. Das Unglück ist eine vierte Dimension, die sich wie ein Schatten an unser Leben heftet. Fast alle Menschen schaffen es, sich das Leben so einzurichten, daß sie vergessen, wie schwach und sterblich sie sind. Einige können sich jedoch nicht vor der Angst vor dem Abgrund schützen. Zarza gehörte zu letzteren. Immer schon wußte sie, daß sich das Unheil auf leisen und hinterlistigen Sohlen nähert.

An jenem Tag erwachte Zarza noch bevor der Wecker klingelte und merkte gleich, daß etwas auf ihre Stimmung drückte. Es war ein Unbehagen, das sie gut kannte, das sie öfters beschlich, vor allem morgens, wenn sie, noch im Halbschlaf, die Vorhölle ihrer Träume verließ. Man braucht ein gewisses Maß an Vertrauen in die Welt und sich selbst, um davon auszugehen, daß die graue Wirklichkeit des Alltags auf der anderen Seite der zusammengedrückten Lider noch existiert und sanftmütig darauf wartet, daß man sich regt. An jenem Tag vertraute Zarza dem Leben jedoch nicht besonders und hielt deshalb die Augen geschlossen, voller Angst, umherzublicken und irgend etwas wahrzunehmen. Noch ganz schlaftrunken lag sie auf dem Rücken im Bett; sie hatte ihre Tagespersönlichkeit noch nicht vollständig zusammengesetzt, und die Welt schien sich wabbelig wie Gelatine um sie zu legen. Sie war eine Schiffbrüchige auf einem Floß, vielleicht mitten in einem Meer voller Haie. Starrköpfig beschloß sie, die Augen erst zu öffnen, wenn die Wirklichkeit ihre festen Konturen wiedererlangt hatte. Ins Leben zurückzukehren war manchmal eine schwierige Reise.

Aus der dunklen Außenwelt drang jetzt ein tiefes Stöhnen zu ihr, und Zarza kniff die Lider noch ein wenig mehr zusammen. Ja, tatsächlich, da drang ein Ächzen zu ihr, fast wie von einem Tier, ein heiseres Jammern. Jetzt hörte man es wieder. Aufgeregtes Flüstern, weinerliche Monologe, dann ein Schwall von Seufzern. Plötzlich knarrendes Holz, wie bei einem vom Wind gepeitschten Segelschiff. Die Stimme eines Mannes. Schreie. Dann nachhallendes Klatschen von Fleisch gegen Fleisch und noch mehr rhythmisches Knarren. Wenige Meter von Zarzas geschlossenen Augen, von Zarzas Bett, von Zarzas Schlafzimmer schlief wohl gerade ein Pärchen miteinander. Möglicherweise zeugten sie in diesem Augenblick sogar ein Kind. Um diese Uhrzeit! dachte Zarza ungläubig und voll Mißfallen. Auf der anderen Seite der Wand explodierte das Leben, während sie, Zarza, nur schwerfällig aus ihrem Gelatine-Meer auftauchte. Das Getöse der Körper ging weiter; wie übertrieben, was für ein kläglicher Radau. Auf diesen nachbarlichen Lärm reduziert, im gegenseitigen Aneinanderreiben und Stöhnen aufgelöst, erschien der sexuelle Akt lächerlich und absurd. Eine Art Muskelkrampf, eine gymnastische Strapaze. Das durchdringende Scheppern des Weckers fiel mit dem finalen Lustschrei des Paares zusammen. Schlecht gelaunt öffnete Zarza langsam zuerst ein Auge, dann das andere.

Das erste, was sie sah, war der Wecker. Schwarz, quadratisch, aus Plastik, nichtssagend. Er rasselte noch immer, gezähmt und unbedeutend. 8.02 Uhr. Durch diesen harmlosen Anblick ermutigt, ließ Zarza den Blick durch das Zimmer schweifen. Im Halbdunkel des winterlichen Morgens nahm sie den häßlichen braunen Fensterrahmen aus Aluminium wahr, die schlaffen, angegrauten Gardinen, den Einbauschrank, einen Stuhl, das Nachttischchen mit der Lampe darauf, ein paar einfache Regale. Alles genauso unpersönlich wie ein Hotelzimmer. Oder wie das Schlafzimmer eines kleinen möblierten Apartments, das es ja auch war. Zarza ließ vor ihren Augen das andere Zimmer entstehen: das dunkelgrüne Sofa, der runde Tisch aus billigem Holz, drei Stühle, die zu dem im Schlafzimmer paßten, eine für die Wohnung zu große Anrichte. In der ganzen Wohnung hing weder ein Bild noch ein Poster, ja nicht einmal ein Kalender. Und ebensowenig standen Blumenvasen oder Aschenbecher herum, kein einziger dekorativer Gegenstand. Es gab keine persönlicheren Spuren als den Laptop auf dem Wohnzimmertisch und ein paar herumliegende Bücher. Natürlich könnte sie gerade erst eingezogen sein, doch offen gestanden wohnte sie schon zwei Jahre in dem Apartment. Zarza gefiel es, daß ihre Welt so war, vage und auf das Elementare reduziert, und vor allem ohne Gedächtnis, weil es Erinnerungen gibt, die einen wie die Kugel eines Selbstmörders treffen können.

Sie runzelte die Stirn, nahm resigniert ihren ganzen Mut zusammen und knipste die Nachttischlampe an. Sie mochte es gar nicht, an dunklen Wintermorgen Licht machen zu müssen: Der Schein der unvermittelt hellen Glühbirnen verlieh den Dingen ein unheimliches Aussehen. Von neuem betrachtete sie die nun angestrahlten staubigen Gardinen, das Aluminiumfenster, den billigen Sperrholzschrank. Ja, zweifellos, ihre Wohnung war ihre Wohnung. Es bestand keinerlei Zweifel, daß Zarza aus der Nachtwelt zurückgekehrt war. Ganz allmählich nahm sie in konzentrischen Kreisen die genauen Details ihrer Wirklichkeit wahr. Es war ein Werktag, sie arbeitete, sie mußte aufstehen. Es war Winter; vielleicht Weihnachten? Nein, es war der 7. Januar, der Tag unmittelbar nach Dreikönige. Das Ende der Weihnachtsfeiertage. Es war Dienstag; oder war es Mittwoch? Nein, es war ohne Zweifel Dienstag, noch drei Tage bis zum Wochenende. Es war kurz nach acht Uhr morgens, sie fing um neun an zu arbeiten, ihre Firma lag am Stadtrand, sie mußte aufstehen. Sie war Lektorin in einem großen Verlag, sie war 36 Jahre alt und hieß Sofía Zarzamala. Zarza. Das war alles. Keinen Schritt weiter. Kein unnötiger Gedanke. Sie mußte aufstehen.

Sie stellte den Wecker ab, der noch immer auf dem Nachttisch schrillte, und setzte sich im Bett auf. Die Luft im Schlafzimmer schmiegte sich locker um ihren Körper wie eine Jacke, die nicht ganz passen will. Zur gleichen Stunde, im gleichen Moment standen Tausende von Singles auf, vom Panzer ihrer leeren Wohnungen umgeben. Zarza spürte das ganze Gewicht der restlichen Welt auf ihren Schultern lasten. Wenn sie plötzlich einen Herzinfarkt bekäme und stürbe, würde es mindestens ein paar Tage dauern, bis man sie entdeckte. Doch Zarza blieb jetzt keine Zeit, zu sterben, sie mußte aufstehen.

Sie schlurfte durch das Schlafzimmer ins fensterlose Bad. Dort knipste sie die Glühbirnenreihe an, die den Spiegel umrahmte, und sah sich an. Ständig dieselbe Blässe, derselbe bläuliche Schatten, der die Augen umgab. Aber... vielleicht lag es ja nur an dem künstlichen Licht, vielleicht hatte sie bei strahlendem Sonnenschein nicht dieses abgespannte und ungesunde Aussehen. Man sagte, sie sei eine schöne Frau, zumindest behaupteten das noch immer einige, und vor langer Zeit hatte sie es sogar geglaubt, in einem anderen Leben. Jetzt fand sie sich nur noch seltsam mit diesem unordentlichen roten Wuschelhaar, das von grauen Strähnen durchzogen war und einem erlöschenden Feuer ähnelte, mit der milchigen Haut, den tiefen Augenringen und diesem düsteren Blick, in dem sie sich nicht wiederzuerkennen vermochte. Ein Tagesvampir. Schon seit einiger Zeit konnte sie sich nicht mit ihrem Äußeren aussöhnen. Sie fühlte sich nicht ganz real. Aus diesem Grund ließ sie auch keine Fotos von sich machen und vermied es, wenn möglich, sich in den Schaufenstern und Glastüren zu betrachten. Nur morgens zeigte sie sich ihrem Abbild. Morgen für Morgen, in ihrem Bad. Dann bot sie dem Spiegel die Stirn, mit schweren Lidern, den Mund noch voller Nachtsalpeter, und versuchte, sich an ihr jetziges Gesicht zu gewöhnen. Doch nein, sie kam nicht weiter. Sie blieb sich eine Fremde. Auch Vampire konnten schließlich ihr eigenes Bild nicht betrachten.

Um 8.14 Uhr stellte sich Zarza unter die Dusche. In der Wiederholung der kleinen alltäglichen Handlungen lag etwas Besänftigendes. Manchmal machte es ihr Spaß, sich vorzustellen, wie oft sie in ihrem Leben auf die gleiche Weise den Hahn für das heiße Wasser aufdrehte; wie oft sie sich noch die Armbanduhr abnehmen und dann wieder anziehen würde. Wie oft sie die Zahnpasta auf die Zahnbürste drücken und sich das Deo unter die Achseln reiben und die Milch für den Kaffee wärmen würde. All diese Nichtigkeiten, eine nach der anderen, setzten sich letztlich zu so etwas wie einem Leben zusammen. Sie waren wie das exogene Skelett der Existenz, Routinehandlungen, um weiterzuleben, um sich durchzuschlagen, um zu atmen, ohne dabei denken zu müssen. Und so würden die Tage vergehen, glücklicherweise ohne Sinn, zart an den Flanken der Zeit vorbeigleitend. Zarza hätte es nichts ausgemacht, wenn sich der Rest ihrer Lebensgeschichte auf eine Handvoll Automatismen reduzierte, auf eine Reihe von Routinehandlungen, die in irgendeinem verstaubten Wälzer von einem langweiligen Bürokraten vermerkt worden wären: »Als Sofía Zarzamala starb, hatte sie sich 41.712 mal die Zähne geputzt, zu 14.239 Gelegenheiten den Büstenhalter zugemacht, sich an 2053 Morgen die Zehennägel geschnitten ...«

Als sie sich an jenem Morgen jedoch um viertel nach acht einzuseifen begann, passierte etwas Unerwartetes, etwas, das die träge Ordnung der Dinge zerschlug: Das Telefon läutete. In Zarzas Wohnung klingelte es nur selten und erst recht nicht um eine solche Uhrzeit. Also drehte sie den Wasserhahn zu, stieg aus der Dusche, rutschte dabei aus, ohne sich jedoch weh zu tun, griff im Vorbeilaufen geschwind nach einem Handtuch und hinterließ auf dem Parkett bis zu dem Tischchen mit dem Telefon eine eilige Wasserspur.

»Ja?«

»Ich habe dich gefunden.«

Mit einer ruckartigen Bewegung legte Zarza auf. Sie nahm sich nicht einmal die Zeit, um sich abzutrocknen. Vom Boden sammelte sie die Unterwäsche auf, der sie sich in der Nacht zuvor entledigt hatte, und zog sie wieder an; dann griff sie nach den Stiefeln vom Vortag, schlüpfte in dieselbe Cordhose, denselben großen grauen Pullover, dieselbe Lederjacke mit den Aufschlägen. Sie riß die Schublade des Telefontischchens auf, nahm ihr ganzes Geld heraus und stopfte es in die Handtasche. Das Telefon klingelte erneut, doch sie hob nicht ab. Sie wußte, wenn sie es täte, würde sie wieder dieselbe Männerstimme hören, vielleicht sogar denselben Satz. Ich habe dich gefunden. Der Anruf hatte eine unsichtbare Stoppuhr gestartet, das unerbittliche Ticktack eines Countdowns. Zarza war in ihren Bewegungen so schnell, daß sie kaum drei Minuten nach dem Anruf fertig war. Um 8.19 Uhr zog sie die Tür ihres Apartments hinter sich zu, ohne zu wissen, ob sie jemals dorthin zurückkehren konnte, während hinter ihr weiterhin herausfordernd das Telefon klingelte, triumphierender Eroberer ihrer leeren Wohnung.

Als Zarza wieder Bezug zur Wirklichkeit fand und nicht mehr nur darauf konzentriert war zu fliehen, befand sie sich mitten auf dem Autobahnring um die Stadt und fuhr die gleiche Strecke, die sie jeden Tag zur Arbeit zurücklegte. In fliegender Hast war sie die Treppe hinuntergestürzt, hatte in drei Riesenschritten ihr Auto erreicht und die halbe Stadt durchquert, indem sie sich unter Protest der anderen Autofahrer durch den dichten Verkehr geschlängelt hatte. Aber nicht einmal nach dieser ganzen Raserei hatte sie das Gefühl einer bevorstehenden Katastrophe loswerden können, das der Anruf in ihr hervorgerufen hatte. Da fuhr sie nun, noch immer voller Panik, mitten auf der Autobahn, wie jeden Morgen. Doch heute war kein normaler Tag. Für Zarza gab es keine normalen Tage mehr. Sie hatte der Normalität jedoch stets mißtraut; immer schon hatte sie befürchtet, daß der Alltag eine viel zu zerbrechliche, zu zarte Konstruktion war, die man genauso leicht zerstören konnte wie das luftige Netz einer Spinne. Jahrelang hatte Zarza versucht, dieses zeltähnliche Gebilde mit ihren Routinehandlungen abzustützen, aber jetzt war das Gestänge zusammengebrochen, und es war notwendig geworden, daß sie etwas unternahm. Fürs erste konnte sie jedenfalls nicht in den Verlag. Wenn *er* ihr Zuhause kannte, würde er auch wissen, wo sie arbeitete.

Sie riß das Steuer herum und fuhr an der nächsten Ausfahrt ab. Sie mußte ihre Gedanken sortieren. Sie mußte darüber nachdenken, was zu tun war.

Ein paar Straßen weiter hielt sie an. Der Zufall wollte es, daß sie an einem Café vorbeigekommen war, das sie früher häufiger besucht hatte. 8.50 Uhr. Das fast leere Lokal hatte gerade aufgemacht. Es war noch immer mit ein paar ausgebleichten Girlanden von Weihnachten dekoriert. Sie setzte sich in den hinteren Teil, direkt gegenüber dem runden Tischchen, das sie vor vielen Jahren immer belegt hatten. Es war ebenfalls noch frei, aber sie wagte nicht, sich daran niederzulassen. Etwas hielt sie davon ab, eine kleine und unangenehme Erinnerung, die ihr einen Stich in die Magengrube versetzte. Sie setzte sich also schräg gegenüber an einen der schäbigen Tische aus Holz und Marmor, direkt ans Fenster, und eine ganze Zeit lang konzentrierte sie sich nur auf ihre Atmung.

»Was darf es sein?«

»Einen Tee, bitte.«

Atmen und weitermachen. Zarza wußte, daß man sich in den schlimmsten Momenten an den einfachsten Dingen festhalten mußte. Atmen und weitermachen. Man mußte alles Überflüssige ausschalten und standhalten, sich wie ein Tier an das Leben klammern, wie eine Molluske am Felsen kleben und dem Ansturm der Wellen trotzen. Sie hatte überdies immer gewußt, daß es so kommen würde. Sie hätte darauf vorbereitet sein müssen. Aber sie war es nicht. Zarza mißtraute sich selbst und der Art und Weise, wie sie mit Problemen umging. *Er* hatte immer behauptet, Jahre war das schon her, daß sie stets ausweichend reagierte. Vielleicht hatte er recht gehabt; vielleicht wußte sie wirklich nicht, wie man sich eingehend mit den Dingen auseinandersetzte. Nicht einmal mit der Erinnerung daran. Manchmal dachte sie, daß sie Historikerin geworden war, um sich fremder Erinnerungen zu bemächtigen und vor den eigenen zu fliehen. Um etwas zu haben, auf das sie zurückblicken konnte, ohne daß es weh tat. Der Historiker als Parasit der Vergangenheit anderer.

Vom Fenster des Cafés aus konnte man die Türme der Universität sehen, wo Zarza studiert hatte; hier hatten sie sich nach den Vorlesungen immer getroffen. Sie hatte Mediävistik als Schwerpunkt gewählt, *er* hatte sich auf Neuere und Neueste Geschichte spezialisiert. Aber das war lange her, in einem anderen Leben. Bevor die Königin aufgetaucht war. Zarza spürte wieder, wie sich ihr der Magen umdrehte: Vielleicht war das ja der halbverdaute Kadaver ihrer Unschuld, sagte sie sich mit höhnischer Pathetik. Auch wenn sie niemals wirklich unschuldig gewesen war. Die Kindheit ist der Ort, an dem du den Rest deines Lebens verbringst, dachte Zarza. Kinder, die geschlagen wurden, prügeln als Erwachsene wieder Kinder; Kinder von Alkoholikern fangen an zu trinken; Kinder von Selbstmördern bringen sich um; Kinder von Verrückten drehen durch.

Atmen und weitermachen! Sie mußte sich zusammenreißen und all ihre Kräfte mobilisieren. Sie mußte sich wappnen. Wie Krieger vor der Schlacht. Sie sollte zum Beispiel etwas essen, schließlich wußte sie nicht, wann sie wieder die Gelegenheit dazu hätte. Sie schob die Tasse Tee beiseite, die sie kaum angerührt hatte, und rief den Kellner.

»Ein Brötchen mit Tortilla und einen Kaffee, bitte.«

Das hatte sie immer mit *ihm* zusammen bestellt, wenn sie hierhergekommen waren. Tortilla mit getoastetem Brot. Damals hatten sie das Essen noch genossen, und es hatte noch sonnendurchflutete Alleen gegeben und den Geruch nach feuchter Erde während eines Gewitters und die wohlige Trägheit eines Sonntagmorgens. Sie war niemals unschuldig gewesen, aber jenes frühere Leben war beinahe so etwas wie ein Leben gewesen.

Sie konnte versuchen, ihm zu entwischen. Oder genau das Gegenteil davon tun: ihm gegenübertreten, von Angesicht zu Angesicht. Das waren eigentlich ihre einzigen beiden Möglichkeiten. Zu fliehen oder ihn umzubringen. Zarza lächelte bitter, weil ihr beide Alternativen absurd erschienen. Aufs neue sah sie keinen Ausweg. Obwohl, wer weiß?, vielleicht war er *ja* letzten Endes gar nicht gekommen, um sich zu rächen. Vielleicht hatte er ihr ja auch verziehen.

An den Tisch gegenüber hatte sich soeben eine Familie gesetzt – an *ihren* alten Tisch –, ohne zu merken, daß er mit Erinnerungen besudelt war. Vater und Mutter waren im Alter von Zarza; dazu ein Mädchen von etwa zehn Jahren, die zweite war vielleicht sechs, ein Junge noch im Babyalter. Der Vater hatte das größere Mädchen an seine Seite gesetzt, eine kleine Prinzessin mit langen, gelockten Haaren; die Mutter ließ sich neben der jüngeren Tochter nieder, stand aber gleich darauf wieder auf, um das Baby aus dem Kinderwagen zu nehmen und in den Armen zu wiegen. Die Kleine blieb allein am Kopfende des Tisches sitzen, allein und von Einsamkeit verzehrt, ein einziger brauner Lockenkopf. Sie war eher häßlich. Niemand schien sich im geringsten um sie zu kümmern, wie das manchmal bei mittleren Kindern der Fall ist; es war jedoch der Papa, vor allem der Papa, auf den sich ihr ganzer Kummer konzentrierte, dieser Papa, der nur Augen und Ohren für seine kleine Prinzessin hatte. Die kleine Prinzessin und der Papa flüsterten miteinander, verliebt und unendlich fern, Gesicht an Gesicht, fast Lippen an Lippen, und die Hand des Papas streichelte die goldene Mähne der Schönen, ihre Schultern, die Taille dieser schlanken Nymphe mit den sich ausbildenden, vorpubertären Hüften. Die häßliche Kleine starrte die beiden mit großen, bettelnden Augen an, doch sie nahmen ihren Blick noch nicht einmal wahr. Da schüttete sie ihr Glas Milch um, was ihr allerdings nur einen kurzen Rüffel des Vaters einbrachte, nicht einmal eine halbe Minute Aufmerksamkeit. Und dann verschlang der Papa seine kleine Prinzessin wieder mit seinem Blick, während die Mama, blind und taub, ganz damit beschäftigt war, das Baby in den Schlaf zu wiegen, und das mittlere Kind, die Vergessene, über dem Kopf ein schmieriges Schild mit der Aufschrift »Frohe Weihnachten«, sich in grenzenloser Verzweiflung nach der Aufmerksamkeit und Zärtlichkeit ihres Vaters sehnte. So sehr, daß es weh tat. So sehr, daß sie sich wünschte – Zarza wußte das –, daß der Papa eines Nachts auch zu *ihr* kommen würde; daß er sie liebkoste, selbst wenn es auf jene seltsame Art und Weise wäre, mit seinen kitzelnden und aufdringlichen Fingern; selbst wenn sie dabei still sein müßte und es stockdunkel wäre; wenn der Papa sie doch nur berühren und liebhaben würde, damit sie diesen Schmerz stillen konnte.

Atmen und weitermachen. Plötzlich hatte Zarza das Gefühl, keine Luft mehr zu bekommen. Sie mußte raus aus dem Café, die kalte Januarluft auf den Wangen spüren, ein paar Schritte gehen. Sie schluckte den letzten Bissen ihres belegten Brötchens hinunter, bezahlte, damit es schneller ging, an der Theke, und trat auf die Straße. 9.35 Uhr. Ihr Entschluß stand fest: Sie würde fliehen. Das war das beste, was sie tun konnte. Abhauen, wenigstens für ein paar Tage aus der Stadt verschwinden. Wenn sie erst einmal weit weg und in Sicherheit wäre, könnte sie in Ruhe nachdenken und eine endgültige Lösung suchen. Sie bedauerte nur, ihren Job dabei aufs Spiel zu setzen. Zarza gefiel ihre Arbeit. Eines der wenigen Dinge in ihrem Leben, die ihr gefielen. Sie holte das Handy, das ihr der Verlag zur Verfügung gestellt hatte, aus der Tasche und rief im Büro an. Ihre Kollegin Lola, die zweite Lektorin für historische Werke, hob ab.

»Lola, ich kann heute nicht kommen.«

»Was ist los?«

»Familiengeschichten. Ein Notfall. Mein Bruder, du weißt schon ...«, improvisierte sie.

»Etwas Ernstes?«

»Mhm, weiß nicht, das Übliche wahrscheinlich. Scheint, daß er irgendwie krank geworden ist und ich gebraucht werde. Hör mal, falls jemand für mich anruft ... Also, falls jemand für mich anruft, sag, daß ich verreist sei, jedenfalls nicht in der Stadt.«

»Wie bitte?«

»Wenn jemand am Telefon nach mir verlangt, sag, daß ich auf Reisen sei, nicht in der Stadt, oder noch besser, ich sei ins Ausland gereist und du wüßtest nicht, wann ich zurückkäme.«

»Wieso das?«

»Das tut nichts zur Sache, das geht nur mich was an. Wahrscheinlich werde ich ein paar Tage Urlaub nehmen müssen, sag das bitte Lucía.«

»Die wird verdammt wütend werden. Du bist mit deinem Buchprojekt ziemlich im Rückstand.«

»Egal. Sag ihr das.«

»Nein, am Ende macht sie mich dann noch dafür runter ...«, hörte sie Lola murren, während sie auflegte. Sie hatten sich noch nie gut verstanden. Aber auch nicht schlecht. Zarza konnte, wollte keine Freunde haben.

Aber sie hatte Miguel. Zarza verspürte ganz plötzlich das dringende Bedürfnis, ihn zu sehen. Sie wollte nicht weg, ohne sich von ihm verabschiedet zu haben. Sie konnte nicht einfach so verschwinden. 9.40 Uhr. Die Besuchszeit fing um zehn Uhr an. Sie stieg ins Auto und fuhr durch den immer noch lebhaften Verkehr in den Norden der Stadt. Der Himmel war trübe und bleiern. Durch die Fenster der anderen Autos zeichneten sich Gesichter mit angespannten und düsteren Mienen ab, vom Feiern verkaterte Gesichter, die von diesem Zuviel an Realität erdrückt wurden, das sich an solch kahlen Wintermorgen auf alle Dinge stürzt.

Niemand hatte in dem kleinen Garten des Heims das Laub des vergangenen Herbsts zusammengefegt, und jetzt war der organische Teppich nach den letzten Regenfällen voll Schlamm und halb verfault. Auch wurden die Hecken nicht oft genug beschnitten und kein neuer Rasen gesät. Wenn man den Garten zum Maßstab nahm, wirkte das Heim etwas vernachlässigt. Die Eingangstür des Betonklotzes, der in den dreißiger Jahren gebaut worden war, erreichte man über eine breite Freitreppe mit schmiedeeisernem Geländer, das den einzigen Schmuck der Fassade bildete. Zarza klingelte und wartete ab, bis man ihr öffnete, nachdem man sie durch die gardinenlosen und vergitterten Fenster beäugt hatte.

»Hallo. Ich wollte Miguel besuchen.«

»Guten Tag, Frau Zarzamala. Er ist im Spielzimmer.«

Das, was die Krankenschwester hochtrabend als Spielzimmer bezeichnete, war ein mittelgroßer Raum mit Korkboden und weißen Wänden. Dort gab es ein wackliges Sofa, zwei Tische mit jeweils vier bis fünf Stühlen, ein schlauchförmiges Regal mit ein paar Büchern und Spielen: Puzzle, Mensch-ärgere-dich-nicht, Bauklötze. In einer Ecke stand eine kleine elektronische Orgel mit dem entsprechenden Hocker davor. Wenigstens war es warm, sogar ziemlich warm, fast wie in einer Sauna. Zarza zog sich die Jacke aus und ging auf ihren Bruder zu.

»Hallo.«

Sie faßte ihn nicht an. Miguel haßte es, berührt zu werden.

Der Junge sah sie mit offensichtlicher Gleichgültigkeit an. Er saß an einem der beiden Tische, neben ihm ein Kasten mit Holzbauklötzen, die, so sorgfältig wie sie darin angeordnet waren, noch nie benutzt worden zu sein schienen. Die Krankenschwester hatte Miguel bestimmt vor einer halben Stunde auf diesen Stuhl verfrachtet und sich seitdem nicht weiter um ihn gekümmert.

»Willst du mit den Bauklötzen spielen?«

Er schüttelte den Kopf und zeigte ihr, was er in der Hand hielt. Es war ein Plastikwürfel, der aus lauter kleinen Quadraten in sechs verschiedenen Farben zusammengesetzt war.

»Ach, dein Zauberwürfel ... Sehr schön, toll. Der ist wirklich interessant und macht Spaß ...«

Welch Ironie: Ausgerechnet *er* hatte ihr vor vielen Jahren den Zauberwürfel geschenkt, als hämische intellektuelle Herausforderung. Es war ein teuflisches Geduldsspiel, ein perverser Zeitvertreib, den Ernö Rubik, ein ungarischer Architekt, 1973 erfunden hatte: Die kleinen Quadrate waren eigentlich Würfel, die um sich selbst rotierten, und es ging darum, diese so oft zu drehen, bis jede Seite des Polyeders zu guter Letzt nur noch aus einer einzigen Farbe bestand: aus Rot, aus Grün, aus Weiß ... Zarza hatte es viele Monate lang probiert und niemals geschafft. Verständlich, daß sie daran gescheitert war, da ein Zauberwürfel 43.252.003.274.469.856.000 unterschiedliche Möglichkeiten bietet, und nur eine davon zur Lösung führt, zu der exakten und harmonischen Anordnung einer Farbe auf jeder Seite. Zu versuchen, das Zauberding durch Zufall in die richtige Position zu bringen, würde deshalb gar nichts bringen: Wenn jemand zehn Drehungen pro Sekunde machen könnte, würde er ohne Verschnaufpausen 136.000 Jahre brauchen, um alle möglichen Kombinationen durchzuspielen. Zarza hatte diese Tortur schließlich satt gehabt und den Würfel vergessen, der danach eine Zeitlang in der Wohnung umherflog. Doch eines Tag fand Miguel ihn und war auf Anhieb davon begeistert. Seitdem war er sein Lieblingsspielzeug; ständig drehte er mit seinen zerbrechlich wirkenden und ein wenig ungeschickten Händen an den kleinen farbigen Würfeln. Wie gerade eben.

»Nimm. Ich laß ihn dir ein bißchen«, sagte Miguel plötzlich und streckte ihr den Zauberwürfel entgegen.

Zarza wußte, daß dies ein beachtlicher Beweis seiner Zuneigung war, weshalb sie auch danach griff.

»Danke, Miguel. Freut mich, daß du ihn mir leihst. Das ist sehr nett von dir.«

Der Junge ließ das Kinn auf die Brust sinken und lächelte. Ein kleines Lächeln, nur ein Anflug davon. Im Frühjahr wurde er zweiunddreißig, doch er sah deutlich jünger aus. Der rötliche Ton seines Haars war sehr viel kräftiger als Zarzas; ansonsten sahen sie sich ziemlich ähnlich, hatten die gleiche weiße Haut, die gleichen dunkelblauen Augen: das Erbe der O'Brians mütterlicherseits. Eigentlich war er ein schöner junger Mann, sogar ein sehr schöner; man sah aber auf den ersten Blick, daß etwas nicht paßte, etwas unfertig, unbestimmt und beunruhigend war. Er war sehr schlank und hatte strenge Züge sowie eckige Schultern, wobei die Schulterblätter wie zwei Flügelklappen hervortraten. Stets saß er in sich zusammengesunken da, und oft hatte er die Arme seitlich an den Körper gepreßt und spielte, die Hände auf der Höhe der Brust, mit seinem Zauberwürfel oder knibbelte an seinen Fingern.

»Wie geht es dir?« fragte Zarza.

Miguel sah aus dem Fenster, das am nächsten war.

»Marta hat einen Hund«, sagte er.

»Ach wirklich? Wie schön«, antwortete Zarza und fragte sich, wer wohl Marta war.

»Er leckt an mir und leckt und leckt. Er ist ein Ferkel. Ich auch.«

»Du bist auch ein Ferkel?«

»Ich will auch einen Hund.«

Miguels blaue Augen nahmen einen finsteren und ängstlichen Ausdruck an. Er war so geboren worden, geistig und motorisch zurückgeblieben, in seiner Welt gefangen. In seinem Innern fehlte etwas, was man von seinem Gesicht ablesen konnte; Zarza dachte allerdings manchmal, daß er auch etwas besaß, was allen anderen fehlte. Deshalb wirkte er so fremd, so seltsam. In dieser Haltung, so ängstlich und in sich gekehrt, mit seinen geschäftigen feingliedrigen Händen, sah er aus wie ein Eichhörnchen, das gerade eine Nuß schält. Obwohl ... nein, nicht wie ein Eichhörnchen, er kam ihr eher wie eine kleine Fledermaus vor, die den Kopf zwischen die Schultern gezogen und die Flügel hinter dem Rücken gefaltet hatte.

In dem Raum befand sich nur noch eine weitere Person, ein vielleicht neunzigjähriger, winzig kleiner Mann, der so dürr war, wie das nur bei steinalten Menschen möglich ist, die ihre sterbliche Hülle bereits hinter sich gelassen zu haben scheinen. Er trug einen granatroten, verschlissenen Flanellkittel und lehnte am Fenster im hinteren Teil des Raumes. Wie durch ein Wunder hielt er sich, gestützt auf einen Stock, auf den Beinen.

»Du hast sicher gemerkt, Miguel, daß ich heute etwas früher als sonst gekommen bin ...«

Miguel schlang die Arme um seinen Körper und begann zu schaukeln, vor und zurück. Er hatte zu große, weit vom Kopf abstehende Ohren, weiche, fast durchsichtige Segelohren, die nun neben seinem Gesicht hin und her zu schwingen schienen.

»Hör auf damit«, sagte Zarza gereizt. »Warum machst du das? Du wirst davon nur nervös.«

»Du gehst. Du gehst weg wie damals. Schon wieder. Du gehst. Wir haben alle Angst.«

Das Orakel. Vor vielen Jahren hatte *er* Miguel den Spitznamen »das Orakel« gegeben. *Er* hatte es im Spaß gesagt, als Witz gemeint, aber es war auch etwas Wahres dran, weil sich zwischen die albernen oder scheinbar unverständlichen Sätze des

Jungen oft außergewöhnlich zutreffende Gedanken schmuggelten, Prophezeiungen von einem schaudererregenden Scharfsinn. Diese Fähigkeit, das Unsagbare zu sagen, gehörte zu Miguels Eigentümlichkeit, war Teil des Schatzes seiner Andersartigkeit. Zarza zuckte zusammen:

»Warum sagst du, daß ich weggehe?«

»Ich will keinen Hund. Ich will nicht, ich will nicht. Ins Bett, Bett, Bett.«

Der Junge hielt sich mit den Händen die Augen zu.

»Ich will dich nicht sehen. Ins Bett, Bett, Bett.«

»Du kannst jetzt nicht ins Bett, Miguel. Es ist Vormittag, und du bist gerade aufgestanden. Los, komm, sei kein Dummkopf ... nimm die Hände vom Gesicht und sieh mich an ... Sieh mich an. Bitte! So ist es besser ... Schau, es stimmt tatsächlich, daß ich vielleicht für ein paar Tage fort muß, aber das hat mit meiner Arbeit zu tun. Ich komme bald zurück, sehr bald, noch bevor du überhaupt mitkriegst, daß ich weg gewesen bin.«

»Gib mir meinen Würfel«, forderte er.

Sie reichte ihn ihm, und Miguel begann erneut die kleinen Quadrate zu drehen, ohne dabei aufzuhören, sich auf seinem Stuhl vor und zurück zu wiegen. Wenn er sich nicht beruhigt, wird er Fieber bekommen, so wie immer, dachte Zarza besorgt. In Phasen, in denen das Fieber sehr stark ansteigt, vor allem bei Kindern, kann es sein, daß die Kranken in einen geometrischen Rausch geraten. Die Schwärze ihres Gehirns füllt sich dann mit dreidimensionalen Bildern, mit euklidischen Figuren, sich langsam drehenden, erstickenden Polyedern, arroganten Tänzen von Dreiecken. Es ist, als würde die Fieberattacke das elementare Bild dessen, was wir sind, entblößen und uns auf diese Grundstruktur reduzieren, die wir mit dem Rest des Universums teilen. Allem entledigt sind wir nichts als Geometrie. Wenn wir Menschen eines Tages einem Außerirdischen begegnen sollten, würden wir uns wahrscheinlich mit ihm verstehen, wenn wir ihm nur den Zauberwürfel zeigten.

»Und warum?« brummte der Neunzigjährige plötzlich von der anderen Seite des Zimmers herüber.

Zarza sah ihn an; der Alte hatte den Kopf gehoben und betrachtete durch das vergitterte Fenster hindurch den düsteren grauen Himmel. Er hob einen spindeldürren Arm und schwang seine faltige Faust Richtung Wolken:

»Und warum muß ich sterben, he?« fuhr der wütende Greis den Himmel an. »Bloß weil ich alt bin?«

Zarza rückte ihren Stuhl an den ihres Bruders heran.

»Hör mal«, flüsterte sie ihm zu, »laß das Wackeln, sonst wirst du krank. Beruhige dich. Ich werde dich nie wieder verlassen. Das verspreche ich dir. Glaub mir.«

Miguel schloß die Augen und hörte auf zu schaukeln. Dann steckte er eine Hand in die Tasche seiner Strickjacke und holte ein Papier heraus.

»Nimm. Für dich.«

»Was ist das?«

Ein weißer, zerknitterter Umschlag. Sie riß ihn auf. Mitten auf dem Zettel stand in Handschrift der Satz: »Ich bin gekommen, um das einzulösen, was du mir schuldest.«

Zarza spürte, wie ihr das Blut in den Adern gefror. Miguel mußte ihre Bestürzung mitbekommen haben, weil er wieder vor und zurück zu schaukeln begann, diesmal noch wesentlich schneller.

»Wo hast du das her? Wer hat dir das gegeben?« Zarza schrie fast, obwohl sie versuchte, ihre Nervosität zu verbergen.

Vor und zurück, vor und zurück.

»Hör auf! Hör sofort auf, und antworte mir! Miguel, wer hat dir das gegeben?«

Vor und zurück, vor und zurück.

»Es war Nicolás, oder? ... Nico war hier, stimmt's?«

Vor. Und zurück. Langsam, immer langsamer.

»Miguel, sag's mir. Nicolás war hier, ich bin mir sicher ...«

Der Junge hielt inne und schaute sie an. Seine Augen standen voller Tränen, und er zog eine Schnute, als würde er gleich losheulen.

»Miguel, hab keine Angst, mach dir keine Sorgen ... Wann war Nico hier? Gestern?«

»Ja. Heute. Gestern. Morgen.«

Miguel drehte nervös an seinem Zauberwürfel.

»Ruhig ... Ruhig, mein Kleiner, es ist alles in Ordnung ... Was hat Nico gesagt? Los, streng dich an, was hat er dir gesagt?«

»Daß er mich lieb hat.«

Zarza schnaubte.

»Und über mich? Hat er etwas über mich gesagt?«

»Du hast mich nicht lieb, denn du gehst fort. Dich mag ich nicht mehr.«

Zarza runzelte die Stirn.

»Und du hörst mir nicht zu. Ich rede schon die ganze Zeit auf dich ein, daß ich nicht weggehen werde«, sagte sie, nun ziemlich gereizt.

Zarza war es gewöhnt, nichts zu fühlen. Seit Jahren schon, sie hatte sich lang genug dazu erzogen. Sie ließ es nicht zu, daß jemand sich ihr soweit näherte, daß, wenn er aus ihrem Leben verschwand, seine Abwesenheit eine Leere hinterließ. Höflichkeit und Gefühlskälte, das war ihre Strategie. Niemals irgend etwas hören. Niemals auch nur irgend etwas erzählen. Eigentlich erzählte sie noch nicht einmal sich selbst etwas Besonderes. Sie war es also gewöhnt, nichts zu fühlen, aber Miguel verwirrte sie. Miguel war das einzige menschliche Wesen, das noch die Macht besaß, sie zu verletzen. Als Zarza deshalb merkte, daß Gefühle in ihr geweckt wurden und daß sich in ihrem Kopf eine weiche und zähe Gefühlsregung breitmachte, beeilte sie sich, diese mitleidslos zu zerhacken. Als würde sie mit einem Hammer Würmer zermalmen.

»Die ruhigen Farben gefallen mir«, sagte der Junge.

»Von welchen Farben sprichst du?«

»Die ruhigen Farben, die da drinnen sind.«

Zarza seufzte, das heißt, sie knurrte vielmehr. Der Versuch, ihre Gefühle zu kontrollieren, frustrierte sie stets und machte sie wütend. Aus diesem Grund spürte sie jetzt ein fast unstillbares Verlangen, ihren Bruder anzuschreien. Ja, sie sehnte sich danach, ihn anzuschreien, oder andernfalls, ihn zu umarmen, diese Handvoll brüchige Knochen an ihre Brust zu drücken. Aber für Miguel war Körperkontakt die reinste Folter, und außerdem wußte auch sie nicht besonders gut, wie man einen Menschen umarmte.

»Ich muß gehen«, sagte Zarza und stand abrupt auf.

»Ich will nicht, daß du wegrennst.«

»Warum sollte ich rennen?«

»Du rennst weg, und dann bist du nicht mehr da.«

»Gut, dann werde ich nicht rennen, aber auf jeden Fall muß ich jetzt gehen. Doch ich verspreche dir, daß ich wiederkomme.«

Der Junge sah sie mit einer seltsamen offenen, jammervollen Miene an, die vielleicht »Geh nicht weg« oder »Ich glaub dir nicht« oder sogar »Ich habe Angst« besagen wollte. Zarza hatte diesen Gesichtsausdruck ihres Bruders, der keine Muskelspannung zeigte und in seiner Zartheit voller Seelenqual war, schon häufiger beobachtet.

»Ich muß gehen ... Ich gehe«, flüsterte sie.

Und sie streckte den Arm aus und streifte kurz die Wange des Jungen. Eine nur sehr leichte Berührung, die Miguel mit einem Zucken ertrug, ohne daß er das Gesicht wegdrehte, hin- und hergerissen zwischen Lust und Leid, wie ein geprügelter Hund, der sich zitternd anfassen läßt, ohne zu wissen, ob sein Herr ihn schlagen oder streicheln wird.

Bevor Zarza ging, suchte sie nach der Krankenschwester.

»Könnten Sie mir sagen, wann der Besuch für meinen Bruder da war?« fragte sie und versuchte dabei ganz beiläufig zu klingen.

»Welcher Besuch?«

»Mein Bruder hat vor kurzem Besuch von einem Mann bekommen ... Gestern vielleicht, oder vorgestern ...«

»Hier war niemand. Außer von Ihnen natürlich und Frau de Taberner, die, das nur so nebenbei gesagt, kaum vorbeischaut, bekommt Miguel keinen Besuch. Ich würde ja sagen, daß der arme Junge ein wenig einsam ist.«

»Ich weiß wohl, daß normalerweise niemand kommt.« Zarza reagierte gereizt. »Ich spreche jedoch von den letzten Tagen ... Ich bin mir sicher, daß ein Mann bei ihm gewesen ist.«

»Aber nein, Señora, das kann nicht sein ... Hat Miguel das behauptet? Sie wissen ja, daß der Junge einem schon einmal gern etwas weiszumachen versucht ... Ich versichere Ihnen, daß er keinen Besuch hatte. Und erst recht nicht von einem Herrn. Außerdem sehen Sie ja, daß man klingeln muß, um hereingelassen zu werden, das heißt ... Unmöglich.«

Zarza zerknüllte den Zettel in der Faust und hielt den Atem an. Sie spürte, wie die Angst erneut in ihrem Bauch herumtrampelte, und machte kehrt, ohne sich von der Krankenschwester zu verabschieden. Immer noch wie betäubt lief sie aus dem Gebäude; draußen blieb sie einen Moment auf den verfaulten Blättern stehen, um das Ausmaß der feindlichen Welt abzuschätzen. Dort, an irgendeinem Ort, war *er*, Nicolás, bereit, sich zu rächen. Er war der Jäger; sie die Gejagte. Wahrscheinlich hatte die Jagdsaison schon seit einiger Zeit begonnen, nur hatte sie es erst jetzt bemerkt. Nicolás mußte die Stadt nach ihr durchkämmt haben; Zarzas Name tauchte in keinem Telefonbuch auf, und niemand kannte ihre Adresse oder wußte, wo sie arbeitete. Was bedeutete, daß es niemanden gab, an den Nicolás sich hätte wenden können.

Vielleicht hatte er sie bei einem ihrer Besuche bei Miguel aufgespürt; sie stellte sich Nicolás vor, wie er tagelang vor dem Heim auf der Lauer gelegen hatte, geduldig darauf wartend, daß sie erschien. Zarza erschauderte und ließ den Blick vergeblich über die Ecken der angrenzenden Straßen schweifen. Ja, ohne Zweifel hatte Nicolás sie hier entdeckt, und dann war er ihr gefolgt, bis er wußte, wo sie wohnte. Er mußte sie tage-, vielleicht sogar wochenlang beobachtet haben. Zarza fühlte sich nackt, krank, verwundet durch den beharrlichen Blick ihres Verfolgers. Also wurde das Spiel schon eine geraume Weile gespielt und sie verlor, ohne es zu wissen. Doch nun hatte Zarza ihre Meinung geändert: Sie wollte jetzt nicht mehr weg. Sie würde nicht mehr wegrennen. Wegen Miguel, dem sie es versprochen hatte; und auch um ihrer selbst willen. So wie die Dinge lagen, hatte Zarza keine andere Chance, als das Spiel zu akzeptieren und sich dem Kampf zu stellen. Und das erste, was sie tun würde, wäre, in die Stadt der Königin zurückzukehren, von der sie eigentlich gedacht hatte, sie für immer verlassen zu haben.

Die Stadt der Königin lag jenseits von Zeit und Raum. Genauer gesagt, sie besaß ihre eigene Zeit und ihren eigenen Raum, die sich von denen der gewöhnlichen Stadt der Staus, der Kreditkarten und der Büros unterschieden. Aus diesem Grund konnten die beiden Städte nebeneinander existieren, ohne allzu viele Berührungspunkte zu haben, obwohl Zarza manchmal, wenn sie durch die Straßen ging, an einigen Ecken Zeichen der verfluchten Stadt erkennen konnte. Die anderen Passanten gingen normalerweise daran vorbei, ohne etwas zu bemerken, aber sie sah sie und erinnerte sich, ohne sich erinnern zu wollen. Sieben Jahre war es nun schon her, daß Zarza Schneewittchens Welt hinter sich gelassen hatte.

Jetzt allerdings stieg sie ins Auto und fuhr entschlossen in Richtung Stadtrand. Sie überquerte hohe Brücken und fuhr durch belebte Viertel, am Busbahnhof Süd vorbei, durch Stadtteile mit kleinen, identisch aussehenden Reihenhäusern, die wie bunte Steine eines billigen Kolliers wirkten, und durch ein ärmliches Viertel mit Baracken, voller Morast und abgemagerten Hunden. In der Ferne das halburbane Gebiet mit mehr Industrieanlagen als Bäumen. Die Stadt der Königin beschränkte sich nicht auf einen Vorort, sondern war überall ein bißchen zu finden. Die Landkarte der herkömmlichen und der verfluchten

Stadt überschnitten sich und teilten gelegentlich denselben Raum: Es gab Bereiche, die tagsüber unschuldig und bürgerlich wirkten, mitten in der Nacht jedoch schmutzig und zwielichtig. Selbst dem Stadtzentrum konnte Schneewittchen ihr vergiftetes Reich aufzwingen. Wenn Zarza sich in diese abgelegene und unwegsame Gegend vorgewagt hatte, dann, weil sie auf der Suche nach einer bestimmten Person war. Zarza wollte sich mit dem Herzog treffen.

Sie mußte ziemlich viele Runden drehen. Es war lange her, daß sie hier gewesen war. Und es war immer nachts gewesen. Oder zumindest war dieser Teil ihres Lebens in der Erinnerung immer von Dunkelheit umgeben: Die Stadt der Königin war ein nächtliches Territorium. Es kostete sie einige Mühe, den Weg durch die schlammigen Gassen zu finden, die entweder abrupt an einer Müllkippe endeten oder an einem alten Gehöft, das den einst ländlichen Charakter der Gegend bekundete, oder an einer Lehmmauer, die mit nicht entzifferbaren Graffiti übersät war. Schließlich glaubte sie am Ende einer asphaltierten Piste den düsteren Umriß einer seltsamen Fabrik wiederzuerkennen, an die sich ein paar kleine Häuser schmiegten, so wie Hütten, die sich am Fuß einer mittelalterlichen Burg duckten.

Sie ließ das Auto am Anfang der Siedlung stehen und stieg aus. Drei mürrisch aussehende Jugendliche in Anoraks lehnten an einer Mauer. Zarza betrachtete ihre Gesichter und war sich fast sicher, sie nicht zu kennen, doch sie wußte, wer sie waren und was sie dort trieben. Sie mußte jedenfalls an ihnen vorbei, um zu den Behausungen zu kommen.

»Hallo«, begrüßte sie den Typen, der rechts stand.

Er war der kleinste von den dreien, jedoch der einzige, der seine Kumpels nicht angesehen hatte, als sie näher kam. Zarza schloß daraus, daß er derjenige war, der das Kommando über den Wachposten hatte.

»Hallo«, wiederholte sie, als die drei beharrlich schwiegen. »Ich würde gern einen Augenblick mit dem Herzog sprechen.«

Der Kleine sah sie einen Moment forschend an und schüttelte dann langsam den Kopf.

»Warum willst du ihn sehen?« fragte er trotzdem.

»Meine Sache. Er kennt mich. Es wäre nur kurz.«

Der Jugendliche lächelte, besserwisserisch und abfällig, und schüttelte noch einmal den Kopf.

»Dafür brauchst du den Herzog nicht zu sehen.«

»*Dafür* bin ich auch nicht hier«, antwortete Zarza gereizt. »Ich will nur mit ihm reden. Ihm etwas erzählen.«

Der Junge räusperte sich und ließ dabei den Blick gelangweilt über den Horizont schweifen. Dann zuckte er die Schultern.

»Das ist egal, der Herzog ist sowieso nicht da. Deshalb mach, daß du wegkommst.«

»Benja!« hörte man da plötzlich jemand aus einiger Entfernung rufen. »Laß sie vorbei.«

Die Stimme des Herzogs. Zarza drehte sich um und konnte gerade noch erkennen, wie sich ein Mann vom Fenster eines der nächstgelegenen Häuser zurückzog.

»Du hast es gehört«, sagte der Typ, ohne sich von der Lehmmauer zu lösen. Er war ganz offensichtlich wütend darüber, daß er klein beigeben mußte. »Hier geht's lang.«

Es handelte sich um eine niedrige und weißgetünchte Behausung mit einem Dach aus Lehmziegeln. Die Holztür war, wie auf dem Land üblich, zweigeteilt. Zarza schob den Riegel zurück und blieb auf der Schwelle stehen.

»Darf ich reinkommen?«

»Laß diese idiotischen Floskeln. Komm rein und mach schnell«, brummte jemand aus dem Inneren.

Zarza trat in einen mittelgroßen, gefliesten Raum mit alten, dunklen Holzmöbeln: eine Anrichte, eine Eckbank, ein massiver Tisch, hohe Stühle. In einer Ecke stand ein fast glühendroter Ofen, der den Raum heizte; an der Wand hing ein farbiger Druck mit einer Muttergottes, umgeben von Putten, die so drall und speckig waren wie Spanferkel. Das Zimmer sah aufgeräumt und sehr sauber aus, es strahlte etwas von der strengen und äußersten Reinlichkeit eines Klosters aus.

»Also, was zum Teufel willst du von mir?« fragte der Herzog; das »Du« hörte sich aus seinem Mund wie das schlimmste aller Schimpfwörter an.

Er saß auf einem der Stühle am Tisch. Der riesige Mann mit den Hängeschultern war Ende fünfzig, vielleicht sogar schon sechzig. Er trug einen gutgeschnittenen schwarzen Anzug, der allerdings sehr zerknittert war, so als hätte er darin geschlafen; darunter ein elegantes weißes Hemd mit Brustkrause, allerdings keine Krawatte; und der obere Knopf des Hemdes stand offen. Er hatte keine Schuhe an, und so sah man, daß er ein paar schreckliche Synthetikstrümpfe in einem unpassenden Braun trug. Zarza hatte den Herzog athletischer in Erinnerung; jetzt hatte er einen Bauch, als wäre das Volumen seiner einst kräftigen Brust nach unten gerutscht. Seine Augen standen sehr weit auseinander, und er hatte den blutunterlaufenen, wäßrigen Blick eines Alkoholikers. Einen bösen, brutalen Blick. Zarza räusperte sich.

»Ich weiß nicht, ob ... Ich weiß nicht, ob Sie sich an mich erinnern ...«

»Natürlich erinnere ich mich. Obwohl es mich wundert, dich hier zu sehen. Ich dachte eigentlich, du wärst längst tot.«

Konzentrier dich, sagte Zarza zu sich selbst: Wenn man dem Feind Auge in Auge gegenübersteht, muß man sehr genau sein.

»Ich bin gekommen, um Ihnen zu sagen, daß ... um Sie darüber in Kenntnis zu setzen, daß Nicolás wieder draußen ist ...«

Der Herzog heftete seine geröteten Augen auf sie. Zarza versuchte dem Blick standzuhalten, doch vergeblich.

»Du kommst, um mir das zu sagen?« machte sich der Mann über sie lustig. »Oder kommst du, um mich danach zu fragen?«

Zarza schwieg.

»Ich weiß längst, daß dieser Scheißkerl aus dem Knast raus ist. Man hat ihn vor vier oder fünf Monaten freigelassen. Deine Info kommt also reichlich spät. Bist du gekommen, damit ich es dir bestätige? Oder solltest du gekommen sein, um ihn wieder zu verpfeifen? Was willst du? Daß ich ihn umbringe? Willst du, daß ich ihn dir vom Hals schaffe?«

Zarza holte tief Luft, und wie aus der Pistole geschossen sprudelte es ohne Punkt und Komma aus ihr heraus:

»Nein. Nein, das ist es nicht. Ich bin eigentlich gekommen, um zu fragen, ob Sie wissen, wo Nico ist. Wo ich ihn finden kann. Ich weiß, daß Sie sich ebenfalls für ihn interessieren, und da Sie alles wissen ...«

»Ich mich für ihn interessieren? So kann man das natürlich auch sehen«, sagte der Herzog, jedes einzelne Wort betonend. »Aber da täuschst du dich: Ihr interessiert mich nicht, weder du noch er. Du kannst meinetwegen auf der Stelle tot umfallen; und das einzige, was mich im Hinblick auf Nicolás interessiert, ist, daß er mir etwas schuldet. Er ist am Verderben meines ältesten Enkels schuld. Bis die beiden Freunde wurden, war mein Enkel ein guter Junge. Immer ein bißchen einfältig, aber gut; er arbeitete mit dem Zeug, ohne sich allerdings zu tief reinzuhängen, wie Benja, Benjamín, der einzige Enkel, der mir noch bleibt. Das war der, den du draußen gesehen hast. Und dann kam Nicolás, und alles war vorbei. Nicolás lebt immer noch, mein Enkel hingegen ist tot. Nicolás, der feine Pinkel. Ihr haltet euch für was Besseres und seid doch die Schlimmsten: Immer kriegt ihr es so hin, daß die anderen die Rechnung begleichen müssen. In diesem Sinne stimmt es, daß ich Nicolás suche. Aber ich suche ihn mit sehr, sehr viel Geduld, denn ich habe das ganze Leben Zeit, ihn zu finden. Ich habe keine Ahnung, wo er steckt, und selbst wenn ich es wüßte, würde ich es dir nicht sagen. Er soll dir ruhig auf den Pelz rücken, Kleine. Du hast es nicht besser verdient.«

Noch während er sprach, war er aufgestanden und ging nun dickbäuchig und schwankend auf Zarza zu. Sie wich zurück, bis sie die Wand hinter ihrem Rücken spürte.

»Ein Verräter bleibt sein Leben lang ein Verräter«, fuhr der Herzog fort. »So ist das eben. Wer einmal jemanden verpfeift, tut es immer wieder. Du hast es schon einmal getan, und jetzt kommst du wieder hierher, um zu plaudern. Ein Denunziant ist ein Weichei, eine Memme, jemand, der nicht ein Mindestmaß an Rückgrat besitzt. Ein Stück Scheiße, das weder Vater noch Mutter achtet. Genau so jemand bist du, du kleine Nutte.«

Der Herzog hatte sich jetzt auf Zarza gestürzt und drückte sie mit seiner ganzen Körpermasse gegen die Wand. Er streckte eine seiner Pranken aus und quetschte ihr die Wangen so weit zusammen, bis sich ihre Lippen öffneten. Zarza bemerkte mit alberner und nutzloser Pedanterie, daß der Hemdkragen des Herzogs einen schwärzlichen Schmutzrand aufwies.

»Bei uns ist es üblich, den Plaudertaschen ihre böse Zunge herauszuschneiden und sie ihnen dann ins Arschloch zu stecken. Aber da du ein Weib bist, werde ich dich laufenlassen. Und alles nur, damit ihr hinterher diese ganzen häßlichen Dinge über uns Machos sagen könnt ...«

Er lachte laut auf, küßte Zarza dann auf die Lippen und steckte ihr für einen Moment seine dicke und schleimige Zunge in den Mund. Zarza stieß einen erstickten Schrei aus, machte sich los und rannte auf die Straße; der Herzog ließ sie gehen, lachte leise hinter ihr her.

Benja und die anderen, die immer noch an der Mauer lehnten, sahen ihr von weitem neugierig entgegen. Zarza verlangsamte ihre Schritte und versuchte, die Füße fest aufzusetzen, damit die Jungen nicht sähen, wie ihr die Beine zitterten. Während sie auf ihr Auto zuging, blickte sie sich um und tat so, als wäre sie ganz ruhig. Dort, auf der anderen Seite der kleinen Mulde, standen die restlichen Häuser der Siedlung. Jenes mit der grün gestrichenen Tür mußte das von Balthasar sein, das kleine daneben das von Carlos dem Hinkenden. Alte, nagende, sie wahnsinnig machende Erinnerungen überrollten Zarza unvermittelt. In der Mulde lag neben einem Brunnen ein Körper am Boden, das heißt, der Typ war vielmehr dort in einer eigentlich unmöglichen Haltung zusammengesackt, als fehle ihm die Wirbelsäule. Er sah aus wie ein Hingerichteter aus dem Mittelalter, den man vor den Toren der Burg liegengelassen hatte.

»Was wolltest du von dem Alten?« fragte Benja, als sie auf gleicher Höhe mit ihm war.

»Geht dich nichts an«, antwortete Zarza unwirsch und versuchte das Zittern in ihrer Stimme zu verbergen.

In diesem Moment öffneten sich die winterlichen Wolken, und ein Sonnenstrahl fiel auf die Siedlung. Und da geschah das Unfaßbare: Auf den Feldern um sie herum, die mit dunklen Erdhügeln bedeckt waren, erstrahlte ein Meer von glitzernden Sternen, blendenden, sprühenden Funken und kalten Blitzen. Die Luft war lichtdurchflutet, schillerte und flimmerte.

»Was ist das?« fragte Zarza atemlos.

»Ach das ...«, antwortete Benja und tat so, als würde es ihn völlig kalt lassen. »Das ist die örtliche Müllverbrennungsanlage.«

»Die was?«

»Die Fabrik dort. Da wird Glas recycelt. All die Hügelchen dort bestehen aus Glassplittern. In der Sonne sieht das gut aus, oder?« fügte er schließlich hinzu und konnte dabei einen Anflug von Stolz nicht vermeiden.

Rund um die Siedlung glänzte die Welt, als wäre sie ein verzauberter Ort. Bis sich plötzlich die Wolken wieder verdichteten und die Diamanten erneut zu Ausschußware wurden. Zarza und der Junge blinzelten und versuchten, die geblendeten Augen wieder an die Melancholie des düsteren Lebens zu gewöhnen.

»Also«, meinte Benja, »komm zurück, wann immer du willst.«

Zarza schluckte und stieg in ihr Auto.

Wie eine Schlafwandlerin fuhr sie den langen Weg zurück. Ab und zu kurbelte sie das Fenster herunter, streckte den Kopf hinaus und spuckte aus, weil sie das Gefühl hatte, der Herzog habe in ihrem Mund zähen und widerlichen Speichel hinterlassen, den vergifteten Geifer einer Schlange. Es war nicht das erste Mal, daß sie diesen unbeschreiblichen Ekel empfand, früher war sie allerdings immer von Schneewittchen beschützt worden. Die Königin wachte über ihre Opfer. Sie hüllte sie mit ihrer eisigen Liebe ein, bis sie tot waren, so wie die Spinne die Fliege mit feiner Seide umgarnt.

Zarza war völlig durcheinander. All ihre Hoffnungen hatte sie auf die Möglichkeit gesetzt, herauszufinden, wo Nicolás sich versteckt hatte, in der fast magischen Überzeugung, daß, wenn sie seinen Aufenthaltsort wüßte, sie sich in die Verfolgerin ihres Verfolgers verwandeln würde, in die Jägerin und nicht in das Stück Wild. Diese Verwandlung wäre eine Möglichkeit, sich zu retten; im Augenblick fiel ihr keine andere ein. Aber es war nicht nur die Enttäuschung darüber, daß ihre Pläne fehlgeschlagen waren, was sie so verwirrt hatte. Die Worte des Herzogs hatten ihren wunden Punkt getroffen, den Kern einer Erinnerung, der höllisch brannte. Sie hatte sich die letzten sieben Jahre behauptet, weil sie sich ein Leben aufgebaut hatte, das vollkommen frei von Erinnerungen war, und jetzt begann sich die Vergangenheit in ihrem Grab wie ein lebendiger Toter umzudrehen und drohte damit, herauszukommen und alles wieder kaputtzumachen.

Zarza fuhr also mit dem Wissen in die Stadt zurück, daß sie bald auf Nico treffen würde. Irgendwo in diesem bunten Häusermeer wartete er geduldig auf sie, genauso wie Eisenfaust jahrelang den Rosenritter erwartet hatte, damit sich das unselige Schicksal der beiden erfüllte. Plötzlich war Zarza das Buch eingefallen, das sie gerade für den Verlag satzfertig machte: eine Prachtausgabe von ›*Le chevalier de la rose*‹, dieses herrliche Epos, das Chrétien de Troyes im zwölften Jahrhundert geschrieben und das in den siebziger Jahren ein junger englischer Mediävist namens Harris durch Zufall unter den Handschriften eines alten Klosters entdeckt hatte. Diese alte Geschichte von Liebe und Haß, von Rivalität und Abhängigkeit schien ihr jetzt irgendwie mit ihrem eigenen Leben verbunden zu sein. Es gefiel ihr gar nicht, daß sie sich an das Buch erinnerte, weil es sich dabei um eines dieser Werke handelte, auf denen wie bei ›Tausendundeine Nacht‹ ein Fluch lastete. Im Hinblick auf die Geschichten von Scheherazade wurde erzählt, daß derjenige, der den Text zu Ende läse, auf der Stelle sterben würde. Im Falle von ›*Le chevalier de la rose*‹, daß all diejenigen, die etwas mit dem Text zu tun hätten, ein schreckliches Schicksal ereilen würde. Sein Schöpfer Chrétien wies schon zu Beginn des Buches darauf hin: »Dies ist eine unheilvolle Geschichte ...« De facto war das Werk in einem Kloster in Cornwall verschollen gewesen und niemals publik geworden; und als Harris es acht Jahrhunderte später ausgrub, hielten es die meisten berühmten Historiker, wie etwa Jean Markale oder Georges Duby, für eine Fälschung. Harris verlor seine Arbeit und vegetierte zehn Jahre lang in Schmach und Schande dahin, bis der große Mediävist Jacques Le Goff seinen berühmten und unwiderlegbaren Essay veröffentlichte, in dem er die Echtheit von ›*Le chevalier de la rose*‹ nachwies. Aber es war zu spät; Harris war zu einer verbitterten Gestalt geworden, zu einem Alkoholiker, einem bedauernswerten Menschen, der sich mit allen anlegte und ständig Streit suchte, bis er, noch relativ jung, an Leberzirrhose starb.

Obwohl, wer weiß ... vielleicht war er ja vorher schon so gewesen. Möglicherweise war Harris schon immer ein furchtbarer Mensch gewesen, und der Skandal hatte ihm nur als Ausrede, als Ansporn gedient. Inwieweit läßt sich unser schäbiges Verhalten durch das Unglück rechtfertigen? Bis zu welchem Punkt darf der Lahme lahm *und* schlecht sein? Ist es dem Blinden erlaubt, ein Despot zu sein? Wieviel Niedertracht kann aufgrund des Selbstmordes eines Vater oder des Todes eines Sohnes verziehen werden? Möglicherweise war ihr das gleiche passiert; möglicherweise war Zarza aus demselben Grund eine krumme und dornige Pflanze geworden, ein kranker Zarza-Dornbusch, der bereits im Keim verflucht war und das Gewicht eines schlimmen Schicksals trug. »Zarza die Verräterin« hatte der Herzog sie genannt.

Ein Verräter, hatte er auch gesagt, sei ein Stück Scheiße, jemand, der weder Vater noch Mutter achte. Zarzas Mutter war eine melancholische Irin gewesen, die ihr Leben im Halbdunkel ihres Bettes verbracht hatte, von einem Heiligenschein aus Papiertaschentüchern gekrönt, die mit Tränen durchtränkt waren. Ihr Vater dagegen war Gott. Er selbst hatte es Zarza gesagt, als sie fünf Jahre alt war. Aber er war der Gott aus dem Alten Testament, eine Gottheit, die Kindern die Kehle durchschnitt.

Zarza kamen wieder die Sommernachmittage ihrer Kindheit in den Sinn. Es gab auch andere Situationen und Vorfälle, sie erinnerte sich jedoch vor allem an jene drückend heißen Nachmittage, wenn sich der Vater auf das Sofa in seinem Büro legte und versuchte, eine Siesta zu halten, aber nicht einschlafen konnte. Dann rief er nach Zarza; und wenn die Kleine zitternd das Zimmer betrat, fand sie ihn dort lächelnd, mit nackten Füßen und wirrem Haar, nur mit einer Badehose bekleidet und dem Bademantel darüber.

»Komm her, Süße. Laß uns das Spiel vom braven und bösen Mädchen spielen, was meinst du?«

Zarza machte es angst, aber sie wußte, daß die Frage ihres Vaters keine Antwort duldete. Das Kind kaute deshalb an den Fingernägeln, verlagerte das Gewicht des Körpers von einem Fuß auf den anderen und drückte die winzigen Fäuste gegen die Brust, wo sie ihr Herz schlagen fühlte, so wild, als wäre eine Hummel in eine Streichholzschachtel eingesperrt.

»Mal sehen, mal sehen ... Was hast du heute morgen nach dem Aufstehen als erstes gemacht?«

»Ich ... ich ...«, stotterte sie.

»Los, los, ohne drüber nachzudenken, komm.«

»Ich habe ... habe ... ich habe mir die Zähne geputzt.«

Der Vater lächelte gutmütig; seine Schläfen waren mit kleinen Schweißperlen übersät.

»Was für ein ... ein ...«, begann er zögernd, voll Häme, wodurch das beklemmende Gefühl nur noch stärker wurde, »... ein böses Mädchen! Wirklich böse, die Kleine, jawohl! Man putzt sich die Zähne nach dem Frühstück, nicht davor.«

»Aber Papa«, brachte Zarza, den Tränen nahe, hervor, »letztens habe ich genau das gleiche geantwortet, und du hast gesagt, ich sei ein braves Mädchen ...«

»Aber letztens war letztens, mein Schatz. *Ich* stelle hier die Regeln auf, das heißt, ich ändere sie auch, wenn ich Lust dazu habe. Ich bin dein Vater, und dein Vater ist Gott, Kleine«, erklärte er dann äußerst gut gelaunt und strich sich wonnevoll über den gepflegten Schnurrbart. »Kommen wir also zur zweiten Frage. Mal sehen, ob du besser aufpaßt ... Also, wie viele Gläser Milch sollst du am Tag trinken?«

Zarza zitterte und dachte, daß man dieses Spiel in Wirklichkeit das Spiel vom lieben und bösen Vater nennen müßte. Doch ihr blieb keine andere Wahl als weiterzuspielen, weshalb sie Luft holte und antwortete:

»V... vier.«

Papa lachte sich halbtot.

»Willst du uns vielleicht in den Ruin treiben, Herzchen? Was für ein böses, böses Mädchen! ... Zwei Gläser am Tag sind mehr als genug ... Wenn du so weitermachst, scheint mir, sind wir heute sehr schnell fertig ...«

Wenn Zarza fünf richtige Antworten gab, das heißt, wenn ihr der Vater zugestand, daß sie richtig geantwortet hatte, bekam das Mädchen einen Kuß auf die Wange sowie ein paar Münzen und konnte gehen. Manchmal war es auch so: Manchmal, wenn Zarza mehrere Fehler gemacht hatte und gehörig verunsichert war, entließ er sie. Aber für gewöhnlich verlor das kleine Mädchen; für gewöhnlich ließ er fünf unheilvolle Bewertungen auflaufen und bestrafte Zarza dafür.

»Wieder versagt!« erklärte der Vater dann und lachte schallend. »Du wirst dieses Spiel nie verstehen ...«

Wenn Zarza verlor, mußte sie sich das Höschen herunterziehen und sich bäuchlings auf seine Knie legen. Und dann begann der Vater, ihr eine Tracht Prügel zu verabreichen. Zunächst nicht sehr heftig, mit der offenen Handfläche auf die nackten Pobacken. Die nachmittägliche Sonne lag schwer auf der Welt und heizte die Luft im Büro auf, obwohl die Schiebetüren zum Garten und Swimmingpool offenstanden; und in dieser stickigen Luft landete Papas Hand ein ums andere Mal auf dem runden Popöchen der kleinen Zarza, zuerst sanft, dann etwas fester, dann wieder sanft, danach einige knallende Schläge auf die gerötete Haut und in der Folge rhythmisches Schlagen, Papas Hände manchmal fast liebkosend und manchmal schmerzend, während durch das geöffnete Fenster ein schwindlig machender Geruch nach Chlor und das unheilvolle Brummen der Hornissen drang.

Da klingelte das Handy, eine alberne und tänzelnde kleine Melodie. Vom ersten Ton an wußte sie, daß es Nico war. Ohne anzuhalten, kramte sie hektisch in ihrer Tasche, bis sie das Gerät gefunden hatte, und dann hielt sie es sich vorsichtig ans Ohr, als könnte sie allein durchs Zuhören schon verletzt werden.

»Ja ...«

»Legst du wieder auf?«

Er war es, ohne Zweifel; mit einer rauheren, gealterten Stimme.

Aber es war auch sieben Jahre her, daß sie zuletzt miteinander gesprochen hatten, und sieben Jahre sind eine lange Zeit, vor allem, wenn man sie im Gefängnis verbringt.

»Nein ...«, murmelte Zarza, fast tonlos.

Wie hatte er ihre Handynummer herausbekommen? Doch Nico war schon immer der Schlaueste, der Kühnste von ihnen allen gewesen, einfach der Fähigste.

»Ist auch besser so. Du löst nämlich gar nichts, wenn du wegrennst. Du weißt, daß ich dich auf jeden Fall kriege.«

Das stimmte: Zarza wußte es.

»Was willst du von mir?«

»Das fragst du noch? Ich will, daß du für das bezahlst, was du mir angetan hast.«

»Wo bist du?«

»Immer dicht hinter dir«, sagte er. Und legte auf.

Und wenn es stimmt? dachte Zarza; wenn er mir wirklich auf den Fersen ist? Sie befand sich gerade auf der Avenida de Uruguay; es herrschte einigermaßen fließender Vormittagsverkehr. Sie sah in den Rückspiegel: Er konnte in jenem roten Auto dort hinten sitzen, oder in dem weißen Peugeot, oder sogar in dem Lieferwagen ... Sicherlich hatte er vor Miguels Heim auf sie gewartet; als sie sich umgesehen und ihn nicht entdeckt hatte, war er ganz bestimmt dort gewesen, hatte sich wie ein listiges Raubtier geduckt und in einem Auto oder hinter einer Ecke versteckt. Ja, sie war ganz schön dumm gewesen, Nicolás hatte ihr gewiß in der Nähe des Heims aufgelauert, und jetzt hatte sie ihn im Nacken, und er beobachtete sie aus einem sicheren Versteck heraus. Von panischer Angst ergriffen, wechselte sie unter lautem Hupen der anderen Fahrer die Spur in Richtung Bordstein, bis sie eine Stelle fand, wo sie anhalten konnte. Der weiße Peugeot fuhr vorbei, der Lieferwagen fuhr vorbei, das rote Auto fuhr vorbei. Neben ihr zogen die Autos gemächlich vorbei wie eine Herde metallischer Kreaturen. Sie blieb eine ganze Weile am Rand des sich vorwärts wälzenden Stroms und der vormittäglichen Lebensroutine stehen und wartete darauf, daß ihr Puls ruhiger wurde. Niemand schien sie zu verfolgen. Zarza atmete tief ein: Sie konnte sich diese Angstattacke nicht leisten. Sie versuchte festzustellen, von welcher Nummer aus Nico sie angerufen hatte, sie wurde jedoch auf dem Handy nicht angezeigt. Sie sah auf die Uhr. 11.40 Uhr. Dann bemerkte sie, daß sie sich ganz in der Nähe von Martinas Wohnung befand; sie hatte vorher nicht darüber nachgedacht, aber vielleicht wußte Martina ja irgend etwas über Nicolás. Gewiß war es viele Jahre her, daß

Zarza ihre Schwester gesehen hatte, und sie hatte keine Ahnung, wie diese auf ihr Erscheinen reagieren würde. Trotzdem entschied sie sich, sie zu besuchen. Es kam ihr nichts anderes in den Sinn, was sie hätte sonst tun können.

Sie ließ das Auto an Ort und Stelle stehen und machte sich auf den Weg. Sie mußte nur um die Ecke biegen und dann die Calle Colombia hinuntergehen, um zur Calle Perú zu gelangen. Der Winterschlußverkauf hatte begonnen, und da es sich um eine Gegend mit vielen Geschäften handelte, waren die Bürgersteige voller Menschen. Ja, gewiß könnte sie immer noch ihrem ersten Impuls folgen und die Stadt oder sogar das Land verlassen. Wie vom Erdboden verschluckt sein, einfach spurlos verschwinden, wie ihr eigener Vater. Aber mit welchem Geld und wohin und wozu? Nicht, daß ihr jetziges Leben ein voller Erfolg war, für das es sich lohnte, zu kämpfen. Eigentlich führte sie ein dumpfes und nichtssagendes Leben. Abgesehen von ihren Besuchen bei Miguel und ihren mittelalterlichen Manuskripten, waren ihre Tage von unbestimmter Benommenheit, einer Schläfrigkeit ohne Träume. Einer Schwerfälligkeit, die eine gewisse Attraktivität besaß, kam der Stumpfsinn der Unschuld doch am nächsten. Aber das Erscheinen von Nico hatte sie aus diesem Tagtraum, dieser narkotisierten Alltäglichkeit gerissen. So unvermittelt aufgewacht, entdeckte Zarza, daß sie zu müde war, um weiterhin zu fliehen; sie fühlte sich alt und ohne Energie, als würden ihre Knochen viel zuviel wiegen. Nein, sie würde nicht weglaufen. Sie hatte Miguel versprochen, daß sie ihn nie mehr verlassen würde. Und außerdem würde Nico sie sowieso finden. So schnell sie auch laufen und so sehr sie sich auch verstecken würde, er würde sie schließlich finden.

Zarza ging die Straße entlang, und zum ersten Mal seit langer Zeit beobachtete sie ihre Umgebung, achtete auf jedes verdächtige Detail, auf jedes Geräusch, so wachsam wie ein Eichhörnchen auf einem baumlosen Feld. Dieses Verhalten war für Zarza ungewöhnlich, weil sie sonst immer bemüht war, öffentliche Plätze zu meiden, und wenn sie trotzdem unter die Leute gehen mußte, hielt sie die Augen gesenkt. Die Vorstellung, auf Menschen aus ihrem früheren Leben zu treffen, erfüllte sie mit Entsetzen, die Vorstellung, daß jemand auf sie zukäme, mit dem sie in den grausamen Zeiten von Schneewittchen zu tun gehabt hatte. Ihr für Spanien so untypisches, irisches Äußeres war von großem Nachteil: Man vergaß sie einfach nicht. Schon einmal war es ihr passiert, an einem Abend in der Metro, als sie gerade aus dem Verlag kam. Im halbleeren Abteil war ein Mann auf sie zugekommen, wahrscheinlich durch die Beengtheit und die fehlende Ausweichmöglichkeit ermutigt.

»Mensch, die hübsche Rothaarige mit den Sommersprossen auf den Oberschenkeln!« begrüßte er sie ohne einen Zug von Schärfe, ja fast höflich.

Er war vielleicht um die sechzig, untersetzt und glatzköpfig und trug einen billigen dunklen Anzug und ein weißes Kunstfaserhemd. Zarza konnte sich überhaupt nicht an ihn erinnern. Sie hatte ihn noch nie gesehen.

»Na? Fährst du zur Arbeit?« fragte er und verzog dabei den Mund zu einem rührend spitzbübischen Lächeln.

»Ich glaube, Sie verwechseln mich mit jemandem«, erwiderte Zarza mit trockener Kehle.

»Ich und dich verwechseln! Wo wir doch soviel Spaß miteinander hatten ...«, sagte der Typ.

Seine Stimme wurde jedoch immer schwächer, und schließlich verstummte er. Vielleicht war er ja ein anständiger Mensch. Zarza hätte ihn gern umgebracht. Sie hätte ihm liebend gern ein Messer direkt über dem Bauchnabel in den Bauch gerammt, in diesen Bauch, der sich dick und weich vor ihr abzeichnete, ihm dann nach unten den talgigen Wanst aufgeschnitten bis zu seinem schlaffen, runzligen Glied, bis zu diesem dunklen, fordernden Fleischfetzen, um diesen an der Wurzel abzusäbeln. Aber sie hatte es nicht getan. Sie kastrierte weder ihn noch all die anderen, all die übrigen anonymen Bäuche der grausamen Jahre. Das einzige, was Zarza an jenem Abend tat, war, an der folgenden Haltestelle auszusteigen und sich am nächsten Tag einen Gebrauchtwagen zu kaufen. Seitdem hatte sie nie wieder die Metro benutzt.

An all das dachte Zarza voller Pein, während sie mit energischem Schritt durch die Straße lief. Um sie herum brodelte das Geschäftsviertel, die glückliche und helleuchtende Stadt, die immer die Stadt der anderen gewesen war. Weder sie noch Nicolás hatten es je geschafft, ein unbeschwertes Leben zu führen. Das Haus ihrer Kindheit war in ihrer Erinnerung ein riesiges Schlafzimmer, das immer im Halbdunkel lag und nach Krankheit roch, nach nicht gewechselter Bettwäsche und abgestandener Luft, dieser stillen und verbrauchten Luft der Zimmer, die nie gelüftet werden. Es gab nicht enden wollende Nächte und finstere Gänge, und am Ende jedweden düsteren Korridors hatte sich Papa versteckt, der große und hübsche Papa mit seinem Schnäuzer, Papa der Verfolger, Papa mit seinen Küssen und seinen Händen, die ihr manchmal weh taten. Unmöglich, vor Papa davonzulaufen: Er war die Spinne im Netz. Als sich die argentinische Dichterin Alejandra Pizarnik mit sechsunddreißig Jahren umbrachte, fand man auf dem Tisch ein Blatt mit ihren letzten Versen: »Und inmitten des Dickichts / Gott, die Spinne.« Als Zarza diese Zeilen las, erkannte sie sie als etwas Eigenes und dachte, daß das Haus ihrer Kindheit Pizarniks letztem Heim ähnlich gewesen sein mußte. Daß es einander entsprechende Orte gewesen sein mußten, vergleichbare Höllen, Alpträume, die mit derselben seidenweichen Nabelschnur verbunden waren.

Genau in diesem Moment spürte sie es. Zarza war fast an der

Ecke zur Calle Perú angelangt, als sie merkte, wie jemand hinter ihr auf ihren Schatten trat. Sie verspürte den heftigen Wunsch, sich umzudrehen, doch fehlte ihr der Mut dazu. Mit einer Hand faßte sie sich an ihr flatterndes Herz: Nico. Er war es. Sie spürte es deutlich. Sie wußte es. Sie beschleunigte ein wenig ihre Schritte zwischen den langsamen Passanten, die mit Tüten voller Sonderangebote beladen waren, es gelang ihr jedoch nicht, sich von dem Druck zu befreien, daß ihr jemand im Nacken saß. Der Schweiß brach Zarza aus allen Poren, obwohl es an diesem Vormittag eisig kalt war. Vor ihr lag jetzt die Calle Perú, eine kleine Querstraße ohne Geschäfte, die zu dieser Zeit wie leergefegt schien, weder Fußgänger noch Autos waren zu sehen. Das Haus, in dem ihre Schwester wohnte, befand sich in Sichtweite, aber Zarza traute sich nicht, weiterzugehen; von ihrem Verfolger bedrängt, konnte sie sich nicht in diese unbelebte Straße vorwagen. In ihrem Kopf drehte sich alles. Wie betäubt lief sie durch die Calle Colombia und stieß dabei hin und wieder gegen andere Passanten, die sie halb beleidigt, halb befremdet ansahen, sie, die sie ja alle in dieser glücklichen Stadt lebten, in der niemand um sein Leben rennen mußte. Zarza lief bei Rot über die Straße, sprang über Bürgersteige und rannte um Häuserecken, ohne zu schauen, wohin sie lief. Das Blut pochte in ihren Ohren, und ihr Verstand war vor Angst wie gelähmt, bis die Erschöpfung ihr schließlich eine Eisenplatte zwischen die Rippen rammte und sie völlig außer Atem stehenbleiben mußte, sich vor Schmerz krümmend, die Hände auf die Knie gestützt; es flimmerte ihr vor den Augen.

Zwei Häuserblöcke weiter konnte man den Eingangsbereich einer Behörde erkennen, Fahnen, ein paar Polizeiautos. Ein Polizeirevier. Zarza dachte kurz darüber nach, ob sie hineingehen und Nico anzeigen sollte. Aber was sollte sie ihnen erzählen? Daß ein ehemaliger Sträfling sie verfolgte? Welche Beweise hatte sie denn? Was konnte die Polizei für sie tun? Natürlich könnten sie sie nicht beschützen, und sobald Nicolás von dieser zweiten Anzeige erfuhr, würde er noch wütender werden. Zarza die Petze. Vor allem das: Sie wollte nicht weiterhin Zarza die Verräterin sein. Der Herzog hatte gesagt, daß man Verrätern die Zunge herausschnitt, und in der Tat war das auch bei ihr so, sie hatte keine Zunge und keine Worte mehr. Seit Jahren hatte Zarza nichts mehr gesagt, was wirklich einen Sinn gehabt hätte, nichts, was von Herzen gekommen wäre; nicht einmal ihrem Bruder Miguel hatte sie sagen können, wie sehr sie ihn liebte und daß er das einzige war, was sie hatte. In Zarzas Kopf drehten sich glühende Sätze, die nicht den Weg nach draußen gefunden hatten, die sie nie ausgesprochen hatte, weil ihre Verräterzunge amputiert worden war. Deshalb, gerade deshalb würde sie ihn nicht noch einmal verraten.

Immer noch keuchend und stöhnend richtete sich Zarza wieder auf und stellte fest, daß sie die bedrohliche Erscheinung hinter sich nicht mehr spürte. Sie drehte den Kopf: Menschen strömten an ihr vorbei, Autos fuhren die Straße entlang, aber keine Spur von Nicolás. Aufs neue hatte sie die Kontrolle verloren. Aufs neue hatte sie sich vom Grauen packen lassen. Sie ging gemessenen Schritts wieder zurück, und was Minuten vorher wie ein wahnsinniges Alptraumszenario schien, war nun wieder ein langweiliges, spießbürgerliches Viertel. Wie auch immer, vorerst wollte sie von einem Besuch bei ihrer Schwester absehen. Sie wollte sich lieber in ihr Auto verkriechen, wo sie sich beschützt fühlen könnte, lieber dort zur Ruhe kommen und dann vielleicht Martina zuerst anrufen, wenn es ihr gelang, Martinas Telefonnummer herauszufinden.

Ihr Wagen wartete wie ein treuer Hund auf sie am Bordstein. Mit der tiefen und erschöpften Erleichterung desjenigen, der während eines Schneesturms die rettende Berghütte erreicht, stieg sie ein. An den Türen drückte sie alle Knöpfe herunter und knöpfte sich dann die Winterjacke auf. Sie war vor Angst und durch das Laufen ganz verschwitzt; es war ein unangenehmer, klebriger Schweiß, ähnlich dem, der ihr vor vielen Jahren über den Körper geströmt war, wenn Schneewittchen auf sich warten ließ. Ich bin ein Dummkopf, sagte sich Zarza; ich werde noch verrückt, wenn ich weiterhin an allen Ecken und Enden Gespenster sehe. Dann entdeckte sie den Zettel. Auf der Höhe der Scheibenwischer. *Innen.* Auf dem Armaturenbrett. Ein zusammengefaltetes Blatt Papier. Zarza griff danach, sie fühlte sich einer Ohnmacht nahe und glaubte bei jeder Bewegung, sterben zu müssen: als sie die Hand ausstreckte, als sie das Stück Papier nahm, als sie es auseinanderfaltete. Sie hatte das Gefühl, es nicht ertragen zu können. Sie schaffte es dennoch, weil wir Menschen imstande sind, selbst das Unerträgliche zu ertragen.

Auf dem Zettel stand: »Ich bin dir immer dichter auf den Fersen.«

Das erste Mal, als Zarza sich Schneewittchen hingab, übergab sie sich. Es war völlig normal, daß man sich die ersten Male übergab, als wollte die Königin ein sauberes Spiel spielen und einen von Anfang an warnen, daß ihre Liebe einem die Eingeweide zerstört, daß ihre immense Attraktivität nichts weiter als vulgäres Blendwerk ist. Aber die harten Anfangserfahrungen brachten niemanden davon ab: Selbst wenn der Brechreiz einen schüttelte, wollte man sich der Königin weiterhin in die Arme werfen, mit ihr verschmelzen und in ihrer eisigen Schönheit untergehen. Schon beim ersten Mal war es bei Schneewittchen zu spät: Oft reichte ein einziger Kuß von ihr, um ihr zu erliegen. So war es bei Zarza gewesen, damals, vor fünfzehn Jahren. Sie kotzte sich fast die Seele aus dem Leib, explodierte innerlich jedoch gleichzeitig wie ein Feuerwerk, als hätte sie einen gigantischen Orgasmus. Sie betrat den Palast der Königin, und dort war alles behaglich und sauber. Nicht einmal Zarzas ekelerregende Klamotten, die mit ihrem Erbrochenen besudelt waren, verschmutzten dieses leuchtende und ruhige Ambiente. Schneewittchens Schönheit war kristallklar wie das Herz eines Eisbergs.

Nicolás hatte sie dorthin geführt. Er hatte die Königin schon einige Male besucht und wollte deshalb Zarza sofort mitnehmen, wie er das seit eh und je getan hatte. Seit ihrer frühesten Kindheit waren sie unzertrennlich gewesen. Obwohl sie Zwillinge waren, sahen sie sich nicht ähnlich; Zarza und Miguel hatten die keltische, zarte Statur der Mutter geerbt, wohingegen Martina und Nicolás nach dem Vater kamen: beide waren groß und kräftig, hatten breite Schultern, olivbraune Haut und dunkles, krauses Haar. Von klein auf hatten Nico und Zarza jedoch eine außergewöhnliche Verständigungsebene gehabt, verband sie eine uneingeschränkte Komplizenschaft, die etwas Beunruhigendes an sich hatte. Sie wurden gleichzeitig krank, lachten gleichzeitig, weinten gleichzeitig. Sie bekamen zur selben Zeit Zähne und brachen sich beim Sturz von ihren identischen Fahrrädern am selben Tag denselben Knochen. Mit den Armen ihres Bruders verband Zarza eigentlich die einzige Erinnerung an ein Zuhause. Diese Arme wurden mit der Zeit immer weicher und beschützender, aber auch immer dominanter, in dem Maße wie der Junge wuchs und groß und stark wurde wie ein Mann, bis er schließlich den doppelten Körperumfang hatte wie die winzige Zarza.

»Wenn wir groß sind, baue ich uns ein Haus mitten in einem Park, und dann werden du und ich dort zusammen leben«, pflegte Nicolás an jenen feuchten, dunklen Winterabenden zu sagen, während denen die Langeweile zu sehr der Traurigkeit glich.

»Und Miguel. Wir und Miguel«, fügte Zarza dann immer hinzu.

»Gut, Miguel darf auch mitkommen. Und das Haus wird wie ein Schloß sein, und alle Leute aus dem Dorf werden furchtbar neugierig sein, wer wir sind, weil sie uns nie oder jedenfalls fast nie zu Gesicht bekommen. Und wenn sie uns dann in einem schwarzen Auto ganz schnell vorbeifahren sehen, werden sie denken, wir sind Mann und Frau.«

»Und Miguel unser Kind ...«

»Quatsch ... Der Blödmann ist doch dann viel zu alt, um unser Sohn zu sein.«

»Miguel ist nicht blöd! Der Idiot hier bist du ...«, regte sich Zarza auf.

»Du nennst mich Idiot? Mich?« entgegnete Nico, verspielt und bärenstark.

Die Raufereien zwischen ihnen liefen stets gleich ab. Nico versuchte, Zarza so festzuhalten, daß sie sich nicht mehr bewegen konnte, und sie verteidigte sich, indem sie ihn kniff und an den Haaren zog. Die beiden wälzten sich dann auf der Decke, die sie auf dem Boden ausgebreitet hatten, und am Ende lag Nico stets oben, und Zarza ergab sich, unwillig, doch nicht vollkommen unglücklich darüber, daß sie verloren hatte. Denn Nicolás verwandelte sich daraufhin in das großmütigste und zärtlichste Wesen der Welt, und die beiden Kinder nahmen sich in die Arme und hörten der Melodie der Spieldose zu, und das war dann Zuhause.

Die würfelförmige Spieldose war aus duftendem Sandelholz und hatte eine Intarsienarbeit in Form einer Rose auf der Oberseite. Eigentlich war es ein Schmuckkästchen; wenn man den Deckel hob, öffnete sich auch die Vorderseite, und es kamen ein paar kleine Schubfächer zum Vorschein, die mit blutrotem Samt ausgelegt waren. Auf die Innenseite des Deckels hatte jemand anstelle des sonst üblichen Spiegels ein Schwarzweißfoto hinter Glas geklebt. Es war ein Porträt von ihnen allen, der gesamten Familie Zarzamala-O'Brian. Der Kleidung nach zu urteilen mußte es im Sommer gemacht worden sein, an einem strahlenden Tag, der Licht und Schatten in den Hintergrund des Bildes sprenkelte, als hätten sie sich in der belebenden Kühle einer Allee aufgestellt, unter grünen, sonnendurchfluteten Blättern. Mama lächelte und blickte direkt in die Kamera, ohne zu wissen, daß sie sich kurze Zeit später in ihr tränenfeuchtes Grabbett legen würde, um sich daraus niemals wieder zu erheben; in ihren Armen, in den verdächtigen Armen dieser noch lebenden Mutter lag Miguel, so winzig, so hübsch und so gesund anzusehen mit seinen pummeligen Händchen und den zehn Fingerchen und den zehn Zehen, sah es damals doch noch so aus, als würde dem Kind nichts fehlen. Martina, die älteste, stand rechts, aufrecht und stolz. Sie mußte etwa acht Jahre alt gewesen sein; sie lächelte, auch sie, so wie die Zwillinge lächelten. Die beiden Vierjährigen hatten sich an der Hand gefaßt und waren mit dem gleichen Streifenhemdchen bekleidet. Noch so viel Leben, bevor Schneewittchen auftauchte. Auf dem Foto sahen alle wirklich glücklich aus, so glücklich, wie sie es niemals gewesen waren, denn Zarza hatte von diesem Tag nichts im Gedächtnis bewahrt, sie erinnerte sich weder an die sonnige Allee noch daß sie jemals zusammen spazierengegangen waren. Und auch weil dort hinter der ganzen Gruppe Papa stand, die Seinen mit seinen starken, ausgebreiteten Armen beschützend oder festhaltend, der Gott-Vater, der Spinnen-Vater, obwohl er auf diesem Schnappschuß der beste Vater der Welt zu sein schien, mit diesem gutmütigen und ehrlichen Lächeln unter dem Schnauzbart, mit der Glückseligkeit des Zuflucht bietenden Papas.

Die Spieldose hatten sie von Mama geschenkt bekommen; aber vielleicht war es im Grunde gar kein Geschenk gewesen. Eines Abends, als ihre Mutter wie immer zusammengerollt in ihrem Bett und in ihrer Traurigkeit lag, hatte sie zu den Zwillingen bloß gesagt: »Nehmt sie mit.« Die beiden hatten es als Geschenk aufgefaßt, und die Dose wurde zu einem magischen Objekt, zu einem Talisman ihrer Kindheit. Oft, vor allem während der langsam verstreichenden, öden Wintersonntage, breitete Nicolás eine Decke unter dem Tisch im großen Eßzimmer aus. Dieser Tisch war ein schwerer Klotz für zwölf Personen, den sie nie in Gebrauch gesehen hatten, weil sie nie Gäste empfingen. Das Zimmer blieb deshalb das ganze Jahr über verschlossen, und es herrschte in ihm diese ungemütliche und feindselige Atmosphäre von Räumen, die nie benutzt werden und in denen es nie warm wird. Genaugenommen hatte das ganze Haus ein wenig von dieser Strenge. Es war wie ein krankes Gebäude, das man eigentlich für etwas anderes, für das wirkliche und wahrhaftige Leben entworfen hatte, das aber aufgrund eines sonderbaren Fluchs allmählich nutzlos und baufällig wurde, mit Gästezimmern ohne Gäste, Spielzimmern ohne Spiele, Liegestühlen im Garten, in die sich niemand legte.

Unter dem Tisch existierte jedoch eine andere Welt. Unter dem Tisch, mit einer Taschenlampe auf der Decke ausgestreckt, fühlten sich Nico und Zarza beschützt und in Sicherheit vor den Meteoritenregen und den Blitzen der zürnenden Götter. Das Leben des Hauses spielte sich auf der anderen Seite der verschlossenen Tür ab (in den Fluren hörte man schlurfende Schritte, entferntes Geklapper in der Küche), und allein die Tatsache, sich in einem Zimmer zu befinden, das niemals benutzt wurde, entfernte sie mehr von der wirklichen Welt als der morastige Graben eines Schlosses. Die Spieldose hatten sie stets dabei, sie hoben den Deckel und lauschten der Melodie, den zarten, hellen Tönen, die Zarza immer wie chinesische Musik vorgekommen waren, bis sie später, als sie schon viel älter war, erkannte, daß das Stück aus den ›*Gymnopédies*‹ von Satie stammte; unter dem Tisch betrachteten sie staunend und oft wütend das fotografische Zeugnis des familiären Glücks, das ihnen gehörte, und das ihnen irgend jemand gewaltsam gestohlen haben mußte. Das waren Zarzas Sinneseindrücke, die sie mit ihrer Kindheit verband: die rauhe Decke, das chinesische Geklimper, das schützende Halbdunkel ihres Zufluchtsortes, Nicolás' Arme und etwas weiter weg, am Ende des Tisches, auf dem Boden sitzend und ein wenig sabbernd, immer nah, aber nicht zu nah, der kleine, schweigsame Miguel, der vielleicht schon ein paar blaue Flecken auf seinen spindeldürren Beinen oder auf seinem blassen, knochigen Rücken verbarg.

Zarza hatte niemals eine Waffe besessen, nicht einmal, als das damals passierte, was passiert war. Sie hatte sich geweigert, eine zu benutzen, und das war schließlich ihre Rettung gewesen. Wenn man wirklich davon sprechen konnte, daß Zarza noch einmal davongekommen war. Gegen Ende, als es den beiden bereits verdammt dreckig ging und man Zarza aus dem Turm geworfen hatte, weil ihr schlechtes Aussehen die Kunden abschreckte, hatte Nicolás beschlossen, Pistolen zu beschaffen.

»Das ist das einzige Geld, das wir noch haben ... das wirst du doch nicht für so eine Scheiße ausgeben!« protestierte sie.

»Genau deshalb, du Dummerchen. Weil wir mehr Geld brauchen.«

Er besorgte also die Waffen, eine alte Beretta und einen Revolver, und nahm Zarza eines verregneten Freitags mit hinaus an den Stadtrand und ließ sie den ganzen Abend auf die Zweige der mickrigen Bäume der Vorstadt zielen, damit sie Übung bekam und ihre Angst verlor. Doch sie überwand sie nicht. Als die beiden am Tag des Überfalls das Haus verließen, warf sie den Revolver weg. In einen Müllcontainer, ohne daß Nico es bemerkte.

Jetzt war Zarza jedoch zu der Überzeugung gelangt, daß sie sich eine Pistole besorgen mußte. Der Zettel, den sie im Wageninneren gefunden hatte, hatte ihre Nerven blank gelegt; sie fühlte sich außerstande, weiterhin mit der Passivität eines an einen Pfahl gebundenen Lamms auf ihren Verfolger zu warten. Schußwaffen erschreckten sie zwar, doch der Bruder begann ihr noch viel mehr Angst einzujagen. Sie hatte nicht im geringsten die Absicht, auf Nico zu schießen, aber sie wollte ihn zumindest bedrohen können, ihm Widerstand entgegensetzen. Eine Pistole flößte Respekt ein, das hatte sie gesehen. Wenn man eine Pistole besaß, hatte man auch etwas zu sagen.

Das Problem lag darin, sich eine Waffe auf dem Schwarzmarkt beschaffen zu müssen. Beim letzten Mal hatte Zarza ihren Bruder, wenn auch murrend, begleitet, als er die Ware kaufen ging. Sie hatte Nico nie etwas abschlagen können, zu jener Zeit am allerwenigsten. Sie überlegte angestrengt, wie sie mit dem Waffenhändler Kontakt aufgenommen hatten: Damals hatten sie die Dinger in einem kleinen Laden in der Calle Miralmonte erstanden, mitten im schmutzigen Labyrinth der Altstadt, im Territorium der Königin. Seither waren viele Jahre vergangen, und es war unwahrscheinlich, daß es die Kontaktperson noch gab, doch es war die einzige Spur, die sie hatte. Zarza beschloß, sich dort einmal umzusehen.

Die Gegend war inzwischen Fußgängerzone, weshalb das Taxi sie an einem winzigen Platz herausließ; Mülleimer lagen herum, die von Wandalen aus den Halterungen gerissen worden waren, das Pflaster war mit Pommes frites, riesigen Klecksern blutroten Ketchups und fettigen Verpackungen aus dem Schnellimbiß an der Ecke übersät. Weiter vorn fing die Calle Miralmonte an. Zarza bog in die Straße ein und lief die Bürgersteige ab, allerdings vergeblich. Sie suchte einen kleinen Lebensmittelladen, einen dieser winzigen Familienbetriebe, wo man neben frischem Brot Wein im Tetra Pak und Wurstwaren kaufen konnte. Dieser Ort hatte sich ihr ins Gedächtnis eingeprägt: im

Hintergrund eine Kühltheke, vollgestopfte Regale an den Wänden. Und eine alte Frau mit rot gefärbtem Haar, die bediente. Dasselbe alte Weiblein machte einem älteren Mann, der vielleicht ihr Sohn war, mit dem Kopf ein Zeichen, daß er die Ware im Lagerraum holen solle, während sie gleichmütig einen gummiartigen gekochten Schinken, der wie ein riesengroßer rosa Radiergummi aussah, in Scheiben schnitt. Der Typ brachte dann die in Packpapier gewickelten Waffen nach vorne wie jemand, der gerade ein paar Seehechte verkauft. Es fehlte nur noch, daß er sie wog.

Doch nun war in der Calle Miralmonte von diesem kleinen Geschäft nichts mehr zu sehen. Zarza kam an einem Computerladen, einer Billig-Boutique, einer schmalen, langgezogenen Bar und einem Kurzwarengeschäft vorbei. In jedes der Geschäfte spähte sie hinein: Alle boten sie ein entmutigendes Bild von Normalität, und auch eine zerzauste Alte war nirgends zu entdecken. Sicherlich war sie längst gestorben.

Zarza kehrte zu dem kleinen Platz zurück, ohne genau zu wissen, was sie noch tun konnte. Inmitten der dreieckigen Fläche saß auf der einzigen der drei Bänke, die noch nicht zerstört war, ein junger Mann um die zwanzig. Es war an diesem Tag eiskalt, und die paar Handbreit Erde, die einmal ein winziges Blumenbeet hätten abgeben sollen, waren mit Rauhreif überzogen. Es war alles andere als angenehm, auf dieser polaren Bank zu sitzen, aber der Junge saß dort, still, in sich versunken, nur mit einer Jeansjacke bekleidet. Da kam Zarza eine Idee. Denn Zarza wußte Bescheid. Letztlich war dies hier immer noch Schneewittchens Stadt.

»Hallo«, sagte Zarza und setzte sich neben den Jungen, wobei sie spürte, wie sich die Kälte der Banklatten in ihre Oberschenkel fraß.

Der Junge warf ihr gerade mal einen stumpfsinnigen Blick zu.

»Hallo«, wiederholte sie. »Ich suche einen Laden, den es hier früher einmal gab, vor sieben Jahren ...«

»Keine Ahnung. Ich bin nicht von hier«, murmelte ihr Gegenüber, ohne sie anzusehen.

Ja, natürlich war er nicht von hier. Alle kamen sie von woanders, doch schließlich saßen sie im Reich der Königin fest.

»Ist egal, das will ich eigentlich ja auch gar nicht wissen ... Was ich will, ist eine Waffe. Vielleicht weißt du ja, wo ich eine kriegen kann. Jeder hat hier doch so eine Ahnung von dem, was auf der Straße los ist, oder?«

Der Junge zuckte zusammen und sah sie erschrocken an, wie durch ein Wunder aus seiner Benommenheit gerissen.

»Ich weiß nichts«, antwortete er mit einer nun sehr viel klareren Stimme.

»Keine Angst. Ich bin nicht von der Polizei. Ich ...«

»Du willst mich fertigmachen, ich weiß nichts!« schrie ihr Gegenüber sie an.

Und er sprang auf und machte sich auf und davon, die Straße hinunter, verschwand wie ein geölter Blitz um die nächste Ecke. Verblüfft blieb Zarza auf der Bank zurück, in einen Strudel kalter Luft gehüllt.

Ich bin bescheuert, dachte sie, ich bin wirklich bescheuert. Noch immer wie betäubt versuchte sie, das, was geschehen war, zu verdauen. Früher wäre mir so etwas nicht passiert, überlegte sie; früher war alles anders gewesen. Aber ... natürlich, früher hatte sie sich selbst im Reich der Königin befunden und jetzt eben nicht mehr. Die Untertanen der Königin teilten dieselbe Realität. Nicht, daß zwischen ihnen eine große Kameradschaft herrschen würde, ihr Verhalten war eher von einem blinden und abgestumpften Egoismus geprägt. Aber sie sprachen dieselbe Sprache. Sie konnten sich verstehen. Jetzt hatte Zarza die Grenze überschritten, sie gehörte nicht mehr zur Welt der Straße, zur

Nachtstadt, und die Untertanen der Königin mieden sie. Aber Zarza gehörte auch nicht zur Tagstadt, zum erfüllten und einigermaßen zufriedenen oder zumindest langweiligen Leben. Denn dort, wo Langeweile vorherrscht, gibt es kein Leiden. Sie hatte versucht, diesen Überdruß mit ihrem faden Alltag und ihren kleinen Routinehandlungen nachzuahmen, es war ihr allerdings nie gelungen, sich ganz in das harmlose, einfältige Leben zu integrieren. Zarza trieb, wie ihr jetzt klar wurde, inmitten des Nichts, in einem dunstigen Niemandsland, weder in der einen noch in der anderen Welt. Sie lehnte sich auf der eisigen Bank zurück und spürte dabei die Härte der Latten an der Wirbelsäule. Mit den Augen einer Fremden betrachtete sie die Stadt von Schneewittchen, diese anorganische, schmutzige und babylonische Großstadt, die sich um sie drängte, eine Art Kalkutta voller Schnellimbisse. Irgendwo in diesem düsteren und verwundeten Labyrinth wartete Nicolás, ihr Verfolger, ihr Bruder, ihr Henker. Zarza erschauderte und überdachte noch einmal, ob es zweckmäßig war, sich eine Waffe zu beschaffen. Da fiel ihr Daniel ein.

Daniel war der Barmann vom Désiré. Oder zumindest war er das noch vor acht Jahren gewesen, als Zarza ihn zuletzt gesehen hatte. Das Désiré war ein Nachtclub, in dem Carusos beste Mädchen arbeiteten; auch Zarza war dort gewesen, anfangs. Daniel war die Seele des Ladens. Die Mädchen fühlten sich in seiner Gegenwart sicher, nicht etwa, weil er besonders stark gewesen wäre (wenn es nötig wurde, ein paar Hiebe auszuteilen, riefen sie Carusos Schläger), sondern weil er es schaffte, jede Art von Aggressivität mit besonnenen, klugen Worten zu zerstreuen. Er war schlank und elegant; mit seinem glatten schwarzen Haar, den schlichten Seidenhemden und Bundfaltenhosen, die seine ausladenden Hüften kaschierten, sah er aus wie ein italienischer Fürst. Allerdings stammte er aus einer verrohten und kaputten Vorstadtfamilie. Von Kindesbeinen an hatte er sich um eine Horde Brüder kümmern müssen; eine Schule hatte er kaum betreten, sich Lesen und Schreiben – schwerfällige und gedrängte Buchstaben, die Insekten glichen – jedoch selbst beigebracht. Außerdem besaß er ein angeborenes Gespür für Schönheit; obwohl er nichts über Epochen, Stile und Meister wußte, gefiel ihm die Malerei und altes Porzellan, und er konnte einen Blumenstrauß mit größerem Geschick in einer Vase arrangieren als ein japanischer Florist. Er hatte sehr viele weibliche Züge, aber er war weit davon entfernt, diesen aufgesetzten Überschwang an den Tag zu legen, den die schwulen Kellner in den Nachtschuppen vollführten. Eigentlich sprach er wenig und hielt sich mit dem Zeigen seiner Gefühle ziemlich zurück; aber er konnte zuhören oder wußte zumindest, die halb neutrale, halb aufmerksame Miene desjenigen aufzusetzen, der an dem interessiert ist, was der andere ihm erzählt, ohne ein moralisches Urteil darüber zu fällen. Da Daniel also klug Anteilnahme und Distanz kombinierte, war er für den Turm und dessen Umgebung zu einer Art Institution geworden: Alle kamen sie zu ihm, um ihn zum Hüter ihrer Lippenbekenntnisse zu machen. Falls Daniel also immer noch an der Theke des Clubs arbeitete, würde er wissen, wie man an eine Pistole kam.

Damals, früher, in ihrem anderen Leben, in der Ära von Schneewittchen, wohnte Daniel ganz in der Nähe, in der Calle Trovadores, nicht weit vom Zentrum entfernt. Zarza sah auf die Uhr: 13.05 Uhr. Um diese Zeit würde er noch schlafen. Um so besser, dann würde sie ihn noch zu Hause antreffen. Wenn er denn in den letzten Jahren nicht umgezogen war.

Zarza erinnerte sich zwar nicht an die Hausnummer, dafür aber an die Haustür, die zweite rechts nach der Ampel. Außerdem sah der Hauseingang immer noch so aus wie früher: vielleicht ein wenig schmutziger, morscher aufgrund der Feuchtigkeit, mit mehr bröckelndem Putz. Da es keinen Aufzug gab, stieg sie zu Fuß die Treppe hinauf bis in den vierten und letzten Stock. Daniels Tür war erst kürzlich mit einer quietschgrünen Lackfarbe gestrichen worden. Zarza glaubte, darin die begeisterten Renovierkünste neuer Mieter zu erkennen, und fürchtete das Schlimmste. Dennoch drückte sie auf die alte Klingel; und sie drückte sie noch einmal, und noch einmal, ein schrilles, lautes Klingeln, das in der Stille der Wohnung widerhallte. Sie wollte schon wieder gehen, als sie hörte, wie der Riegel bedächtig zurückgeschoben wurde. Die Tür öffnete sich, und Daniel stand verschlafen vor ihr; er trug ein T-Shirt mit Werbeaufdruck, lila Schlafanzughosen, die ihm zu kurz waren, und um die Schultern einen alten Morgenrock. Die nackten Füße steckten in ein paar Stiefeletten, bei denen der Reißverschluß offenstand. Der Mann lehnte sich gegen den Türrahmen und zog halb überrascht, halb fragend die Augenbrauen hoch. Zarza spürte, wie eine heftige und unerwartete Röte ihre Wangen überzog. Unangenehm berührt räusperte sie sich, weil sie nicht erwartet hatte, daß die Begegnung sie in Verlegenheit bringen würde.

»Hallo Daniel ... Erinnerst du dich noch an mich?«

»Klar«, knurrte er mit der typisch rauhen Wolfsstimme desjenigen, der gerade aufgestanden war. »Sicher. Selbstverständlich erinnere ich mich. Du bist Zarza.«

»Entschuldige, daß ich dich störe. Du hast noch geschlafen, klar. Aber ich wollte dich um einen Gefallen bitten.«

Ohne mit der Wimper zu zucken sah Daniel sie an, als wolle er das Maß an Problemen abwägen, die Zarza in sein Leben bringen könnte. Vielleicht bemühte er sich aber auch nur, ganz wach zu werden. Schließlich zuckte er die Achseln.

»Also gut. Komm rein.«

Zarza folgte dem Mann in die Wohnung, die ebenfalls erst kürzlich gestrichen worden war. Sisalteppiche lagen auf dem Boden, vor den Fenstern hingen Baumwollvorhänge in leuchtenden Farben, und an die Wand waren mit Reißzwecken Gemälde von Velázquez geheftet, die er aus irgendeiner Zeitschrift herausgerissen hatte. Ein bescheidener, aber anständiger Ort. Daniel schlurfte in seinen Stiefeletten zum Kühlschrank, nahm eine Coca-Cola heraus und ließ sich neben dem Tisch auf einen Stuhl fallen. Er war in die Breite gegangen, dachte Zarza. Er war wesentlich korpulenter geworden und stark gealtert. Er hatte vom Schlaf geschwollene Ringe unter den Augen, sein schütteres Haar war ungekämmt und die Schädeldecke schimmerte unter dem bereits zur Kahlheit neigenden Kopf durch: Was war aus dem herrlichen glatten schwarzen Haar geworden, aus dem schweren fürstlichen Pony? Die überflüssigen Kilos hatten Daniels Hüften noch runder werden lassen, sie hatten ihm auch ein kleines Doppelkinn gezeichnet und sich in sichtbaren Ringen unter seinem zu engen T-Shirt angesammelt. Auf dem rechten Arm trug er über dem Handgelenk ein kleines Tatoo zur Schau. Zarza wunderte sich darüber, weil der Daniel, den sie kannte, kein großer Anhänger dieser Art von Hautverzierungen gewesen war. Als sie genauer hinsah, stellte sie fest, daß es sich um eine winzige blaurote Rose handelte, die von einem Männernamen umrahmt wurde: »Javier.« Was ihr noch seltsamer erschien, da der höchst diskrete Daniel niemals über seine Liebesbeziehungen gesprochen hatte. Natürlich war das früher gewesen, vor langer Zeit, vor acht Jahren. Wer weiß, was in der Zwischenzeit so alles passiert war. Fürs erste hatte sich Daniel rein physisch in eine andere Person verwandelt. Er hatte immer noch ein hübsches Gesicht und strahlte eine gewisse natürliche Vornehmheit aus, aber jetzt glich er nicht mehr einem toskanischen Fürsten, sondern eher einer römischen Matrone. Die Zeit war nicht gerade gnädig mit ihm umgegangen. Zarza fragte sich, ob sie selbst nicht ähnliche Verwüstungen aufwies. Schließlich und endlich mußten sie ungefähr gleich alt sein; vielleicht war Daniel zwei oder drei Jahre älter, und damit schon ein Vierzigjähriger. Auch sie, Zarza, näherte sich bedenklich diesem Alter, was sie immer wieder in Staunen versetzte, wenn sie daran dachte: Wie hatte sie nur so nachlässig sein können, einfach so vor sich hin zu leben, ohne sich darüber im klaren zu sein, daß sie lebte, einfach so viele Jahre zu verschenken aufgrund ihrer erbärmlichen Trägheit?

»Du siehst gut aus«, sagte Daniel unversehens, als hätte er gerade ihre Gedanken gelesen. »Sogar ziemlich gut. Gesund. Ich habe nicht erwartet, dich nochmals wiederzusehen. Ich dachte, du bist tot.«

»Du ... du siehst auch gut aus«, log Zarza.

»Quatsch. Ich bin ein richtiger Fettsack geworden.«

Daniel trank seine Coca-Cola aus und schnalzte mit der Zunge. Seine weißen, haarlosen Waden schauten unter den kurzen lila Hosenbeinen des Schlafanzugs hervor.

»Was willst du?«

»Ich brauche eine Pistole.«

»Du brauchst eine Pistole?«

»Mein Bruder ist aus der Haft entlassen worden. Erinnerst du dich an ihn? Nicolás, mein Zwillingsbruder. Er ist wieder draußen und bedroht mich.«

»Und warum bedroht er dich?«

Zarza holte tief Luft:

»Weil ich ihn an die Polizei verpfiffen habe.«

»Puh ... Lady, das ist aber eine häßliche Geschichte ...«

Daniels Sarkasmus gab ihr einen Stich, sie spürte seine spöttische Verachtung und Distanz.

»Ich bin nicht stolz auf das, was ich getan habe, Daniel, aber ich bin nicht hergekommen, um mich zu rechtfertigen. Wenn du mir helfen willst und kannst, gut. Wenn nicht, auch gut. Ich werde mein Leben jedenfalls nicht vor dir ausbreiten. Ich bin nicht einer deiner Gäste aus dem Désiré«, entgegnete Zarza mit einer gewissen Heftigkeit.

»Ich arbeite nicht mehr im Désiré«, antwortete Daniel gelassen. »Ich habe mich mit diesem Arschloch von Caruso verkracht. Ich bin jetzt im Hawaii. Das ist eine neue Bar, ganz hier in der Nähe. Eine noch schlimmere Spelunke. Alles wird jeden Tag ein bißchen schlimmer. Ich werde alt.«

»Tut mir leid.«

»Quatsch. Außerdem bist du auch älter geworden. Du tust so, als würde das Altwerden nur mich betreffen.«

»Ich habe mich nicht auf das Altern bezogen. Ich habe es wegen dem Désiré und alldem gesagt.«

Vor allem letzteres bedauerte Zarza. Tut mir leid, hatte sie gesagt und damit Daniels molligen Körper gemeint, all die verlorenen Jahre, die Demütigungen und Niederlagen, all die kleinen Geldbeträge, die Zarza in ihren letzten Tagen im Désiré aus Daniels Brieftasche gestohlen hatte, den Prozeß der inneren Zerstörung, das Ende der Hoffnung.

»Lassen wir das«, sagte er. »Du willst deinem Bruder also eine Kugel verpassen?«

»Nein! Ich möchte mich nur verteidigen können. Ihn von seinem Vorsatz abbringen. Ich will ihm die Pistole zeigen, ich will, daß er sieht, daß ich bewaffnet bin.«

»Okay. Und warum kommst du zu mir? Was habe ich damit zu tun?«

»Du hast nichts damit zu tun. Aber ich weiß nicht, an wen ich mich sonst wenden soll. Ich bin schon ziemlich lange aus diesen Kreisen raus, ich habe keine Kontakte mehr. Dir erzählt man doch alles. Ich bin mir sicher, daß du weißt, wo man eine Waffe herkriegt.«

Daniel sah sie eine Zeitlang nachdenklich an.

»Ich weiß nichts. Und selbst wenn ich was wüßte, ist das mit den Waffen ein sehr großes Risiko. Man weiß nie, was der andere mit dem Ding anstellt. Wer damit getötet wird, welchen Dreck man sich damit einhandelt.«

»Aber du kennst mich doch ...«

»Ja. Ich kenne dich.«

Zarza wurde wieder rot.

»Ich bin seit sieben Jahren clean. Ich bin nicht mehr so wie früher. Glaube ich jedenfalls.«

Kurze Zeit herrschte Stille, was für Zarza fast nicht auszuhalten war. Mit plötzlicher Entschiedenheit stand sie auf.

»Ist okay, Daniel. Ich gehe. Entschuldige, daß ich dich gestört habe. Du hast recht, du hast mit alldem nichts zu tun.«

»Warte ... warte, nicht nervös werden«, sagte er in spaßhaft trägem Ton. »Setz dich. Los, setz dich ... Du warst damals kein schlechtes Mädchen. Ich mochte dich. Dein Problem war die Scheiße, die du dir gespritzt hast. Ich kenne diesen Mist gut. Einer meiner Brüder ist daran gestorben.«

Die Stadt von Schneewittchen war ein seltsames, allen Schichten offenstehendes Territorium, dachte Zarza. Bei den Untertanen der Königin war einfach alles zu finden, vor allem aber erbärmliche Habenichtse und Kinder reicher Eltern. Schneewittchen nährte sich mit unparteiischer Gier von den beiden Extremen der Skala. Daniel war trotzdem nie in die Falle getappt, obwohl er immer sehr nah dran war. Zarza beneidete ihn darum.

»Wie stark du bist, Daniel ... Du hast immer verstanden, die Kontrolle über dein Leben zu behalten ... Das bewundere ich am meisten an dir.«

»Das ist keine Kontrolle, Kleine, das ist jeden Tag ein Ringen mit dem Tod. Das Leben ist Krieg. Nein ... das Leben ist wie eine Wanderung durch feindliches Land. Du mußt stets auf der Hut sein, stets dein Zelt heimlich aufschlagen ... Und jeden Tag werden die Dinge für dich schlimmer, weil du immer weiter in das Land der Bösen vordringst, immer einsamer und immer stärker umzingelt bist. Und du versuchst, hier und da im Urwald zu kämpfen, wie dieser muskulöse Rambo im Kino. Schau dir meine Wohnung an, ich habe sie gerade neu gestrichen. Ich allein, mit einer Walze, die Türen mit Lackfarbe. So sieht der harte Kampf mitten im Dschungel aus. Denn du kannst zulassen, daß alles zum Teufel geht. Daß dir die Decke auf den Kopf fällt und die Küche vollkommen versifft. Manchmal braucht man allein, um sich den Reißverschluß der Stiefel zuzumachen, schon unheimlich viel Kraft. Warum soll man saubermachen, warum sich waschen? Wozu soll man sich die schreckliche Mühe machen, zu leben? ... Um zehn Stunden im Hawaii zu verbringen? Und morgen wird es nicht mehr das Hawaii sein, sondern ein anderer, noch schäbigerer Club. Und danach die Straße. Und dann, wenn ich Glück habe, ein Heim für Bedürftige. Aber, wie du siehst, hier stehe ich. Und streiche meine Wohnung. Denn trotz allem sind wir keine Tiere.«

»Sie ist sehr schön geworden«, murmelte Zarza und fühlte sich wie eine Idiotin. »Wirklich, sie ist sehr schön und sehr gemütlich.«

Meine Wohnung ist dagegen ein Pantheon, dachte Zarza. Daniel hat den Kampf gewählt, und ich habe mich vergraben. Zarza gab sich auf die gleiche Weise ihrem kleinen Leben hin, wie ihre Mutter im Meeresgrab ihres Krankenbettes versunken war.

»Ich kenne jemanden, der dir das besorgen kann, was du haben willst«, sagte Daniel. »Kein dicker Fisch, aber vertrauenswürdig. Geh in den irischen Pub in Los Arcos, ich weiß nicht, wie er heißt, aber du kannst ihn nicht verfehlen, und frag nach Martillo. Sag, dich schickt Gumersindo, Gumersindo aus Hortaleza.«

»Gumersindo?«

»Das bin ich. Das ist mein wirklicher Name. Er ist allerdings nicht besonders schön, deshalb habe ich einen anderen angenommen. Daniel klingt eleganter, nicht wahr?«

Während der Mann sprach, kratzte er sich automatisch und unbewußt das Tatoo.

»Und das da?« Zarza konnte nicht umhin, nachzufragen.

»Was?« erwiderte Daniel mit gespielter Unschuld, obwohl er den Arm wegdrehte und die Zeichnung auf diese Weise versteckte.

»Das. Entschuldige meine Neugier, aber ein Tatoo ist eine Art öffentliches Bekenntnis, oder? Wer ist dieser Javier?«

Daniel hob den Arm, zog die Stirn kraus und betrachtete das eingefärbte Stück Haut.

»Ist nicht mehr.«

»Ist er tot?«

»Er ist weg. Er hat mich verlassen. Mehr gibt es dazu nicht zu sagen. Ich erinnere mich nicht einmal mehr an sein Gesicht. Es ist eine Sauerei, daß die Tatoos länger halten als die Erinnerung.«

»Tut mir leid.«

Daniels Doppelkinn zitterte leicht, und Zarza glaubte einen Moment lang, daß er gleich anfangen würde zu weinen. Aber zu ihrem Erstaunen brach er in Lachen aus:

»Es stimmt nicht. Das heißt, es ist keine Sauerei. Mein Tatoo gefällt mir, weißt du ... Ich weiß nicht, wie ich es dir erklären soll: Es ist das kleine Gepäck, das ich mit mir herumtrage.«

Zarza hatte nur ein Bild von ihrer Mutter im Kopf, wie sie auf den Beinen war, das Bild einer aufrecht stehenden, irdischen Mutter, bevor sie sich für immer ins Bett legte wie jemand, der in einen Abgrund stürzt. Es mußte viele andere Tage gegeben haben, an denen sie umherging, Tage mit sonnendurchfluteten Alleen wie auf dem Foto in der Spieldose, in deren Verlauf die weißen, zarten Füße ihrer Mutter den Staub der Erde berührten; aber Zarza entsann sich wirklich an keinen einzigen davon. Als sich das ereignete, was diese einzige Erinnerung an eine umherwandernde Mutter nährte, mußte Zarza etwa vier oder fünf Jahre alt gewesen sein.

Sie war also ein kleines Mädchen gewesen und hatte sich in der Vorratskammer neben der Küche versteckt. Das Einfamilienhaus in der Calle Rosas Nr. 29 hatte eine riesige, weiß gekachelte Küche, die so eindrucksvoll und so ungemütlich wie ein Operationssaal war. Daneben lag die Vorratskammer, hoch und schmal, in der vom Boden bis zur Decke Regalbretter angebracht waren. Zarza erinnerte sich, daß sie im Halbdunkel der Kammer gestanden hatte, ohne eine andere Lichtquelle als die des Oberlichts aus geschliffenem Glas. Die Regale, auf denen Konservendosen, Schraubgläser mit Zucker und Reis, Keksdosen und Ölflaschen standen, schwebten in Schatten getaucht, vollgestellt und formlos über Zarzas Kopf, sehr bedrohlich wirkend mit ihren aggressiven Umrissen und dem Finsteren ihrer Ecken, die die kindliche Vorstellung mit ekligem Ungeziefer bevölkerte. Phantasievolle und schreckhafte Kinder mögen keine düsteren Schlupfwinkel, so daß es ein wenig überraschend war, daß sich die kleine Zarza in jener kleinen Kammer eingeschlossen haben sollte. Doch sie war dort und hielt die Luft an, um keinen Lärm zu machen, während das Herz ihr bis zum Hals klopfte zwischen dem Geruch nach vergammeltem Käse und dem Duft von frisch geschnittenen Kräutern der Seifenstücke.

Dann öffnete jemand die Tür der Vorratskammer, oder vielleicht öffnete sie sich auch von selbst, weil Zarza jetzt wieder einfiel, wie sie still auf der Schwelle gestanden und die Mutter auf der anderen Seite des massiven weißen Holztischs inmitten der Küche entdeckt hatte. Mama blickte Zarza durchdringend an, und die kleine Zarza, welche die Szene von ihrer Höhe aus betrachtete, konnte nur den Kopf ihrer Mama sehen, mit ihrem herrlichen roten Haar, das ihr in zwei Lockenkaskaden über die Schultern fiel; der Tisch verdeckte den Rest ihres Körpers von den Ellenbogen bis zu den Oberschenkeln, und danach tauchten unter der Tischplatte die langen, schlanken Beine auf, die von einem engen grauen Rock umhüllt waren und in transparenten Strümpfen und hohen Schuhen steckten. Mama blickte Zarza also von oben durchdringend an, und Zarza erwiderte den Blick. Es war sehr heiß und schwül, es mußte Sommer gewesen sein, durch das Küchenfenster drang ein bräunliches, drückendes Licht, es mußte Abend gewesen sein, auf dem Küchentisch lag ein totes Kaninchen, das bereits gehäutet war, die Haushälterin wollte es sicher für das Abendessen zubereiten. Zarza erkannte nur ein gummiartiges, dreieckiges Stück Fleisch, das wie ein Gliederstumpf aussah und der Kopf des Tieres sein mußte. Mama blickte Zarza von der anderen Seite des Tisches und des

Kaninchens aus durchdringend an, und Zarza erwiderte ihren Blick.

Dann beugte sich Mama vor, ihre Locken streiften die weißen, irischen Wangen. Mama tat jetzt etwas, das Zarza nicht sehen konnte, sie hantierte da oben mit etwas herum, bewegte dabei die Arme, man hörte das Klingen von Metall, vielleicht wollte sie ja das Kaninchen selbst zubereiten. In diesem Moment erschien das Kindermädchen in der Küchentür und stieß einen Schrei aus. Ihr Schrei fiel mit einem fürchterlichen Donner zusammen, das Fenster sprang mit einem dumpfen Knall auf und schlug gegen den Rahmen, ein sengender Windstoß und das gleißende, fahle Licht eines Blitzes drangen herein. Zarza wußte nicht, ob die Hausangestellte aus Angst vor dem Gewitter geschrien hatte oder vor Schreck, weil das Fenster aufgesprungen war, oder aber weil sie von ihrer Perspektive aus, im Gegensatz zu Zarza, die schrecklichen, unsäglichen Geheimnisse der Erwachsenen sehen konnte. Das, was oberhalb der Tischplatte geschah, was ihre Mutter gerade tat. Zarza sah unter dem Tisch, der exakt dem Maß kindlicher Größe entsprach, wie ein blutbesudeltes Messer und ein paar dunkle, langsame Tropfen zu Boden fielen, wenn es doch nur das Blut des Kaninchens wäre, während Papa, denn wie Zarza sich jetzt erinnerte, war Papa ebenfalls in der Vorratskammer versteckt gewesen, während also Papa schützend ihre kindlichen Schultern drückte, und es roch nach feuchter Erde und nach Kräuterseife, die der Papa immer benutzte, und der Himmel riß über ihren Köpfen auf, und das Fenster schlug hin und her, und es schien, als wäre das Ende der Welt über sie hereingebrochen. War es aber nicht.

Los Arcos waren zwei große Innenhöfe, die, durch Arkaden aus Ziegelsteinen miteinander verbunden, inmitten eines riesigen Bürokomplexes lagen. Ursprünglich als elegantes, modernes Einkaufszentrum konzipiert, hatte Schneewittchen die Innenhöfe jedoch Schritt für Schritt erobert, und die Besitzerinnen der harmlosen Boutiquen waren schließlich gegangen, und zwei der ersten Restaurantbesitzer wachten eines Tages mit kaputten Knien auf, und am Ende, ein paar Jahre später, gab es in Los Arcos nur noch Spielhöllen, zahllose Pubs und Bars, deren Eigentümer alle Bewohner der Nachtstadt der Königin waren. Barbaren aus der eisigen Steppe, welche der zivilisierten Welt ein Ende bereiten wollten, grausame Tartaren mit finsteren Herzen.

Aber jetzt war es 14.30 Uhr an einem Januartag, und die meisten Lokale in Los Arcos waren geschlossen. Zarza hatte Glück, das San Patricio war eine der wenigen offenen Spelunken. Da es vorgab, ein irischer Pub zu sein, wurde an der Theke Fastfood serviert. Zwei, drei geistesabwesende Büroangestellte kauten schweigend belegte Brötchen. Zarza ging auf den Typen zu, der hinter den Tresen hantierte. Er war jung, hatte eine große Nase und schielte.

»Guten Tag. Ich suche Martillo.«

Der Typ heftete sein schielendes Auge auf sie.

»Aha. Und warum?«

»Ich komme von Gumersindo.« Zarza setzte alles auf eine Karte.

Der junge Mann schwieg und sah sie an.

»Von Gumersindo, Gumersindo aus Hortaleza«, führte sie weiter aus und wurde immer nervöser.

Der Kerl blickte sie weiterhin schweigend an, aber vielleicht sah er sie in Wirklichkeit noch nicht einmal an und war nur auf das Bier konzentriert, das er ausschenkte, bei Schielenden wußte man das ja schließlich nie. Zarza wurde immer verzagter.

»Ich möchte etwas von ihm kaufen«, gestand sie erschöpft.

Der Mann ging mit dem Bierkrug davon und stellte ihn vor einen der Büroangestellten auf die Theke. Dann kam er zurück und trocknete sich die Hände an einem Lappen ab.

»In zehn Minuten, im Durchgang zu den Toiletten.«

»Wo ist das?«

»Dort«, der Schielende wies hinaus, »durch den Flur da geradeaus. Wo die WCs sind. In zehn Minuten. Wenn niemand kommt, kommt niemand. Ich gebe die Info weiter, und Martillo entscheidet.«

Zarza nickte.

»In Ordnung. Vielen Dank.«

Der Flur war ein düsterer und schmaler Durchgang, der die beiden Innenhöfe miteinander verband. Auf halbem Wege befanden sich die beiden Toiletten des ursprünglichen Einkaufszentrums, eine für Männer, eine für Frauen. Die Nachbarschaft hatte verschiedene Male versucht, sie zu versiegeln, aber die nächtlichen Stammgäste hatten sie mit Fußtritten wieder aufgebrochen, so daß die Türen nun defekt waren. Im Durchgang war keine Menschenseele zu sehen, nur ein eiskalter Wind schnitt ihr ins Gesicht. Zarza lehnte sich an die mit Graffiti vollgekritzelte

Wand und wartete, wobei sie immer unruhiger und ängstlicher wurde. Zuvor war sie bei ihrer Bank gewesen und hatte alles Geld von ihrem Konto abgehoben: 356.000 Peseten. Die Scheine lagen nun zerknittert ganz unten in ihrer Tasche, eine allzu leichte Beute für jeden Schläger, der sie in diesem einsamen und finsteren Bogengang überfallen wollte.

Aber was ihr wirklich angst machte, war, daß ihr Bruder möglicherweise auftauchen konnte. Als sie den Zettel auf dem Armaturenbrett entdeckte, hatte sie den Wagen an Ort und Stelle stehenlassen; sie hatte das Gefühl gehabt, daß er verseucht war, von Nicolás' Gegenwart durchdrungen, Feindesland. Außerdem befürchtete sie, ihrem Verfolger die Dinge zu vereinfachen, wenn sie weiterhin mit dem Auto fuhr. Letzten Endes schien Nico keine Probleme damit zu haben, sie ausfindig zu machen. Seit diesem Augenblick war Zarza Taxi gefahren und hatte, um ihre Spuren zu verwischen, bei jeder Strecke mehrmals den Wagen und die Richtung gewechselt. Das Geld rann ihr bei der vielen Umsteigerei nur so durch die Finger, doch sie hoffte, Nicolás mit solchen Tricks irregeführt zu haben. Aber sie war sich natürlich nicht sicher, weil sie ihren Verfolger tief in sich trug und spürte, daß er ihr wie ein Schatten an den Fersen klebte. Zarza mummelte sich in ihre Winterjacke ein und drängte sich noch dichter an die rauhe Wand.

Die zehn Minuten Wartezeit waren längst überschritten, und sie glaubte schon, daß Martillo nicht mehr kommen würde, als sie forsche Schritte im Gang hörte; ihr Echo kam mit einem fast unterseeischen Nachhall von den eisigen Wänden zurück. Zarza richtete sich auf, um alles wachsam verfolgen zu können, als sie auch schon eine junge, winzig kleine Frau den Gang entlangkommen sah. Eine Jugendliche, fast noch ein Kind. Zarza lehnte sich enttäuscht zurück an die Wand. Die Kleine ging vorbei und warf ihr einen neugierigen Blick zu; kaum hatte sie sich jedoch ein paar Meter entfernt, drehte sie sich mit katzenhaftiger Schnelligkeit um und kam auf Zarza zu.

»Hallo«, sagte sie und sah Zarza dabei von unten an, weil sie ein so kleines Persönchen war. »Ich bin Martillo.«

»Du?« Zarza wunderte sich. »Wie alt bist du denn?«

»Was geht dich das an?« antwortete die Kleine dreist.

Sie schien dreizehn oder vierzehn Jahre alt zu sein, aber vielleicht war sie ja auch älter und ihr Zwergwuchs nur eine Folge von Rachitis. Zarza hatte viele ähnliche Jungen und Mädchen gesehen, Kinder aus den Vierteln am Stadtrand, mit Schlitzaugen wie Martillos und aufgequollenen Gaunerlidern und dicken, wie geschwollenen Lippen. Einer ihrer Zähne war zur Hälfte abgebrochen, das schwarze, lange Haar oberhalb der Schläfen geschoren. In der Unterlippe trug sie einen Piercingring.

»Ich weiß nicht ...«, meinte Zarza zweifelnd. »Vielleicht vertue ich mich ...«

Das Mädchen spuckte verächtlich auf den Boden.

»Ja ... du hast dich vertan, aber *gerade* eben ... Mir scheint, daß wir nicht ins Geschäft kommen werden, Süße.«

Und sie drehte sich auf dem Absatz um und ging.

»Warte! Warte, Martillo, bitte ...«, rief Zarza und lief hinter ihr her.

Das Mädchen blieb stehen.

»Ich wollte nichts von dir. *Du* wolltest etwas von mir«, grummelte es zutiefst beleidigt.

»Ich weiß, ich weiß ...«

»Und wenn ich dir nicht gefalle, so gefällst du mir noch viel weniger ...«

»Das ist es doch gar nicht, entschuldige, Martillo, ich habe absolut nichts gegen dich, es ist nur, daß ich mir jemand ganz anderen vorgestellt hatte, ich bin eine Idiotin, es ist meine Schuld. Geh nicht, bitte, ich brauche dich ...«

Martillo sah sie mit kraus gezogener Stirn an und fuhr mit der Zunge nachdenklich über den Ring an ihrer Lippe.

»Du hast behauptet, Gumersindo habe dich geschickt . . .«

»Ja . . . Er sagte mir, daß ich dir ausrichten solle, daß ich von ihm, Gumersindo aus Hortaleza, komme.«

»Woher kennst du ihn?«

»Wir haben vor Jahren zusammen in einer Bar hinter der Theke gearbeitet. Im Désiré. Jetzt ist er allerdings nicht mehr dort, sondern im Hawaii.«

»Und wie nennt er sich?« bohrte die andere, noch immer mißtrauisch, nach.

»Soweit ich weiß, nennt alle Welt ihn Daniel.«

Das junge Mädchen nickte zufrieden, um ihre Aussage zu bestätigen.

»Ja. Er ist ein guter Typ.«

»Gumersindo hat mir gesagt, daß du mir das verkaufen kannst, was ich brauche . . .«, fuhr Zarza fort, um die gute Stimmung des Mädchens auszunutzen.

Martillo entspannte sich ein wenig; sie grätschte die Beine und stellte sich bequem hin wie jemand, der sich auf ein längeres Gespräch einläßt.

»Das hängt davon ab, was du haben willst . . .«

»Das hängt davon ab, was du verkaufst . . .«

Martillo sah sie einen Augenblick forschend an und begann dann zu lachen. Ein kleines, nur angedeutetes Lachen.

»Ich verkaufe eine ganze Menge Dinge. Jetzt bist du dran. Mach den Schnabel auf. Und sprich laut und deutlich, damit ich dich auch verstehe . . .«

»Okay. Ich bin auf der Suche nach einer Pistole. Eine, die leicht zu handhaben ist.«

»Ich habe alles. Zum Beispiel eine Norinco, was ganz Feines. Ziemlich leicht, aber mit Neun-Millimeter-Geschossen. Ich habe auch eine Sominova, aber du weißt ja, daß die Sominovas manchmal Probleme machen, ich denke, daß dir die Norinco eher zusagen wird, was meinst du?«

Zarza pflichtete ihr verhalten bei, weil sie nicht zeigen wollte, daß sie keine Ahnung hatte von dem, was die andere ihr da gerade erzählte.

»Und wieviel würde die Norinco kosten?«

»Hmmm ... Nur fünfzig Riesen.«

»Fünfzigtausend??? Das ist irre viel.«

»Du bist verrückt. Das ist spottbillig. Und dann noch fünftausend extra für die Patronen.«

Zarza überlegte einen Moment, ob es sinnvoll war, zu feilschen und sich dabei lächerlich zu machen, und gab dann nach.

»In Ordnung.«

»Im Innenhof da hinten gibt es einen Imbiß. Bis wann hast du das Geld besorgt?«

»In zwanzig Minuten. Ich muß zum Automaten«, log Zarza.

»Gut, dann warte dort auf mich«, sagte das Mädchen.

Und sie trottete in dieselbe Richtung davon, aus der sie gekommen war.

Zarza ging zum Imbiß, einem kleinen und schmierigen Laden, in dem es nach ranzigem Fett stank. Er war leer bis auf eine dicke Frau, deren Kopf eine Dauerwelle zierte, die im Ofen eines Krematoriums hätte gelegt worden sein können. Die Frau wischte gerade lustlos einen der Plastiktische mit einem alten Scheuerschwamm ab, der aussah, als sei er aus ihrem Haarschopf gemacht worden. Zarza setzte sich in die Ecke, die am weitesten von der Tür entfernt lag.

»Was soll's sein?« murmelte die Frau.

»Ich warte auf jemanden. Einen Kaffee.«

»Die Kaffeemaschine ist aus«, sagte die Frau mit einem leicht höhnischen Unterton.

»Ein Bier.«

Zarza redete nur so daher, weil sich mit Alkohol zu betäuben das letzte war, was sie wollte, nicht einmal mit der kleinen Menge, die in einem Glas Bier war. Die Frau stellte eine kleine Flasche auf den Tisch, der noch immer klebte, obwohl sie mit dem Lappen gerade darübergewischt hatte, und schlurfte mit müden Schritten zur Theke zurück. Dort nahm sie auf einem der Hocker Platz, stützte die Ellenbogen auf den Tresen und verharrte so, mit vorgeschobenem Kinn und ohne mit der Wimper zu zucken, den Blick auf die Tür gerichtet, in der melancholischen Gleichmütigkeit, mit der Kröten die Dämmerung betrachten. So verstrichen die Minuten, und ein Stück Leben ging auf ewig vorbei.

Kurz darauf kam Martillo herein, eingezwängt in eine Kunstlederjacke, eine Schuhschachtel unter dem Arm.

»Hast du die Kohle?« fragte sie, kaum daß sie sich gesetzt hatte.

Sie und die Kellnerin hatten sich nicht einmal begrüßt, und letztere machte auch nicht die geringsten Anstalten, zu ihnen an den Tisch zu kommen. Das Mädchen war ohne Zweifel daran gewöhnt, ihre Geschäfte in dieser Spelunke abzuwickeln.

»Klar«, sagte Zarza und zeigte diskret auf das Bündel mit den 55.000 Peseten, die sie vor dem Betreten des Schnellimbisses abgezählt hatte.

Martillo ihrerseits hob nun den Deckel der Schachtel und schlug das verschlissene Handtuch auf, in das die Pistole eingewickelt war. Zarza machte auf ihrem Stuhl einen Satz und blickte sich nach allen Seiten um. Die Frau mit dem angeflämmten Kopf saß noch immer wie versteinert an ihrem Platz, in ihre Gedanken oder ihre Torheit versunken.

»Ruhig Blut«, sagte Martillo. »Hier kommt niemand rein, und die da weiß Bescheid. Das hier ist ein topsicherer Ort.«

Was für eine absurde Situation, dachte Zarza: eine kindliche Waffenschieberin, die in einem Imbiß Pistolen verkauft. Ein Schauer lief ihr über den Rücken. Waffen hatten etwas Schreckliches, etwas Eiskaltes und Böses an sich, als wären sie Katalysatoren für Schicksale, als würde sich, wenn man mit ihnen in Kontakt kommt, wenn man ihre schweren, harten Kolben berührt, das Geschehen beschleunigen, auf die Auflösung zustürzen, auf ein Wüten von Tod und Zerstörung, auf etwas Vernichtendes und Endgültiges. Es war, als ob man den Zauberwürfel knacken wollte: Man war schon nach wenigen Bewegungen verloren.

»Alles in Ordnung«, sagte sie und riß sich zusammen.

Zarza steckte Martillo das Geld zu, die ihr daraufhin den Karton überreichte. In aller Ruhe zählte das Mädchen die Geldscheine nach, leckte einmal zufrieden über das Stahlringchen an ihrer Lippe und schob sich den Betrag in die Hosentasche. Dann hob sie die Augen und sah Zarza mit einem fröhlichen und neugierigen Blick an.

»Brauchst du die Knarre, um damit einen Typen um die Ecke zu bringen?«

»Was geht dich das an?«

Martillo lachte und ließ dabei ihren kaputten Mausezahn blitzen.

»Alle Frauen, die sich eine Waffe zulegen wollen, ohne auch nur eine Scheißahnung von den Dingern zu haben, brauchen sie, um ihren Macker abzuknallen. Oder um ihm einen Schrecken einzujagen.«

»Und woher willst du wissen, ob ich was von Pistolen verstehe oder nicht?«

»Ruhig Blut, reg dich nur nicht auf«, machte sich Martillo freundschaftlich über sie lustig. »Hör zu, Lady, ich hab Hunger. Ein paar Hamburger gefällig?«

Zarza dachte einen Moment an ihren Magen und daran, daß sie zwar eigentlich keinen Appetit hatte, trotzdem aber etwas essen sollte. Warum nicht hier und jetzt? Besser mit Martillo und in diesem verlorenen Schuppen als an irgendeinem anderen Ort, wo sie damit rechnen mußte, daß ihr Verfolger plötzlich vor ihr stand.

»Warum nicht ...«

»Carmen, zwei Doppelte mit Schinken und Käse! Und ein paar Bratkartoffeln!« brüllte das Mädchen. Dann wandte sie sich Zarza zu und zeigte mit dem Kopf auf die dicke Frau. »Sie ist zwar ein Dummkopf, aber kein schlechter Mensch ... Trinkst du das Bier da nicht?«

Zarza schüttelte den Kopf, woraufhin Martillo die Flasche in einem Zug leer trank.

»Sechzehn«, sagte sie dann.

»Was?« fragte Zarza.

»Ich bin sechzehn. Und du hast keinen blassen Schimmer, weil es nämlich überhaupt keine Pistolen gibt, die Sominova heißen. Sominova war der Name einer russischen Freundin von mir, aus Kiew. 'ne coole Frau. Früher haben wir unsere Geschäfte immer zusammen abgewickelt.«

»Und was ist mit ihr?«

Martillo zuckte die Achseln. »Was glaubst du? Sie ist tot.«

Und wieder lachte sie mit ihren dicken und aufgesprungenen, wie vom Fieber geschundenen Lippen. Die Kellnerin brachte die Hamburger und eine Pfanne mit fettigen Kartoffeln, die offensichtlich in der Mikrowelle warm gemacht worden und mit einer verdächtig aussehenden rötlichen Soße bedeckt waren. Martillo stürzte sich mit der Gier eines Raubtierjungen auf das Essen und konzentrierte sich eine Zeitlang nur darauf. Sie war wie ein Gnom oder ein Elf, dachte Zarza, ein unwirkliches Wesen, das aus einer undefinierbaren Welt kam, zwischen der Peripherie und dem urbanen Zentrum, zwischen Kindheit und Erwachsenenalter. Zwischen Unschuld und Verruchtheit.

»Wie schon gesagt, ihr kommt alle aus dem gleichen Grund. Schlägt dich dein Macker? Mir kannst du es erzählen. Es gibt nichts, was ich nicht schon gesehen hätte! Du solltest nicht zulassen, daß er das mit dir macht. Knall ihm eine Ladung in die Eier.«

Zarza schluckte.

»Er ... er hat mich niemals geschlagen. Gut, ein paar Ohrfeigen, aber das ist schon Jahre her ...«

»Aber du hast Angst, daß er dich eines Tages umbringt ...«

Zarza nickte, wütend auf sich selbst. Sie fühlte sich außerstande, Martillo anzulügen, oder zumindest sie noch mehr anzulügen, als sie es ohnehin schon tat.

»Das sind die Schlimmsten. Die Kaltblütigen. Das sind die, die dir wirklich die Kehle aufschlitzen. Den anderen geht beim Zoffen viel Kraft verloren, er knallt dir eine, reißt dir an den Haaren ... Aber die Kaltblütigen, puhh ... Hör auf mich und schieß ihm in die Eier ...«, sagte Martillo besonnen. Und dann fragte sie: »Willst du, daß ich es dir beibringe?«

»Was beibringen?«

»Schießen, Lady, was denn sonst? Du bist vielleicht blöd.«

Zarza zuckte zusammen.

»Nein, nein ... Man hat es mir vor ein paar Jahren schon mal gezeigt. Ich erinnere mich, glaube ich, noch daran.«

Martillo reckte sich und griff nach dem Schuhkarton. Sie stellte ihn auf ihren Schoß und nahm im Schutz der Tischplatte die Waffe heraus; mit Leichtigkeit und Sicherheit hantierte sie an ihr herum wie eine Jugendliche, die einen Walkman in Händen hält.

»Das ist die Sicherung, schau genau hin. Beug dich rüber, Lady, sonst siehst du nichts ... So wird entsichert und so wieder gesichert, hier kommt die Munition rein, hier drückst du ab. Es ist kinderleicht. Du mußt nur auf die Flamme aufpassen.«

»Was für eine Flamme?« flüsterte Zarza und warf der dicken Frau einen nervösen Blick zu. Aber die Kellnerin hatte sich wieder auf den Hocker gesetzt und war in ihr krötenartiges Schweigen versunken.

»Die, die aus der Pistole kommt. Darum nennt man sie Feuerwaffen, weil, wenn du schießt, zzzzssssch!, hier eine Flamme rauskommen muß. Wenn nicht, hast du ein Problem, weil dir dann im schlimmsten Fall beim nächsten Schuß das Ding um die Ohren fliegt. Deshalb mußt du darauf achten.«

»Und all die Banditen, die bei Überfällen in der Gegend rumballern, nehmen sich die Zeit, darauf zu achten?«

»Das gehört sozusagen dazu, nicht, daß man darauf schaut, man merkt es einfach, weißt du, was ich meine?«

Martillo packte die Norinco mit vorsichtiger Zärtlichkeit wieder in das alte Handtuch. Wie ein kleines Mädchen, das ihre Puppe zudeckt.

»Wie lange machst du das schon?« fragte Zarza.

»Was? Auf der Straße rumhängen, Waffen verschieben?«

»Weiß nicht. Alles.«

»Seit zwei oder drei Jahren mache ich das allein ... Es geht mir nicht schlecht dabei. Niemand kommandiert mich rum. Und ich schulde niemandem etwas. Ich habe vor niemandem Angst, weißt du, was ich meine? Schlimmstenfalls werde ich irgendwann umgebracht, aber was macht das schon. Ich kratze lieber ab, solange ich noch jung bin. Meine Alte hatte ein Scheißleben. Sie wird wohl noch immer so leben, irgendwo, ich gehe nicht mehr hin. Ich will nicht so werden. So ein Leben ekelt mich an. Entweder man lebt, oder man lebt nicht. Weißt du, was ich meine? Gumersindo, ja, der Typ ist echt okay. Er hat auf mich aufgepaßt, als ich klein war. Wir waren Nachbarn. Ich bin wie ein Hündchen auf allen vieren durch den Dreck gekrabbelt, und Gumersindo hat mir zu essen gegeben und mich gewaschen. Er ist wirklich prima, man kann ihm vertrauen. Und mir auch. Weißt du, in meiner Welt habe ich meine Freunde und meine Feinde. Und ich bin immer auch die Freundin meiner Freunde und die Feindin meiner Feinde. Alle Welt weiß, was sie von mir zu erwarten hat. Das heißt, ich weiß, wo ich stehe, und alle anderen auch. Das ist das einzige, was zählt. Richtig leben und vertrauenswürdig sein. Wenn sie dich dann kaltmachen, dann bist du eben im Arsch. Den Löffel abgeben müssen wir jedenfalls alle ... Und dir, kann man dir denn trauen?«

»Warum wirst du Martillo genannt?« lenkte Zarza von der Frage ab.

»Was geht dich das an?« erwiderte das Mädchen, diesmal ohne Schärfe, fast zärtlich, während sie die beiden letzten widerlichen Kartoffeln hinunterschluckte und die rote Schmiere ableckte, die an ihren Fingern klebte wie stinkendes Requisitenblut.

Dann trank sie das dritte Bier leer, das sie bestellt hatte, ließ die leere Flasche spielerisch gegen den Piercingring klirren und rülpste zufrieden.

»Gut, das war's. Ich muß jetzt gehen. Hier, nimm.«

Sie hatte das Bündel mit den Scheinen aus ihrer Hosentasche hervorgeholt und zog nun einen Fünftausender heraus.

»Nimm. Ich mache dir einen Sonderpreis. Ich schenke dir die Patronen. Schließlich müssen wir Frauen gegen diese Brutalos zusammenhalten, oder?«

»Danke«, sagte Zarza.

»Du lädst mich dafür zu dem Festmahl hier ein, okay?« sagte das Mädchen und zwinkerte ihr zu, während sie sich erhob.

Wenn sie herauskriegt, daß ich eine Verräterin bin, eine, die andere verpfeift und noch viel Schlimmeres gemacht hat; wenn sie herauskriegt, wie ich in Wirklichkeit bin, wird mir dieses kleine Raubtier ins Gesicht spucken, dachte Zarza. Aber da Martillo es nicht wußte, verließ sie stolz und zufrieden das Lokal. Zarza sah ihr nach, wie sie den Innenhof von Los Arcos überquerte mit dem hochmütigen Habitus eines siegreichen Generals, der seinem vorzeitigen Tod entgegengeht. Phantastische Wesen haben immer eine flüchtige Existenz.

Solange Zara in den Armen von Schneewittchen lag, glaubte sie, niemals von dort entkommen zu können. Die Königin war eine sehr eifersüchtige Herrscherin; sie verlangte von ihren Untertanen die absolute Hingabe, das vollkommene Sichausliefern mit Leib und Seele, das Opfer des Verstandes. Solange man in der Nachtstadt wohnte, gab es keinen einzigen Moment im Leben, der nicht dieser unerbittlichen Herrin gehört hätte. Schneewittchen war wie das Herz eines Schwarzen Lochs: eine unsichtbare und unberechenbare Masse, die alles verschlang, ein Abgrund von unwiderstehlicher Anziehungskraft. Wenn die Königin einen in ihr Gravitationszentrum zog, löste sich das gesamte Universum zwischen den Falten ihres Hermelinmantels auf.

Schließlich war so fast alles verschwunden; die Stadt bestand nur noch aus den Straßen, die zu Schneewittchen führten, und daneben gab es keine Filme mehr zu sehen, keine Bücher mehr zu lesen, auf keinen Bürgersteigen mehr spazierenzugehen, keine Musik mehr zu hören, keine Gespräche mehr zu führen. Damals aßen sie nur noch das Nötigste und redeten nur noch das unbedingt Erforderliche, um die Ankunft der Königin vorbereiten zu können. Sie hatten auch keine Freunde mehr: Die aus ihrem früheren Leben trafen sie nicht mehr, und ihre neuen

Bekannten, Schneewittchens Gefährten, zeigten eine verblendete Neigung, einfach zu sterben. Darüber hinaus wechselten Nico und Zarza ständig ihre Behausung; jedes Mal war es ein etwas trostloserer Ort, stets flohen sie vor Schulden und Feinden, vor Bekannten, denen sie ein paar Briefchen geklaut hatten und die mit etwas Glück krepieren würden, bevor sie sie von ihnen zurückfordern konnten. In diesen schäbigen Wohnungen herrschte die Stille, nur ab und zu hörte man Miguels selbstversunkenes Trällern. Miguel lebte bei ihnen; lange Zeit brachte Zarza das letzte Fitzelchen an Willenskraft für ihren kleinen Bruder auf. Daß im Kühlschrank wenigstens etwas für ihn zu essen war, daß er wenigstens geregelte Schlafenszeiten hatte, Spielzeug, mit dem er spielen konnte, einen gewissen Anschein von Normalität. Bis der Tag kam, an dem selbst Miguel von dem Strudel mitgerissen wurde und Zarza aufhörte, sich um ihn zu kümmern: Ihr Bruder glitt ihr einfach aus dem Kopf. Die drei lebten weiterhin in derselben Wohnung, Nico, Zarza und der Idiot, aber es war ohne Zweifel ein ganz anderes Heim als das Schloß im Park, das sich Nicolás als Kind erträumt hatte.

Viele Jahre vorher, bevor es zu alldem gekommen war, hatte es ein anderes bedeutsames Verschwinden gegeben, das erste von allen, das der Mutter, die sich selbst umgebracht hatte oder ermordet worden war oder vielleicht in ihrer Verwirrung zu viele jener Pillen eingenommen hatte, mit denen sie sich vollzupumpen pflegte. Man fand sie, als sie schon kalt, vergessen und steif in ihrem Bett lag. Ein blutroter, getrockneter Schaum versiegelte ihr den Mund. Niemand würde je wieder diese klebrigen Lippen küssen, niemand würde die schlafende Prinzessin je wieder aus ihrem unendlichen Schlaf reißen.

Damals waren die Zwillinge fünfzehn Jahre alt, und es war noch lange Zeit hin, bis sie Schneewittchen kennenlernten. Aber das Leben schloß sich immer mehr um sie, wie eine Falle, mit jedem Knacken mehr, Stück für Stück, wie die farbigen Quadrate des Zauberwürfels. Dank der Erbschaft ihrer Mutter hatten sie nun ein Taschengeld zur Verfügung, das ihre Schulkameraden baff machte. Ihr unglückseliges Waisendasein schien ihnen Grund genug, sich alles zu erlauben. Woher nehmen Menschen die Kraft, dem sinnlosen Schmerz zu trotzen, dem unbegründeten Bösen? Zarza und Nico widersetzten sich ihm jedenfalls nicht. Sie betäubten sich nur. Sie begannen, exzessiv und unkontrolliert zu trinken, Wein, den sie aus der Vorratskammer stahlen, oder Mixgetränke aus Rum und Gin, hochprozentigen Alkohol, den ein volljähriger Kumpel für sie im Supermarkt kaufte und dafür im voraus eine bescheidene Provision kassierte. Sie gingen sehr spät ins Bett und standen erst mittags auf; mitten in der Nacht hörte man, wie sie im Haus herumstolperten. Sie hatten immer gute Noten nach Hause gebracht, aber plötzlich hörten sie auf zu lernen. Sie mußten eine Klasse wiederholen, und der Schuldirektor bestellte den Vater zu einem Gespräch. Herr Zarzamala erschien allerdings nicht zum vereinbarten Termin. Man konnte nicht behaupten, daß der Vater seinen Kindern damals übermäßig viel Aufmerksamkeit geschenkt hätte. Manchmal begegneten die Zwillinge ihm sehr spät nachts, wenn sie nach Hause kamen; Papa beschränkte sich dann darauf, sie mit einem langen, berechnenden Blick aus der Ferne zu betrachten und dabei die Haare seines Schnauzbarts zu zwirbeln.

Aber es gab auch ein paar Situationen, in denen sich Herr Zarzamala seinen Kindern näherte, und seine Nähe war stets gefährlich. Wie an jenem Frühlingsabend, wenige Monate nach dem Tod ihrer Mutter. Es war regnerisch und lau, und Papa bat die Zwillinge in sein Büro. Der Ohrensessel, der schwere Tisch, die Schiebetür, die auf den Garten raus ging. Und eine Handvoll gespenstischer Erinnerungen, die in der stillen Luft des Zimmers schwebten wie der abgestandene Rauch einer Zigarre.

»Du scheinst langsam ein Mann zu werden, Nicolás ...«, begann Papa sehr sanft und lächelnd. »In den letzten Monaten bist du mächtig in die Höhe geschossen. Jetzt reichst du schon fast an mich heran ... was die Körpergröße betrifft.«

Er lachte auf, als hätte er etwas sehr Witziges gesagt. Zarza machte Anstalten zu gehen; seit dem Selbstmord, oder dem Mord, ertrug sie die Gegenwart ihres Vaters nicht mehr.

»Du bleibst sitzen und rührst dich nicht von der Stelle!« bellte er und zeigte gebieterisch mit dem Finger auf den Stuhl.

Zarza setzte sich wieder.

Der Vater machte ein paar Schritte durch das Büro, wobei sich seine Miene entspannte, bis sich von neuem ein Lächeln auf seinem Gesicht abzeichnete.

»Gut ... Nicolás, ich sagte gerade, daß du sehr gewachsen bist ... und daß du dich für einen ganzen Mann hältst. Nichts würde mich mehr freuen, als dies zu bestätigen, lieber Nicolás, das kann ich dir versichern ... Was hältst du davon, wenn wir uns ein Schlückchen genehmigen, um dein Mannsein zu feiern? Einen Drink, jetzt, du und ich? Wie Kumpel?«

Nico sah ihn argwöhnisch an.

»Was willst du wirklich von mir?«

Der Vater hob die Hände in die Höhe, so daß seine Handflächen sichtbar wurden, als wolle er damit seine Unschuld beteuern.

»Nichts, mein Sohn. Ich möchte nur ein bißchen Spaß mit dir zusammen haben. Es ist lange her, daß wir uns unterhalten haben ... Trinken wir etwas, um in Stimmung zu kommen?«

Nico zuckte die Achseln.

»Okay.«

»Ich gehe«, sagte Zarza.

»Du bleibst«, wiederholte der Vater weniger barsch als vorher, aber genauso unbeugsam. »Du bleibst hier und nimmst an der Unterhaltung teil. Zu trinken kriegst du allerdings nichts, weil euch jungen Mädchen Alkohol überhaupt nicht gut bekommt ... Bei deinem Bruder ist das natürlich etwas anderes, dein Bruder ist ein ganzer Mann ... Wenn du willst, ich glaube, ich habe hier noch irgendwo ein bißchen Saft für dich ...«

Unterdessen durchsuchte er einen kleinen Kühlschrank, der in seinen Bücherschrank eingebaut war. Er holte drei Gläser heraus, füllte sie mit Eis und schenkte großzügig zwei Whiskys ein und einen Ananassaft. Er stellte die Getränke vor die beiden und setzte sich wieder.

»Gut, meine lieben Kinder ... Stoßen wir auf uns an. Auf die Familie! ... Runter damit, Nicolás ... Verzieh doch dein Mündchen nicht wie eine junge Dame ...«

»Ich verziehe gar nichts«, entgegnete der Junge wütend.

Und er trank mit übertriebener Geste, in typisch jugendlicher Angebermanier, in ein paar Schlucken das Glas Whisky leer.

»Bravo, das gefällt mir!« rief Papa aus und leerte ebenfalls sein Glas.

Dann füllte er die Gläser erneut, bis das noch unversehrte Eis bedeckt war.

»Mir scheint, das wird ein sehr vergnüglicher Abend ...«, erklärte er lächelnd, als er sich wieder in seinem Sessel zurücklehnte.

Das waren die letzten Worte, die gewechselt wurden. Danach tranken sie nur noch und schenkten sich nach, tranken und schenkten sich nach. Immer dieselbe Menge in die beiden Gläser, immer dasselbe Ex-und-Hopp. Die Nacht brach herein, und die Profile von Vater und Sohn hoben sich im Halbdunkel vom intensiven Blau des Fensters ab. Sie sahen sich so ähnlich, dieselben arabischen Augen, derselbe feste, kräftige Knochenbau, obwohl Papa sich in der letzten Zeit ziemlich hatte gehen lassen: seine Schultern beugten sich langsam, er setzte einen Bauch an und auf seinem Kopf machte sich allmählich eine Glatze breit. Sie sahen sich so ähnlich, doch Nico war erst fünfzehn und Papa über vierzig. Bei der Hälfte der zweiten Flasche wurde Nico ohnmächtig. Bewußtlos und geschwächt auf dem Boden ausgestreckt, begann er sich mit verdrehten Augen zu übergeben. Der Vater stand auf und machte mit zitternder Hand die Tischlampe an. Ein unbarmherziger Lichtstrahl fiel wie ein Scheinwerfer auf Nicolás' zusammengesackten Körper.

»Was für ein Anblick, schau ihn dir an . . .«, meinte er verächtlich und ein wenig lallend. »Da hast du dein Mannsbild.«

Und er verließ aufrecht und langsam das Büro, wobei er sich unauffällig an den Wänden abstützte.

Jetzt weiß ich, wo Nicolás steckt, dachte Zarza auf einmal. Ich weiß, wo er ist. Wie dumm war sie bloß gewesen, daß ihr das nicht schon früher eingefallen war. In einem der heruntergekommenen WCs in Los Arcos eingeschlossen, schlug sie sich mit der Hand an die Stirn und verfluchte ihren mangelnden Scharfsinn. Sie war in die Toiletten gegangen, um die Pistole zu checken; sie nahm sie aus dem Karton und dem verschlissenen Tuch und ließ sie eine Weile von einer Hand in die andere gleiten. Dabei ging sie in Gedanken durch, wie sie funktionierte. Nicolás' alte Lektionen schossen ihr durch den Kopf, unzusammenhängende Bruchstücke, die nicht viel zu nützen schienen. Als sie die Patronen in die Metall-Vertiefungen steckte, überkam sie wirkliche Angst: Die Pistole brannte in ihren Fingern, als wäre diese widerspenstige, schwere Vorrichtung in der Lage, durch die bloße Berührung zu töten. Dann sicherte sie das Ding und versuchte, gegen die am weitesten entfernte Wand zu feuern. Nichts. Es passierte rein gar nichts. Es war unmöglich, den Abzug zu betätigen. Zarza seufzte, nun sehr viel ruhiger. Eigentlich hoffte sie, daß die Pistole nur ihre abschreckende Funktion erfüllen würde, weil sie auf Nico nicht schießen wollte. Aber auf jeden Fall käme es ihr zupaß, bewaffnet zu sein, jetzt wo sie zu wissen glaubte, wo ihr Bruder sich befand.

In der Calle Rosas Nr. 29 natürlich. Im Haus ihrer Kindheit, im Familiendomizil, das verlassen und leerstand. Anfangs, als der Vater gerade verschwunden war, hatte der Richter das Haus vorsichtshalber gepfändet; dann kamen die verschiedenen Urteile und die Begleichung der Schulden und Geldbußen. Nico und Zarza, die immer Geld brauchten, verkauften ihren Erbteil an Martina. Das Anwesen gehörte nun der älteren Schwester, obwohl diese es nicht zum Verkauf anbieten konnte, bevor der Vater nicht für tot erklärt wurde. Das Haus war schon über zehn Jahre verriegelt, doch Zarza hatte immer noch einen Satz Schlüssel. Wie seltsam, daß sie diesen unnützen Schlüsselbund behalten hatte, während alles andere aus ihrem Leben verschwand, als wäre ein Orkan darübergefegt.

Ihr Bruder war bestimmt in der Calle Rosas Nr. 29. Das war ein unauffälliger und mit keinerlei Ausgaben verbundener Ort. Ersteres käme ihm gerade recht, um sie hetzen zu können, ohne Spuren zu hinterlassen, was unmöglich gewesen wäre, hätte er in einer Pension oder einem Hotel gewohnt; und was das kostenfreie Wohnen betraf, so war dies ein beachtlicher Vorteil für jemanden, der mittellos war. Ja, Zarza kannte Nico gut, ihr Bruder *mußte* in der Calle Rosas Nr. 29 sein. Zarza könnte dorthin fahren, ins elterliche Haus, und Nicolás überraschen. Sie könnte mit ihm reden und ihn vielleicht überzeugen. Setz dich, würde sie zu ihm sagen und sorgfältig mit der Pistole auf ihn zielen. Setz dich und laß uns reden. Vielleicht würden sie sich einigen können. Sie würde ihn um Verzeihung bitten, Geld anbieten. Zarza hatte allerdings nur 300.000 Peseten. Sie war sich sicher, daß dies für Nico eine lächerliche Summe war; sie war sich sicher, daß er ihren Verrat sehr viel höher veranschlagen würde. Ihr selbst erschien das sehr wenig: 300.000 Peseten für sieben Jahre Gefängnis anzubieten war erbärmlich, nahezu ein Affront, auch wenn es Zarzas gesamtes Vermögen darstellte. Und sie hatte noch viel schlimmere Schulden zu begleichen. Sie schüttelte den Kopf und schaltete ihr Gedächtnis ab: Darin lagen abgründige Erinnerungen, denen sie sich nicht stellen wollte und konnte.

Das erste Problem, das Zarza lösen mußte, wenn sie ihr Elternhaus in der Calle Rosas aufsuchen wollte, war, die Schlüssel aus einer Schublade in ihrem Apartment zu holen. Als sie am Morgen in fliegender Hast davongelaufen war, hatte sie natürlich nicht daran gedacht, den alten Schlüsselbund einzustecken. Das bedeutete, daß sie zwangsläufig in ihre Wohnung zurück mußte, was ihr ganz und gar nicht gefiel; es schien ihr sogar gefährlich, weil Nicolás dort auf sie warten konnte. Zarza lächelte trocken, als sie sich bewußt wurde, wie widersprüchlich ihre Angst war: Sie wollte ihren Bruder suchen, und trotzdem erschreckte es sie, daß er sie suchte. Gewiß war es nicht dasselbe, in die Calle Rosas zu fahren und Nico dort zu überraschen oder einfältig in eine Falle zu tappen. Es war nicht dasselbe, das Raubtier oder die Gazelle zu sein. Zarza streichelte den festen Kolben der Pistole, die in ihrer Tasche so schwer wog wie ein Stein, und dachte voller Neid an Martillo, die ihr versichert hatte, vor niemandem Angst zu haben. Vielleicht stimmte es, vielleicht ja auch nicht. Vielleicht hatte sie Angst, aber sie ertrug sie. Zarza schnaubte und nahm all ihren Mut zusammen. Sie würde die Schlüssel holen und eben vorsichtig sein.

Sie ließ das Taxi zwei Häuserblocks vor ihrer Wohnung halten und schlenderte langsam an Zeitungskiosken vorbei darauf zu, blieb immer wieder stehen und tat so, als würde sie sich die Schaufenster ansehen. Dann setzte sie sich in die Bar an der Ecke und beobachtete zehn Minuten lang den Eingang ihres Wohnhauses. Es war 17.00 Uhr, der Portier war noch nicht zurückgekommen. Sie konnte nichts Anormales feststellen: Es war dasselbe vertraute Viertel wie immer, mit alten Häusern und dazwischen Apartmentblocks, die wie künstliche Zähne im Kiefer eines Greises wirkten. Fußgänger liefen am Fenster der Bar vorbei, tauchten auf der einen Seite des splittrigen Rahmens auf und verschwanden auf der anderen Seite wieder wie Marionetten in einem Puppentheater. Sie alle schienen von irgendwoher zu kommen oder sich mit klarer, bestimmter Absicht an irgendeinen Ort zu begeben. Es war merkwürdig, daß alle Bewohner des Planeten den Eindruck vermittelten, ein Ziel zu haben, während Zarza wußte, daß jede Handlung und alle Bewegung unnütz waren. Selbst ihr eigener Wunsch, Nico zu entkommen, war nichts weiter als ein blinder Krampf ihrer Zellen, ein absurder genetischer Überlebensauftrag. Was machte es eigentlich für einen Unterschied, heute, jetzt sofort, zu sterben oder dem sicheren Tod, der uns alle erwartet, entgegenzusehen? Zarza schwanden vorübergehend die Kräfte, eine Ahnung vom Nichts überkam sie, der Schweiß brach ihr aus, ihr wurde schwindlig; doch sofort konzentrierte sie sich wieder auf den Kampf, wie ein verwundetes Tier, das die Wahrnehmung des Schmerzes ausschaltet, um Kräfte zu sparen. Atmen und weitermachen.

Endlich beschloß sie, reinzugehen. Rasch überquerte sie die Straße und hielt dabei in der Tasche die Pistole gepackt; sie öffnete die Eingangstür, zog sie mit einem kräftigen Ruck hinter sich zu, durchmaß mit drei langen Schritten das Foyer und sprang mit einem Satz in den Aufzug, der zu ihrem Glück ruhig und leer im Erdgeschoß auf sie wartete. Mit angehaltenem Atem fuhr sie die fünf Etagen hoch; auf ihrem Treppenabsatz war es mucksmäuschenstill. Sie zog die Waffe aus der Tasche und schaltete die Treppenbeleuchtung an. Die Pistole zitterte in ihrer rechten Hand wie ein Vogel, der sich aus einer Umklammerung befreien will. Wenn jetzt einer meiner Nachbarn aus seiner Wohnung käme, dachte Zarza, würde er vor Schreck sterben. Sie schloß ihre Wohnungstür auf und witterte: noch mehr Stille, noch mehr Ruhe. Er wird nicht hier sein, er ist nicht da, sagte sie sich, um sich Mut zuzusprechen; er wird denken, daß ich nicht so bescheuert bin, in meine eigene Wohnung zurückzukehren.

Das Apartment war so klein, daß sie sofort sah, daß die Luft rein war. Sie schaute hinter das Sofa, in den Schrank im Eingangsbereich, unter das Bett, in die Badewanne. Niemand zu sehen. Schon etwas ruhiger begann sie ihre Umgebung mit den leidenschaftslosen Augen eines Zeugen zu betrachten, als wäre sie der Taxator einer Bank oder der Kommissar, der in einem Mordfall zu ermitteln hat. Das aufgedeckte, zerwühlte Bett, das eingeschaltete Badezimmerlicht und der Wasserhahn, der mit einem gemeinen Trommeln in das Waschbecken tropfte. Sie drehte den Hahn fest zu. Die Wohnung versank in eine gespannte Stille. Sie war von der Flucht durchdrungen, und in der Luft schwang noch dieser Kondensstreifen der Leere, den eine plötzliche Abwesenheit hinterläßt. Abgesehen von dieser Fluchtspur gab es in der Wohnung nichts. Keine Erinnerungen, kein Nachhall, keine Erlebnisse. Der ermittelnde Kommissar, der die Persönlichkeit des Opfers rekonstruieren müßte, würde nicht den geringsten Anhaltspunkt finden, an dem er sich orientieren könnte. Plötzlich erschreckte Zarza die unmenschliche Kälte des Apartments. Die Öde dieses Raumes, in dem es keine persönlichen Objekte gab und in dem jegliches ästhetisches Streben fehlte. Diese ganze Kahlheit war auch eine Strafe, sagte sich Zarza, bestürzt darüber, daß sie etwas so Offensichtliches nicht eher bemerkt hatte.

Sie ballte die Hände zu Fäusten und zwang sich, sich aus ihrer Erstarrung zu lösen. Sie rannte zu der Schublade mit dem Küchenbesteck: dort, hinter dem Plastikbesteckkasten, in einem Durcheinander von verrosteten Dosenöffnern und nicht zusammenpassenden Kaffeelöffeln lag der Schlüsselbund für die Calle Rosas Nr. 29, ein einfacher Stahlring mit drei Schlüsseln. Sie griff danach und warf ihn in ihre Tasche. In genau diesem Augenblick begann das Telefon zu läuten, ein lautes Schellen, das Zarza wie ein elektrischer Schlag durchzuckte. Wie angewurzelt und ein wenig in sich zusammengesunken stand sie da und ertrug die Peitschenhiebe des Klingelns. Zwei-, drei-, vier-, fünfmal ... Beim sechsten Mal sprang der Anrufbeantworter an. Der Ansagetext hörte sich seltsam an, viel zu normal für eine so anormale Situation, als handele es sich um einen dieser scheinbar alltäglichen Träume, die sich auf einmal in ein Horrorszenario verwandeln. Das Gerät fiepte und leitete über zu einer tiefen, hohlen Stille, einer Stille, die die ganze Leitung durchlief und bis zur Hand, zum Mund, bis zum Atem des Anrufers reichte, wer auch immer es sein sollte. Zarza wartete, die Wohnung wartete, das ganze Gebäude wartete geduckt und ängstlich in dieser Stille. Schließlich hörte man die kräftige, rauhe Stimme:

»Ich weiß, daß du da bist.«

Zarza schlug sich die Hand vor den Mund, ihr blieb fast das Herz stehen.

»Ich weiß, daß du da bist. Es tut einem fast leid, dich so zu sehen, wie du blind ein ums andere Mal gegen die Eisenstangen deines Käfigs rennst. Doch du kannst mir nicht entkommen. Ich bin die Katze, die mit dem Vogel spielt, dem man die Flügel gestutzt hat. Ich bin das Monster, in das du mich verwandelt hast. Du verdienst mich.«

Die Verbindung wurde unterbrochen, und der Apparat spulte mit blöder Emsigkeit zurück. Zarza stieß die Luft aus, die sie angehalten hatte, ohne es zu bemerken. Sie mußte fort. Sie mußte schnellstens weg. Sie machte einen Satz in Richtung Ausgang und durchlebte erneut die Flucht am Morgen, dasselbe Gefühl von Irrealität und Raserei. Mit zwei Riesenschritten erreichte sie die Tür, wo sie plötzlich innehielt: Da war jemand auf der anderen Seite der Tür. Man hörte Füße über den Boden schlurfen, Kleidung raschelte, ein metallisches Klirren. Sie traute sich nicht, den letzten Meter bis zur Tür zurückzulegen, um durch den Spion zu spähen; sie war vor Angst wie gelähmt. Kurze Zeit war es still, einen Moment lang, in dem alles stillzustehen schien: Zarzas Herzklopfen, das Ticken der Uhr, die Umdrehungen der Erde. Danach das Geräusch eines Schlüssels oder vielleicht eines Dietrichs. Nicolás war also die ganze Zeit über hier gewesen, sagte sich Zarza wie betäubt; ohne Zweifel hatte er vom Treppenabsatz aus angerufen. Mit beiden Händen hielt sie die Norinco fest und streckte instinktiv die Arme nach vorn, als wolle sie sich hinter ihrer Pistole verstecken, während die Zehntelsekunden mit erschreckender Langsamkeit vergingen. Die Mechanik des Schlosses drehte sich, die Türklinke senkte sich und die Tür öffnete sich langsam, Millimeter für Millimeter, mit einer unvorstellbaren, geradezu unmöglichen Bedächtigkeit, als wäre Zarza auf einem ihrer ersten LSD-Trips, lange Zeit vor Schneewittchen, vor dem Ende der Welt. Einen Millimeter noch und das Licht des Flures würde, an den Umrissen einer Person vorbei, durch die halboffene Tür dringen. Einen Millimeter noch und derjenige würde den Kopf hereinstrecken.

»O mein Gott!« kreischte eine zu Tode erschrockene Stimme.

Es war Trinidad, die Putzfrau, die auf der Türschwelle fast in Ohnmacht gefallen wäre, als sie Zarza und die Pistole so unerwartet vor sich sah, dieses schwarze, bedrohliche Loch, das kaum zwei Handbreit von ihrem Gesicht entfernt auf sie zielte.

»Trinidad! Entschuldigen Sie, Entschuldigung ...«

Zarza ließ die Waffe auf den Boden fallen und beeilte sich, die Frau zu stützen, die mit wackligen Beinen an der Wand herunterrutschte.

»Es tut mir so leid, entschuldigen Sie, ich wußte nicht, daß Sie es sind, ich dachte, es sei ... ein Dieb ... Es tut mir so leid ...«

Sie führte sie zum Tisch, setzte sie auf einen Stuhl, brachte ihr ein Glas Wasser. Trinidad, die von der Dominikanischen Republik stammte und eine karamelfarbene Haut hatte, griff sich mit der Hand an die rundliche, keuchende Brust.

»Señorita, Sie sind wahnsinnig ... Sie sind verrückt, Señorita ... Wissen Sie, mit diesen Dingern ...«

Und sie zeigte auf die Riesenpistole, die auf dem Boden ruhte wie eine schlafende Katze.

»Es ist nämlich so, ich ... ich habe anonyme Anrufe erhalten, man hat mich bedroht und ... ich hatte Angst, und ich dachte ...«, improvisierte Zarza.

»Tun Sie das nicht, Señorita. Sie sollten solche Dinger nicht hier in der Wohnung haben«, sagte die Putzfrau. »Lassen Sie sich das von mir gesagt sein, ich *weiß*, wovon ich rede. Die Dinger lädt der Teufel, und wenn der Teufel was anderes zu tun hat, gibt es immer irgendeinen bösen Mann, der sich darum kümmert.«

Trinidad war genauso alt wie Zarza, obwohl sie zehn oder fünfzehn Jahre älter wirkte. Sie war sehr dick und watschelte beim Gehen, als würde sie sich an Deck eines schaukelnden Schiffes befinden. Sie hatte einen Haufen Kinder und einen Haufen Exmänner, die alle in der Dominikanischen Republik lebten und die sie mit ihrer Arbeit unterhielt. Sechzehn Stunden am Tag putzte sie Wohnungen; sie lebte allein in einem Zimmerchen zur Untermiete und gönnte sich keinen anderen Luxus, als abends, wenn sie völlig erledigt im Bett lag, zwei Tafeln Schokolade zu verschlingen. Sie behandelte Zarza immer wie ein Kind, gab ihr Ratschläge und schimpfte sogar manchmal wie eine Mutter mit ihr. Sie wußte nichts von Zarza, auch nichts von ihrer Vergangenheit; sie hielt Zarza für eine Frau, die keine Probleme kannte und der Welt des Überflusses angehörte. Vielleicht war sie in Wirklichkeit ja auch nur das; vielleicht war Zarza nur eine verzogene reiche Göre, ein ziemlich verdorbenes Mädchen.

»Wenn Sie wüßten, was ich schon alles gesehen habe, Señorita. So viel Unglück und so viel Zerstörung, alles nur wegen diesen Dingern.«

Wie sieht für jeden einzelnen der Untergang aus? Auch Martillo schien aus einer viel grausameren, viel niederträchtigeren Welt zu stammen als Zarza; und trotzdem hatte sie große Selbstachtung. Doch Martillo hatte Daniel gehabt. Vielleicht kann man das unerträgliche Leben ertragen, sofern man nur von einem einzigen Menschen geliebt wird, ein Mensch sich um einen kümmert, ein Mensch einem verzeiht. Die Existenz eines gerechten Menschen, einer einzigen guten Frau oder eines einzigen guten Mannes kann die Stadt vor der Feuersbrunst bewahren.

»So etwas in der Wohnung zu haben, ist gefährlich, das sage ich Ihnen, und ich weiß, wovon ich rede. Waffen sind barbarisch, Señorita, glauben Sie mir, was ich sage.«

Es war barbarisch, ja, Trinidad hatte recht. Es war eine Konsequenz der plündernden, wilden Horden, die vom Ende der Welt kamen, um die alte Ordnung zu zerstören. Sweben, Wandalen, Alanen; gesetzeslose Menschenmassen, die alles dem Erdboden gleich machten, Mächte der Finsternis und des Schmerzes. Wie diese Tartaren, die Europa und Asien in Schutt und Asche legten, Dschingis Khan und seine gewalttätigen Krieger, deren Pferde mit ihren Hufen die Felder zertrampelten, die die Babys aus den Armen der Mütter rissen, Jungfrauen vergewaltigten, eine Spur unstillbaren Leids hinter sich ließen. Vielleicht waren es die Tartaren gewesen, die Zarza die Kindheit geraubt hatten, diese glückliche Kindheit, an die sie sich nicht zu erinnern vermochte, obwohl sie in der Spieldose abgebildet war;

vielleicht war es Dschingis Khan gewesen, der Dieb alles Zarten, Sanften, der ihr die Kindheit mit all ihren Verheißungen schon im Keim entrissen hatte, auf die gleiche Weise wie er, ohne mit der Wimper zu zucken, all den Kindern den Atem raubte, denen er die Kehle durchtrennte, während die Zivilisation langsam unter der Asche eines riesigen Scheiterhaufens schwelte.

Zarzas Vater verschwand, als die Zwillinge achtzehn Jahre alt waren. Er verließ das Haus, und sicherlich auch das Land, wenige Stunden bevor die Polizei eintraf, um ihn festzunehmen. Er hatte einen florierenden Handel mit gefälschten Rechnungen betrieben, mit dem er Steuern hinterzog. Zarza erfuhr später, daß der Vater schon immer ein Gauner, ein Betrüger gewesen war, und in der Familie herrschte Einvernehmen darüber, daß er die Mutter nur wegen des Geldes geheiratet hatte. Das mütterliche Vermögen war allerdings in Wirklichkeit nicht so groß, wie es zunächst schien, weshalb sich der Vater gezwungen sah, arbeiten zu gehen, oder, besser gesagt, verschiedene Firmen von zweifelhafter Aktivität und ungewisser Bestimmung aufzubauen. Die letzte, das Geschäft mit den gefälschten Rechnungen, lief über mehrere Jahre unglaublich gut, und es war anzunehmen, daß Zarzas Vater auf diese Weise Gewinne von etlichen Millionen Peseten erzielt hatte, ohne daß davon etwas auf seinen Bankkonten zu entdecken gewesen war. Er mußte seine Erträge in irgendeinem unauffindbaren Steuerparadies angelegt haben. Weder Zarza noch ihre Geschwister erfuhren jemals wieder etwas von ihrem Vater.

Man konnte nicht gerade behaupten, daß Zarza ihm nachweinte; aber es stimmte, daß sich seit damals, mit all den richterlichen Beschlagnahmungen und dem Finanzchaos, die Dinge sehr schnell verschlechterten. Das Erbe der Mutter war aufgebraucht, bevor Zarza und Nico ihr Geschichtsstudium beendet hatten; Martina unterstützte sie jedoch im letzten Studienjahr, und so konnten sie ihren Abschluß machen. Die Zwillinge hatten vor, ihrer Schwester das Geld zurückzuzahlen, sobald sie arbeiteten, so lautete die Vereinbarung, die die drei getroffen hatten; aber kurz nachdem sie die Universität verlassen hatten, tauchte Schneewittchen auf, und innerhalb weniger Jahre verschlang sie alles: das magere Guthaben, das auf den Konten verblieben war, das Silberbesteck, den Schmuck der Mutter. Auch die Spieldose verschwand, kam bei wer weiß welchem Tauschhandel oder welcher Nachlässigkeit abhanden. Dann ging Zarza in den Turm, und dort verlor sie weitere Dinge, jedoch nichts, was man hätte anfassen können. Bis ihr der erste Zahn ausfiel, da die Königin ihren Untertanen die Zähne ausreißt, um sich damit todbringende Hexenkolliers zu basteln; und als Caruso sie so ausgehungert und mit Zahnlücke sah, warf er sie ohne Rücksicht aus seinem Laden.

In dieser Zeit traf sie Urbano. Solange Zarza in den Armen von Schneewittchen lag, glaubte sie, niemals von dort entkommen zu können. Urbano brach jedoch mitten in ihre Hoffnungslosigkeit ein und vollbrachte das augenscheinliche Wunder, sie zu befreien. Er war der Ritter, der die Jungfrau im entscheidenden Augenblick vor dem Drachen rettet. Nicht einmal der Rosenritter hätte sich edler verhalten können.

Es passierte in einer Sommernacht an der Tür einer Diskothek. Der Gorilla, der den Einlaß kontrollierte, stoppte Zarza an der Türschwelle mit einem Schlag vor die Brust, der fast so hart wie ein Fausthieb war.

»He, Tante, ich hab dir schon mal gesagt, daß du Leine ziehen sollst. Hier kommst du nicht rein.«

Aber Zarza wollte rein, nein, sie mußte rein, sie konnte nicht anders. Also versuchte sie es noch einmal.

»Laß mich, Mann, was stört dich das eigentlich ...«

Der Schläger gab ihr ein paar nicht allzu feste Ohrfeigen, eher, um sie zu demütigen, als ihr Gewalt anzutun, und stieß sie die Treppe hinunter. Zarza stolperte und landete mit dem Po auf dem Bürgersteig, die Beine verrenkt, benommen und schwach, ein riesiger Blutfleck unter der Nase. Aber es machte ihr nichts aus. Um die Wahrheit zu sagen, sie spürte fast nichts, weder den Schlag noch die Schande; die Königin durchdringt ihre Untertanen derart, daß sie, versunken in den großen Schmerz, kaum imstande sind, geringere Schmerzen wahrzunehmen. Wer jedoch den Vorfall sehr wohl in allen Details registrierte, war Urbano, der auf dem Weg zu seiner Wohnung war, die zwei Häuserblocks weiter die Straße runter lag. Er war stehengeblieben, um zu sehen, was da los war. Schon beim ersten Schlag hatte er die Augenbrauen unwillig in die Höhe gehoben; aber als der Gorilla Zarza zu Boden warf, runzelte er entschieden die Stirn.

»He! Mach das nicht noch einmal«, sagte er mit tiefer, ruhiger Stimme und tippte dabei mit dem Zeigefinger auf die Brust des Schlägers.

Urbano war 1,90 Meter groß und ein kompakter, eher untersetzter Mann mit breiten Schultern und Händen wie Schaufeln. Der Türsteher hingegen war, wenn auch kleiner, fast doppelt so breit; er war ein unglaubliches Tier und sah aus, als könnte er auf dem Jahrmarkt auftreten; seine aufgeblasenen Muskeln schienen kurz davor, ihm den Anzug zu sprengen. Aber er war professionell genug, um zu wissen, daß sich solch große, ruhige Typen als wahrhaft unangenehm entpuppen konnten. Also, wozu das ganze?

»Hör zu, Typ, was soll das eigentlich? Ich habe nicht die geringste Lust, mich mit dir zu prügeln, wir werden doch hier nicht wegen einer solchen Tussi die Helden spielen. Ich mache nur meine Arbeit, und diese Art Leute darf hier nicht rein«, meinte der Gorilla beschwichtigend.

»Rühr sie nie wieder an«, wiederholte Urbano; er sagte es nicht einmal in einem drohenden Ton, sondern eher wie jemand, der eine unumstrittene Tatsache beschreibt.

»Ich werde sie schon nicht wieder anfassen«, machte sich der Türsteher ein wenig über ihn lustig. »Aber wenn du dir um diese Pennerin solche Sorgen machst, warum nimmst du sie dann nicht mit? Na los, ist doch eine gute Idee, oder?«

Urbano bückte sich und half Zarza aufzustehen.

»Geht's?«

»Sehr gut. Ja, ja sicher. Sehr, sehr gut«, erwiderte Zarza schnell, wischte sich das Blut mit dem Handrücken ab und versuchte sich ihre Kleidung zu richten.

Nach allem hatte sie jetzt vielleicht einen Kunden, sie mußte dazu nicht einmal in die Diskothek rein. Sie lächelte in der Absicht, schön auszusehen, so schön, wie sie wußte, daß sie es einmal gewesen war, doch dann fiel ihr wieder ein, daß ihr ein Zahn fehlte, und sie preßte die Lippen aufeinander.

»Möchtest du, daß ich dich nach Hause bringe?« fragte der Mann.

»Und warum gehen wir nicht zu dir?« entgegnete Zarza so schelmisch wie nur eben möglich.

Urbano sah jedoch nur ein armes abgemagertes Mädchen mit blutbeschmutzten Klamotten, weit aufgerissenen Augen und dem ängstlichen Gesichtsausdruck eines Hundes in einem Käfig. Urbano betrachtete sie und dachte eine ganze Zeit lang stillschweigend nach. Er war ein Mann von tiefgründiger, langsamer Auffassungsgabe: Er besaß eine dieser architektonischen Intelligenzen, bei denen zunächst die Grundmauern hochgezogen werden müssen, und danach die Wände und erst am Schluß die Dachkonstruktion auf die Ideen gesetzt werden kann. Er sah sie also an und grübelte eine gute Minute, und dann, als Zarza bereits die Hoffnung aufzugeben begann, sagte er zu ihr:

»Gut. Geht in Ordnung. Komm mit mir nach Hause.«

»O Mann, du bist ein Volltrottel. Siehst du nicht, daß die der letzte Dreck ist, siehst du denn nicht, daß die auf Turkey ist?« Der Gorilla wunderte sich. »Was für ein Volltrottel du doch bist ...«

Urbano war 35 Jahre alt und trug das kastanienbraune Haar im Bürstenschnitt. Er hatte einen großen, runden Kopf und ein langweiliges Gesicht mit üppigen Pausbacken, die eine rauhe und großporige Haut umspannte. Inmitten dieser fleischigen Fülle sah sein kleiner, fein gezeichneter Mund geradezu lächerlich aus, der Mund einer jungen Dame oder eines Schweinchens. Nur seine Augen, von der Farbe grüner Weintrauben und tief melancholisch, deren Lidwinkel wie bei manchen Hunden heruntergezogen waren, minderten die Brutalität seines Äußeren. Wenn sein Gesicht zu einem kleinwüchsigen Mann gehört hätte, wäre er ziemlich häßlich gewesen. Auf diesen runden, mächtigen Schrank aufgesetzt, konnte er jedoch als harter Typ durchgehen. Was er aber nicht war. In Wirklichkeit war er ein schüchterner Mensch. Trotz seines großen, plumpen Leibs und des Stiernackens hielt er sich für sanftmütig oder sogar schwach; er sah sich selbst wie die zerbrechliche Gestalt, die sich in einem noch unbehauenen Block Marmor verbirgt. In jener Nacht hatte er sich zum ersten Mal in seinem Leben imstande gefühlt, sich mit jemandem zu prügeln, und diese Reaktion hatte ihn derart erstaunt, daß er das Mädchen mit nach Hause nahm: Er wollte sie weiter beobachten, um verstehen zu können, warum er in ihrer Gegenwart so verwegen gewesen war.

Urbano arbeitete als Schreiner, und er war gut in seinem Beruf: Er hatte eine eigene Werkstatt und verstand es, mit Geld umzugehen; er hatte die mittlere Reife und las gerne, vor allem Romane, die auf den Bestsellerlisten standen; er war kein Intellektueller, aber auch nicht ungebildet. Vor allem aber war er seltsam, so zurückhaltend und langsam wie er war. Er hielt sich selbst für eines der langweiligsten Wesen der Welt, und es war für ihn sehr schwierig, zu anderen Menschen Beziehungen zu knüpfen. Im allgemeinen ertrug er seine Einsamkeit gut, er schätzte sie sogar, weil er sich beschützt fühlte; nur von Zeit zu Zeit, wenn der Körper ihm vor einer schmerzhaften Leere brannte, die nicht nur fleischlich war, schaute er in einer der zwei, drei Bars vorbei, die in der Nähe seiner Wohnung lagen. Dort stellte er sich dann an das Ende des Tresens und klammerte sich an ein Whiskyglas, so wie ein junger Matrose sich an einen Mast klammert, um dem hohen Wellengang zu trotzen. Er hoffte auf irgendeine hungrige und geschwätzige Frau. Früher oder später kam immer eine, angezogen von Urbanos Größe, von der Breite seiner Schultern, von seiner reservierten Art, vielleicht sogar von seinem brutalen Aussehen. Frauen sind seltsam, sagte sich Urbano; einige schienen Angst vor ihm zu haben und das zu genießen.

In jener Nacht also nahm Urbano Zarza mit nach Hause. Eine ziemlich ungewöhnliche Tatsache, wenn man bedenkt, daß er mit den Frauen aus den Bars nie mehr als eine Nacht verbrachte und daß er, abgesehen von diesen Zufallsbekanntschaften, nie Besuch empfing. Die aufgeräumte und nicht sonderlich gemütliche Wohnung befand sich genau über der Schreinerwerkstatt, die zur Straße hinaus ging. Urbano stellte zu Zarzas Verzweiflung sofort klar, daß er kein Interesse daran hatte, mit ihr zu schlafen. Zwar gab Zarza nicht gleich auf, feilschte und senkte den Preis auf für sie demütigende Weise, bis sie beim absoluten Minimum angekommen war, trotzdem gelang es ihr nicht, das hermetisch verriegelte Herz des Mannes zu erweichen.

»Dann gib mir ein bißchen Geld.« Zarza änderte deprimiert ihre Taktik. »Leih mir was, bitte, gib mir zehntausend Peseten. Ich brauche sie. Ich werde sie dir morgen zurückgeben, ich versprech's.«

»Nein. Ich werde dir nichts geben.«

Zarza bat, heulte, flehte ihn an wie die erbärmlichste aller Bettlerinnen, sie schrie, beschimpfte ihn und bettelte wieder, und dennoch schaffte sie es nicht, daß Urbano seine Meinung änderte.

»Aber wozu hast du mich dann mitgenommen?« Zarza erschrak plötzlich. »Bist du einer von diesen seltsamen Typen? Was willst du von mir?«

Urbano saß auf dem Sofa und hatte die Arme vor der Brust verschränkt. Er betrachtete sie und dachte nach.

»Nichts«, sagte er schließlich. »Vielleicht bin ich ein seltsamer Typ, aber keiner von denen, die du meinst. Ich werde dir nichts tun, hab keine Angst.«

Zarza stand auf, noch immer völlig eingeschüchtert.

»Ich will gehen.«

»Verschwinde. Dort ist die Tür. Niemand hindert dich daran.«

Zarza strich sich den Rock glatt, griff nach ihrer Tasche, säuberte sich mit einem spuckefeuchten Finger die verkrustete Schürfwunde am Knie. Auf dem Weg zur Tür trödelte sie jedoch ein wenig herum.

»Dann ist das alles?« fragte sie.

»Das ist alles. Aber wenn du willst, kannst du bleiben und hier schlafen.«

»Mit dir?« Zarza machte sich erneut Hoffnungen, dachte an das Geschäft und ging auf Urbano zu.

»Nein. Hier, auf dem Sofa.«

Sie fühlte sich so müde. Sie fühlte sich so müde und so krank. Sie ließ sich neben den Mann auf das Sofa fallen.

»Ich kann nicht bleiben. Ich habe ... ich fühle mich nicht gut. Ich brauche Geld. Ich muß gehen.«

Urbano nahm Zarzas rechte Hand und legte sie auf seine. Zarza hatte eine leichte, kindliche Hand mit aufgeschürfter Haut und abgekauten Fingernägeln; in seiner schwieligen Handwerkerhand mit den breiten und knochigen Fingern wirkte sie winzig klein. Urbano betrachtete Zarzas Hand mit unendlicher Zärtlichkeit und Bedachtsamkeit, wie ein Insektenforscher, der eine neue Untergattung von Käfern studiert. Still und konzentriert sah er Zarzas Hand an, und Zarza sah den Mann an, ohne glauben zu können, daß ein Teil von ihr solche Aufmerksamkeit zu erregen vermochte. Gab es vielleicht doch noch etwas an ihr, das es wert war, wahrgenommen, erforscht, verstanden zu werden? So vergingen mehrere Minuten, während Zarza den stärker werdenden Hunger ihrer Adern wahrnahm und ein weiteres Mal diese so bekannte tödliche Beklemmung verspürte, diese ausgefeilte Folter der Königin. Doch dieses Mal, wer weiß aus welch seltsamem und verdrehtem Grund, fühlte sie sich stärker, oder im Gegenteil, müder als je zuvor und dachte: Warum nicht? Dann sterbe ich eben jetzt. Und sie blieb.

In den folgenden Tagen war sie hundertmal kurz davor, zu sterben, und jedes Mal lebte sie weiter und verlängerte ihre Qual ewig. Bis sie, als sie von einem dieser Tode zurückkehrte, spürte, daß das Atmen ihr nun weniger weh tat. Und in diesem Moment hatte sie die unglaubliche Gewißheit, daß sie trotz allem überleben würde.

Zu dieser Zeit, in der Genesungsphase, fingen Urbano und sie an, miteinander zu schlafen. Sie hatte es ihm zwei- oder dreimal angeboten, mit Worten oder nur mit ihrem Körper, indem sie ganz nah an ihm vorbeilief oder ihn zu berühren versuchte. Urbano hatte sie stets auf unmißverständliche Weise zurückgewiesen, anfangs freundlich, dann zunehmend barsch und heftig.

Genau diese Entwicklung ließ Zarza vermuten, daß sie auf dem richtigen Weg war. Eines Nachts hörte sie ihn, wie er sich auf der anderen Seite der Wand in seinem Bett unruhig hin- und herwarf. Es war sehr spät, es war Vollmond, ein silbriger Schimmer durchflutete die Wohnung, und Urbano schnaubte schlaflos in seinem Schlafzimmer. Zarza stand vom Sofa auf, und nachdem sie sich das Hemd ausgezogen hatte, in dem sie schlief, ging sie nackt und ganz leise durch das mondhelle Apartment zu Urbanos Bett. Sie glitt unter die Decke und drückte sich gegen den kräftigen, schweißnassen Rücken des Mannes. Urbano erschauderte.

»Du mußt das nicht«, sagte er.

»Das weiß ich«, erwiderte Zarza.

»Es ist noch nicht einmal nötig.«

»Das weiß ich«, wiederholte sie und strich mit den Fingerspitzen die fleischige Hüfte von Urbano entlang, die so hart und biegsam war wie die Flanke eines Ochsen; und schließlich fuhr sie mit der Hand in seine Schlafanzughose, und es war ihr eine Genugtuung, bestätigt zu finden, daß dort alles für sie bereit war. So fing alles an.

Was Zarza auch immer behauptete, in Wirklichkeit fühlte sie schon eine gewisse Verpflichtung gegenüber Urbano. Es beunruhigte sie, nicht zu verstehen, warum dieser stille, seltsame Riese sie bei sich aufgenommen hatte, und ihm ihren Körper anzubieten, bedeutete nichts anderes, als ihn auf eine Art zu bezahlen und sich ihm gegenüber folglich freier zu fühlen. Zarza stellte jedoch fest, daß Urbano nicht einfach nur auf eine schnelle Nummer aus war. Der Mann wollte mehr, etwas, für das er selbst keine Worte fand, das Zarza jedoch mit höhnischem Erstaunen als Liebesgeschichte interpretierte. So daß sie versuchte, ihre Schuld zu begleichen, indem sie ihm eine wachsende und arglose Liebe vorspielte. Sie flüsterte ihm zärtliche Worte ins Ohr. Sie streichelte ihm das kurze, spröde Haar. Sie schaute ihm intensiv in die Augen, wenn er in sie drang. Es waren die alten Tricks, die sie im Turm gelernt hatte. Sie tat es nicht mit böser Absicht, ganz im Gegenteil: Sie hatte einfach nichts Besseres, was sie ihm anbieten konnte. Zarzas Körper war tot; sie fühlte niemals etwas, so wie sie auch nichts mit den nur verschwommen wahrgenommenen Kunden im Turm gespürt hatte. Manchmal dachte sie, daß sie auf ewig all ihre Gefühle erschöpft hatte. Sie hatte überlebt, doch es regten sich keine Gefühle mehr in ihr.

So vergingen die Tage, und Zarzas körperlicher Zustand besserte sich zusehends. Sie lebten in einer angenehmen Routine, so gesund wie nach dem Tagesplan eines Sanatoriums. Sie standen um neun Uhr auf, frühstückten, machten ein wenig Gymnastik; dann ging er in seine Werkstatt, und sie las etwas Leichtverdauliches oder sah sich das Frühstücksfernsehen an, wobei sie sich wie ein Kind fühlte, wie ein Schulmädchen, das sich gerade von einer Mandelentzündung erholt. Manchmal ging sie eines ihrer Bücher über mittelalterliche Geschichte durch, auch wenn sie eigentlich noch nicht in der Lage war, sich auf etwas Gehaltvolles zu konzentrieren. Andere Male holte Urbano sie ab, und sie gingen auf dem Markt einkaufen oder spazieren oder ins Kino. Denn er wollte nicht, daß sie allein auf die Straße ging. Sie lebten zusammen, isoliert, ohne weiteren Kontakt zur Außenwelt. Hin und wieder brachte Urbano aus der Werkstatt irgendein Möbelstück mit hoch, das er extra für sie angefertigt hatte. Einen wunderschönen Schaukelstuhl, auf den sie ein paar knallrote Kissen legte. Oder zwei hübsche, einfach gedrechselte Holzfüße für die Lampen im Schlafzimmer. Manchmal legten sie nachts Musik auf, und Urbano tanzte höchst ungelenk mit Zarza und schleuderte sie dabei durch das halbe Wohnzimmer. Dann mußte sie lachen, wobei ihre Zahnlücke zum Vorschein kam, und sie versuchte, nicht auf die riesigen Füße ihres Partners zu treten. Die Welt wieder für sich zu entdecken, nahm Zarza sehr in Anspruch. Einmal von Schneewittchen befreit, erhielt das Universum seine ursprüngliche Ausdehnung zurück, sein riesiges, ergreifendes Wirrwarr von Kometen und Ameisen. Nach der verzehrenden, absoluten Einfachheit der Königin mußte Zarza sich nun wieder dem Durcheinander des Lebens stellen. Und den beunruhigenden Erinnerungen.

Denn kurz darauf fing Zarza an, sich wieder zu erinnern. Es war ein unangenehmes, fast schmerzhaftes Kribbeln, das stetig zunahm, als würde ein eingeschlafenes Körperteil langsam wieder lebendig werden. Und so kam es, daß Zarza eines Tages Nicolás wieder einfiel, den sie Monate zuvor verlassen hatte, ohne danach jemals ein Lebenszeichen von sich gegeben zu haben. Nico mußte glauben, daß sie tot war. Daß irgendein Kunde sie an einer Straßenecke aufgeschlitzt hatte. Oder daß sie durch einen vergifteten Kuß der Königin dahingerafft worden war. So etwas passierte auf der Straße jeden Tag. Zarza dachte jetzt an Nicolás; sie vermißte ihn, was sie sehr bedrückte, weil es das erste Mal war, daß sie und ihr Zwilling voneinander getrennt waren. Andererseits erschreckte sie allein die Vorstellung, ihn zu treffen. Ihre Zuneigung zu Nicolás war wie ein Krebsgeschwür; ein Pulsieren, das wucherte und weh tat. Zarza wußte, daß sie dies nicht zulassen durfte, daß sie etwas unternehmen mußte. Sie mußte diesen Tumor herausoperieren, oder sie würde sterben.

Aber kurz darauf geschah etwas noch viel Schlimmeres: Die genesende Zarza war nun soweit wieder auf den Beinen, daß sie sich an Miguel erinnerte, dessen Bild ihr ganz plötzlich auf beängstigende Weise in den Sinn kam. Zarza fiel mit Schrecken ein, daß ihr kleiner Bruder noch immer bei Nico vor sich hin vegetieren mußte, vergessen, vernachlässigt, abgeschoben wie ein lästiges Haustier. Nachdem sich der Gedanke an Miguel einmal in Zarza festgesetzt hatte, konnte sie sich nicht mehr davon lösen; er wuchs in ihrem Innern und wurde jedes Mal drängender, raubte ihr zunehmend den Atem. Bis sie eines Tages Urbano auf das Sofa setzte und ihm alles erzählte. Sie sprach von Nicolás, aber vor allem von Miguel. Von diesem zurückgebliebenen Jungen, der ab und zu verworrene Wahrheiten von sich gab. Der sich von klein auf an einen Zipfel ihres Pullovers oder Rocks gekrallt hatte; andere Menschen konnte er nicht berühren, ohne unglaublich nervös zu werden, doch an Zarzas Kleidung klammerte Miguel sich fest und ballte seine Fäuste dabei so sehr, daß man anschließend den Abdruck der Fingernägel in seinen Handflächen sehen konnte. Urbano runzelte die Stirn und blies seine fleischigen Pausbacken auf, wie er es zu tun pflegte, wenn er sich auf eine wichtige Angelegenheit konzentrierte. Mit diesem ernsten, traurigen Gesicht drückt er dann Zarzas Hand und erklärte:

»Wir werden deinen Bruder holen und ihn hierherbringen. Wenn wir eine Matratze kaufen, kann er in dem hinteren Zimmer schlafen.«

Zarza staunte einmal mehr über Urbanos Charakter, weil sie nicht wußte, ob sie ihn für unglaublich großzügig oder unglaublich blöd halten sollte, sind wir doch so wenig an Güte gewöhnt, daß wir sie mit Dummheit verwechseln; und sie ging ein weiteres Mal mit ihm ins Bett und gab erstickte kleine Schreie von sich und sah ihm mit gespielter Hingabe und Begeisterung in die Augen. Und dann duschte sie sich, zog sich an und ging mit dem Schreiner Miguel holen, wobei sie zum ersten Mal seit sehr langer Zeit so etwas wie Freude empfand.

Was Zarza nicht wußte und wahrscheinlich auch niemals erfahren würde, war, daß Martillo *martillo*, »der Hammer«, genannt wurde aufgrund eines kleinen Vorfalls, bei dem sie im Alter von neun Jahren die Hauptrolle gespielt hatte: Damals hatte sie einem Geliebten ihrer Mutter den Kopf mit einem Nußknacker bearbeitet. Der Mann starb zwar nicht und trug auch keine bleibende Schäden davon, aber er verbrachte etliche Monate im Krankenhaus und erschien danach nie wieder in Martillos Wohnung, was für sie eine große Erleichterung bedeutete, weil der Typ sehr viel trank und schon verschiedene Male sowohl die Mutter als auch die Tochter verprügelt hatte. Außer daß diese Heldentat Martillo von dem Besessenen befreit hatte, hatte sie ihr im Viertel zu großer Berühmtheit verholfen und ihr einen kurzen Aufenthalt in der Erziehungsanstalt und den Namen eingebracht, den sie seither trug.

Zarza ihrerseits wurde von klein auf so gerufen; schon ihre Schulkameraden hatten damit angefangen, sie so zu nennen, ihren Nachnamen Zarzamala, wie Schulkinder dies oft machten, in zwei Teile zu zerlegen. Aber ihr Name rührte auch von den finsteren Nächten ihrer Kindheit her, als ihr Vater die Flure mit geheimnisvollen Wolfsschritten durchquerte und ohne Lärm zu machen das Zimmer betrat, sich ihrem Kinderbett näherte und ihre Bettdecke zurückschlug. Und dann weckten Papas Hände sie auf, dieser große, starke Mann, dessen Augen im Halbdunkel funkelten; und sie erschrak und sträubte sich und Papa murmelte lächelnd: »Wie meine Zarcita doch kratzt und sticht, du bist meine kleine Zarza, mein Dornbusch.«

Die Geschichte vom Rosenritter ist im Herzogtum von Aubrey angesiedelt, an der Nordküste von Cornwall, nicht weit entfernt vom Kloster St. Michael, wo auch das Manuskript gefunden wurde. Harris und Le Goff behaupten, daß Chrétien de Troyes es um 1175 geschrieben habe, noch vor der Fertigstellung von ›*Lancelot. Le chevalier de la charrete*‹ für Marie de Champagne und auch noch vor der Niederschrift seines unvollendeten ›*Perceval*‹ für Philippe de L'Alsace. Wenn man der Tatsache Rechnung trägt, daß Chrétien, wie damals üblich, stets im Auftrag und unter dem Schutz eines Wohltäters schrieb, ist davon auszugehen, daß er ›*Le chevalier de la rose*‹ für den gleichaltrigen Edmund Glasser, den neunten Herzog von Aubrey verfaßte, der Chrétiens Epos wahrscheinlich dazu benutzen wollte, seinen Namen mit einer glorreichen Vergangenheit zu schmücken. Letztendlich war dies damals allgemein der Zweck solcher Erzählungen; wenn sich im zwölften Jahrhundert in ganz Europa die Artussage verbreitete, so vor allem deswegen, um der Dynastie der Plantagenets in England eine mythische Legitimität zu geben, die sich seinerzeit gegenüber den Kapetingern in Frankreich im Nachteil befanden, welche den Mythos um Karl dem Großen mit Beschlag belegten. Chrétien widmete dem sein ganzes Leben: eine Traumgeschichte, eine lügenhafte, aber schöne Vergangenheit zu erschaffen. Und aus dieser Schöpfung eine Wahrheit zu machen, die sehr viel transzendenter, dauerhafter und vertrauenswürdiger war als die doppelsinnige, trübe Wirklichkeit.

Die Geschichte von ›*Le chevalier de la rose*‹ spielt in den weit zurückliegenden Tagen von Thumberland, des ersten Herzogs von Aubrey. Es sind schwierige Zeiten, und Thumberland ist ein Kriegsherr, der mehr auf Muskelkraft denn auf Recht und Ordnung setzt. Gwenell, seine Gemahlin, ist eine Fremde, eine Waliserin mit rotem, zerzaustem Haar wie ein »brennender Dornbusch«; so das getreue Bild, das Chrétien benutzt. Sie ist schön, so wunderschön, wie es nur die wunderschönen Frauen in den Sagen sein können; und wie alle entbehrt sie jeden Alters, weil die Zeit ihr nichts anhaben kann, sie nur küßt, ein weiteres Bild, das der Dichter verwendet.

Gwenell, die, wie in der höfischen Literatur üblich, neben ihren körperlichen Vorzügen eine geistige, ebenfalls übermenschliche Vollkommenheit besitzt, ist die Mutter des Erben von Thumberland, eines glücklichen, kühnen und starken Kindes namens Gaon. Aber abgesehen von diesem legitimen Sohn hat der Graf noch einen Bastard, Edmund – eine seltsame Hommage Chrétiens an seinen gleichnamigen Mäzen, wie Le Goff findet –, der genauso alt ist wie der Erbe. Die beiden Kinder werden zusammen erzogen und lieben sich innig. So wie Gaon stark und kühn ist, so ist Edmund flink und besonnen. Sie ergänzen sich wie zwei Hälften eines durch ein Schwert geteilten Apfels.

Da sich der Kriegsherr immer im Krieg befindet, verfügt das Herzogtum Aubrey über einen edlen, glückseligen Hof, der von Gwenells weiser weiblicher Hand regiert wird. Es finden Musik- und Dichtkunstdarbietungen, Ritterturniere und Schaukämpfe statt, und an lauen Spätnachmittagen spaziert man durch die

Gärten. Es ist das Paradies auf Erden, ein kleines Eden, das durch die Zinnen der Burg begrenzt wird. Innerhalb der umfriedeten Burganlage gibt es kein Leiden, und die Zeit steht still. Auf dem höchsten Punkt des Bergfrieds, auf einem fürstlich verzierten Balkon läßt Gwenell, von ihrem Sohn und dem Bastard flankiert, ihre schweren Locken in das Nichts gleiten und genießt die Schönheit ihrer Besitztümer. Und die Luft riecht nach Honig, und die Blumen öffnen sich wie wulstige Lippen.

Nur sehr selten kehrt der Herzog von Aubrey nach Hause zurück, den Nachklang der letzten Schlacht noch in den Ohren, die Rüstung mit Lehm und Blut bespritzt. Es ist wie der Beginn des Winters. Der Schnee türmt sich auf den Wehrgängen, die vor Kälte erstarrten Hirsche suchen einen heiklen Unterschlupf in den Schießscharten, Wölfe streichen um die Mauern. Thumberland zwingt der Burg seine eiserne Routine auf: Plötzlich ist sie voller qualmender Fackeln, die mehr Schatten als Licht verbreiten, und dicker Wandbehänge aus rotem Samt und Ritter in klirrenden Rüstungen, deren Körper mit Narben übersät sind. Der Herzog wünscht, daß sein Sohn und Erbe sich abhärtet, und befiehlt ihm, allein jagen zu gehen. Der Bastard handelt jedoch seinem Befehl zuwider und begleitet seinen Bruder; sie sind zwölf Jahre alt, sie sind wie Zwillinge, sie trennen sich nie. Eines bleiernen, windigen Morgens ziehen sie, mit Umhängen aus Murmeltierfell geschützt, in die Welt hinaus. Der frisch gefallene Schnee beginnt zu gefrieren; die Stiefel knirschen und hinterlassen eine Spur von beschmutztem Weiß.

Sie gehen und gehen, unermüdlich, suchen Tierspuren. Sie sind auf der Jagd nach einem Wildschwein, einem Stück Wild, das der Herzog für hinreichend wertvoll und gefährlich halten könnte. Schließlich glauben sie, eine Fährte ausfindig gemacht zu haben: Abdrücke im Schnee, Exkremente, abgebrochene

Äste. Sie sind mit Armbrust, Dolchen, kurzen Schwertern bewaffnet. Ohne Hunde, das wissen sie, ist es extrem schwer, ein Wildschwein zu jagen; aber im Winter haben die Tiere Hunger, sie kommen näher heran, sind unvorsichtiger. Auch Edmund und Gaon sind unvorsichtig: Mit all der Jugend eigenen Ignoranz und Allmacht dringen sie fröhlich in das undurchdringliche Gestrüpp. Dort vernehmen sie, im Dickicht gefangen, das Rascheln von Laub, wütendes Grunzen. Mit gespannter Armbrust drehen sie sich um und schießen gleichzeitig, fast ohne zu zielen. Es ist ein Bär. Der eine Pfeil geht verloren und der andere hat sich in die wollige Schulter gebohrt, was ihm jedoch nicht sonderlich weh getan zu haben schien. Das riesengroße Tier kommt schwankend näher, und mit einem einzigen Prankenhieb reißt es Gaons Brustkorb auf und macht sich dann daran, ihn zu töten. Da drängt Edmund sich zwischen die beiden. Mit dem Dolch, weil die beiden für das Schwert zu dicht vor ihm stehen. Das Tier schlägt ihm die Krallen ins Gesicht, woraufhin der Junge nur noch alles durch einen Vorhang aus Blut sieht. Der Bär ist rot, der übelriechende Atem aus seinem Schlund ist rot, der Tod ist rot. Der Tod, der unausweichlich näher kommt. Plötzlich sackt die Bestie mit einem Todesjaulen zusammen. Der noch aufrecht stehende Edmund betrachtet betäubt und verdutzt die zuckende Fleisch- und Fellmasse; die Kehle des Bären ist völlig durchtrennt, wie der Junge nur mit Mühe durch die herunterfließenden Blutströme erspäht. Das ist er gewesen, fast ohne es zu merken. Jetzt kann er sich entspannen, kann zu Boden sinken und ohnmächtig werden.

Es dauert viele Wochen, bis die Kinder wieder gesund sind. Die unermüdliche Gwenell wacht über die beiden nebeneinander Liegenden, sie streichelt sie mit ihren weichen Händen und ihren Feuerlocken, und das Wasser, mit dem sie ihre Wunden säubert, ist mit ihren Tränen getränkt, berichtet Chrétien. Gaon bleiben als einzige Erinnerung ein paar große Narben auf dem Brustbein; Edmund hingegen hat sein rechtes Auge eingebüßt. Sein hübsches, jugendliches Gesicht ist jetzt durch ein wulstiges Wundmal entstellt, das strahlenförmig die ganze Augenhöhle umgibt, als hätte jemand eine Fleischrose in sein Gesicht geschnitzt. Trotzdem scheint der Junge sich deshalb nicht zu grämen. Er trägt es mit einem für sein Alter ungewöhnlichen Gleichmut. Genauer gesagt, mit dem Gleichmut eines Helden, dem ein Unglück widerfahren ist. Gaon ist im Gegensatz dazu sehr betroffen. Er schuldet seinem Stiefbruder das Leben und ein Auge, und er fühlt sich von Bewunderung und Liebe für ihn erdrückt. Wenn sie vorher schon immer zusammen waren, so sind sie jetzt unzertrennlich. Sie schlafen sogar im selben Bett, in Gwenells Turm, direkt unter den Gemächern der Herzogin.

Dann zieht Thumberland mit seinem düsteren Soldatenhof wieder weiter, und der Frühling kehrt in das Herzogtum Aubrey zurück. Die Turniere und die Dichterwettbewerbe werden wiederaufgenommen. Gaon und Edmund wachsen heran, ihre Brust wird breiter, ihr Gesäß fester. Sie beginnen, Hoffräuleins durch die Gärten zu verfolgen, und man hört überall Lachen und unterdrücktes Keuchen. Trotz der Narbe und seiner ungewissen Herkunft wird Edmund von den Damen bevorzugt. Auch wenn die beiden Jungen gleich groß sind, ist Edmund der Schlankere; er besitzt einen perfekten Körper und ein halbes göttliches Gesicht. Mit der anderen Hälfte vermag er zu rühren; die Verletzung macht ihn menschlich, seine Schönheit wäre sonst unerträglich. In der Burg beginnt man ihn den Rosenritter zu nennen, ein Name, der die Form seiner Wunde ehrt. Der Jüngling besitzt einen solch maßvollen und großartigen Charakter, daß der Verlust des Auges fast wie ein Gewinn erscheint.

In einer lauen Mondnacht wacht Gaon auf und stellt fest, daß er allein ist. Es ist nicht das erste Mal, daß das passiert: Seit die

Stiefbrüder Männer geworden sind, gehen sie oft zu Frauen. Diese Nacht jedoch liegt etwas in der Luft, das Gaon erschaudern läßt. Eine andere Ruhe, ein Pochen, eine Ahnung von etwas Ungeheuerlichem und Unlösbarem. Umfangen vom Licht des Mondes, der ihn vom Himmel aus rund und voll anblickt und »ihn in seinen Bann zu ziehen« scheint, erhebt sich Gaon nackt von seinem Bett; diese Anziehung entspricht, so Chrétien, dem bösen Blick. Dieser leuchtende Mond verhext Gaon also und zwingt ihn, sich automatisch in Bewegung zu setzen. Er verläßt sein Zimmer und bleibt dann stehen, um zu lauschen: Im Palast herrscht Stille, als wäre er verzaubert. Mit nackten Füßen steigt er die Treppe hinauf. Füße, die keinen Lärm machen. Er gelangt zu der Tür, die zu den Gemächern seiner Mutter führt: Sie ist nur angelehnt, und nicht eine Hofdame hält ein Nickerchen im Vorzimmer. Gaon geht weiter bis zum Schlafzimmer, einem riesigen, runden Saal, den der Mond in ein strahlendes Silber getaucht hat. Im Hintergrund, neben dem kunstvoll gearbeiteten Balkon seiner Kindheit, bewegt sich über dem Bett zitternd und erschaudernd ein echter Stern. Der Erbe tritt näher heran, wohl schon ahnend, was er sehen wird, aber noch ohne es verstehen zu wollen, und entdeckt schließlich zwei ineinander verschlungene, erschöpfte Körper; die herrlichen Muskeln von Edmund scheinen aus vortrefflichem Stein und die Haut der Frau aus wunderbarem Marmor. All dieses zarte Fleisch preßt sich aneinander und vermischt sich, bis die beiden eins sind, ein keuchendes Tier, das durch Gwenells Mähne vollendet wird, die wie ein sanfter Anemonenkranz über das Laken wogt.

»Wachen zu mir!« schreit Gaon, zunächst versagt ihm noch die Stimme und der Atem, dann brüllt er jedoch wie ein Sterbender, wobei er an seiner nackten Hüfte vergeblich nach einer Waffe sucht. Als das seltsame Seegetier seinen Schrei vernimmt, löst es sich voneinander, teilt sich in zwei erschreckte Wesen.

»Bruder«, sagt Edmund; aber Gaon ruft weiterhin außer sich nach der Wache, und schon hört man aufrührerische Schritte auf der Treppe. »Los, verschwinde, flieh!« fleht Gwenell: Jetzt scheint sie weder Herzogin noch Mutter zu sein, nur noch eine Frau, die um ihren Geliebten fürchtet. Edmund trifft im Nu seine Entscheidung; er greift nach dem Haufen Kleider auf dem Boden, den Stiefeln, dem Schwert und springt, noch nackt, aus dem Fenster. Man hört ein Platschen im Burggraben, die Schreie der Soldaten. Gaon, der wie gelähmt ist, bringt es nicht fertig, den Befehl zu geben, ihn festzunehmen, und sein Stiefbruder entkommt.

Nachdem das Paradies einmal verloren ist, ordnet Gaon an, Gwenell in ihrem Schlafgemach einzusperren und die Tür, den verzierten Balkon und die Fenster zuzumauern. Nur ein kleines Loch mit einer Klappe davor bleibt offen, wodurch man ihr zweimal am Tag Wasser und Essen reicht. Nie wieder soll sie dort herauskommen, hat Gaon entschieden, nie wieder wird sie das Sonnenlicht sehen. Jetzt herrscht für immer Winter im Herzogtum, und Gaon setzt alles daran, wie sein Vater zu werden, dieser Thumberland, von dem sie seit Jahren nichts mehr gehört haben. So verschwinden die Dichter vom Hof, und wo früher Sonne und feine Seide war, sieht man jetzt Holzfeuer und staubige Brokatstoffe. Die Burg ist voll knisternder, verrußter Kamine, die, obwohl ihr Feuer höllisch prasselt, weder die Räume wärmen noch die Schatten vertreiben. Gaon lebt allein und schläft allein und wird immer mißmutiger und verschlossener.

Eines Morgens erreicht sie die Nachricht, daß Thumberland in einer Schlacht gefallen ist, und zwei Tage später bringt man Thumberlands eiskalte Leiche in die Burg, die Lippen schwarzblau und mit einer Blutkruste, die seine Stirn säumt. Bis zum Schluß ganz der Kriegsherr tragen ihn seine Soldaten auf sein Schild gebettet auf den Schultern wie einstmals die Spartaner.

Gaon hält die gebührende Totenfeier ab, ordnet eine lange Trauerzeit an und befiehlt seinen Untertanen, in seinem Namen Buße zu tun. Jetzt ist er der Herzog von Aubrey, und im Wissen um seine dynastischen Pflichten heiratet er eine junge, verschreckte und bleichsüchtige Dame und macht ihr zwei Kinder, einzig und allein, um den Fortbestand seiner Linie zu sichern. Danach sieht er sie nie wieder. Seine Gemahlin und die Kleinen leben in Gwenells Bergfried unter dem stinkenden Gefängnis, in dem die Herzogin Jahr für Jahr vor sich hin vegetiert. Zum Erstaunen aller ist sie noch nicht gestorben, und des Nachts klopft sie gegen die Wände.

Die Kunde von Edmunds Heldentaten bereitet Gaon Pein. Der Bastard hat sich in eine Legende verwandelt, in den Rosenritter, einen hervorragenden Krieger, der sich als Kämpfer verdingt, sein Schwert jedoch nur für gerechte Angelegenheiten zückt. Auf seiner Rüstung ist eine gelbe Rose aufgemalt, die aufgrund der vielen Dornen, die den Stiel säumen, fast einem Dornbusch gleicht; und der Federbusch seines Helms ist so rot und gewellt wie die Mähne einer Frau.

Der neue Herzog ist verzweifelt: Er kann den Ruhm seines Stiefbruders nicht ertragen, vor allem nicht die quälende Gewißheit, daß er ihm das Leben verdankt. Gaon, dem es an innerem Frieden und Ruhe mangelt, stürzt sich in ein wildes Schlachtengetümmel und kämpft gegen die Barbaren des Nordens, gegen die Wikinger, gegen die Geächteten. Er ist bereits ein solcher Kriegsherr wie sein Vater, übertrifft ihn jedoch an Grausamkeit. Eines Tages ärgert er sich über einen Pagen, der ihm das Essen kalt serviert und auf seine Vorwürfe ein wenig frech reagiert hat. Vor Wut zitternd steht Gaon auf, packt den Jungen mit einer Hand an der Kehle und zerrt ihn zu einem riesigen Kamin. Dort drückt er ihn in die Flammen und hält ihn so lange mit ausgestrecktem Arm fest, bis der Junge verbrannt ist.

Seit diesem Ereignis kennt man den zweiten Herzog von Aubrey unter dem Namen Eisenfaust, weil er den Schmerz ausgehalten hat und seither immer einen Metallhandschuh über der unbrauchbaren, verbrannten Hand trägt. Nach und nach streicht man Edmunds und Gaons Namen aus dem Gedächtnis wie auch die ferne und glückliche Erinnerung an das Paradies.

Was Ritter Eisenfaust jedoch nicht vergessen kann, ist, daß er nicht der Herr über sein eigenes Leben ist. Dieser Gedanke quält ihn, vergiftet ihm das Blut, macht ihn verrückt. Ein ums andere Mal stürzt sich Eisenfaust wie ein Wolf auf seine Feinde, auf der Suche nach dem Tod auf dem Schlachtfeld, um dem Stiefbruder nicht die Schuld begleichen zu müssen; aber so sehr er sich auch in Gefahr bringt und so viel er auch riskiert, es gelingt ihm nicht, Gevatter Tod zu begegnen. Er hinterläßt zwar eine Spur von Schrott und Leichen, aber er trägt immer nur kleine Verletzungen davon.

Eines Tages, als Eisenfaust sich weit weg von seinen Ländereien im Norden befindet, erscheint im Lager ein bewaffneter Ritter, der darum bittet, beim Herzog vorsprechen zu dürfen. Eisenfaust ist gerade von einem Erkundungsritt zurückgekehrt; er trägt einen leichten Harnisch aus zerschlissenem alten Leder, und er ist müde, durstig und staubbedeckt. Wie es der Zufall und das Nichtvorhandensein eines für das Kriegslager gültigen Protokolls so will, wird der Ritter auf der Stelle und ohne Ankündigung vor den Herzog geführt. Eisenfaust erkennt den Bruder sofort, erbleicht und taumelt, wie vom Blitz getroffen. Der Rosenritter nimmt den Helm ab: Auch sein Gesicht ist, abgesehen von der rosafarbenen Blume seiner Narbe, wachsbleich. Um die beiden Edelmänner bildet sich ein erwartungsvoller Kreis.

»Ich komme von weit her, um dich zu sehen, Bruder. Denn du bist immer noch mein Bruder, auch wenn du mich haßt«, beginnt der Ritter. »Ich büße schon seit vielen Jahren für meine

Sünden, die schwer wiegen, das weiß ich. Und ich bereue, was ich getan habe. Ich bin gekommen, um dich um Gnade zu bitten.«

Eisenfaust hört kaum zu, das Blut pocht ihm betäubend laut in den Ohren. Er kann nur daran denken, daß sein Stiefbruder vor ihm steht, ihm ausgeliefert, in seiner Gewalt ist und er ihn nicht töten kann. Und er denkt auch an die wundervolle Rüstung, die der Ritter trägt; an dessen männliche Schönheit, die immer noch überwältigend ist; an des Rosenritters Heldenhaftigkeit. Wohingegen er schmutzig und verschwitzt, gealtert und nur notdürftig bewaffnet ist. Er verflucht den Moment, als er an diesem Morgen den leichten Harnisch angelegt hat: Er hat die Bequemlichkeit einer würdevollen Haltung vorgezogen, und nun würden seine Soldaten den Bastard herzoglicher als den eigentlichen Herzog finden. Er preßt die Kinnbacken aufeinander, bis man das Knirschen der Zähne hört. Der Rosenritter geht ein paar Schritte auf ihn zu und beugt vor ihm ein Knie.

»Findest du nicht, daß wir alle genug gelitten haben?« sagt er mit rauher, gebrochener Stimme, die mit spröder Rührung durchsetzt ist. »Vor nicht allzu langer Zeit haben wir uns noch geliebt. Damals waren wir glücklich. In Erinnerung an die Größe unserer Liebe flehe ich dich an, damit aufzuhören. Verzeihen ist die größte Tugend unter großen Edelmännern. Und ich kenne besser als jeder andere deine Größe. In Demut knie ich vor dir. Verzeih mir, Bruder.«

»Nie ... niemals«, murmelt Eisenfaust erstickt, mit krächzender Stimme.

»Ich flehe dich an! Nicht wegen meines Schicksals, töte mich, wenn du willst. Aber sie ... deine Mutter. Ich weiß, daß sie noch lebt. Das ist eine grausame Strafe. Gestatte ihr, das Gefängnis zu verlassen. Gestatte ihr, in ein Kloster einzutreten.«

»Niemals, niemals«, wiederholt Eisenfaust; und die Wörter brennen ihm in der Kehle, wie Chrétien berichtet.

Als der Rosenritter begreift, daß seine Anstrengungen umsonst sind, bricht er in ein schauriges Geheul aus, gibt den Schmerzensschrei eines Tieres von sich, das weiß, daß es verloren ist. Es ist ein derartiges Gebrüll, daß alle Anwesenden zusammenzucken; und einer der Soldaten des Herzogs, aus Angst davor, den Zorn seines Herrn auf sich gezogen zu haben, weil er es war, der den Ritter in das Lager geführt hat, vermeint in seiner Nervosität zu erkennen, daß das Klagen des Stiefbruders für Eisenfaust eine Bedrohung darstellt; und er greift zur Lanze und stößt sie dem Ritter von hinten durch das Kettenhemd hindurch bis zur Brust. Der Bastard sinkt blutüberströmt zu Boden. Eisenfaust zieht das Schwert aus der Scheide, und mit einem einzigen Hieb köpft er den Soldaten. Daraufhin ordnet er an, sich seines Stiefbruders anzunehmen, ihn zu pflegen und ihm das Leben zu retten. Für ihn ganz allein wird ein Zelt aufgestellt, und die Ärzte wachen wie Hunde am Fußende des Bettes. Eisenfaust besucht den Rosenritter nie, aber er läßt sich jeden Morgen und jeden Abend Bericht erstatten. Und so vergehen die Tage und Wochen. Schließlich kniet ein zitternder Page vor dem Herzog und teilt ihm mit, daß der Ritter endgültig außer Lebensgefahr sei, bei Bewußtsein und fieberfrei.

In dieser Nacht veranstaltet Eisenfaust ein Bankett und lacht lauthals und trinkt und grölt und nimmt sich ein paar Frauen mit ins Bett. Am nächsten Morgen badet der Herzog im eisigen Sturzbach und legt dann seine schönsten Gewänder an. Quer durch das Lager geht er zum Zelt des Kranken, und als er es betritt, scheint es, als würde ein kalter Luftzug durch den Raum streifen. Der Rosenritter stützt sich, sehr blaß noch und geschwächt, mit verbundener Brust und spitzem Profil mühsam auf einen Ellenbogen. Die beiden sehen sich wortlos an; das

Schweigen ist schlimmer als jede Beleidigung. Dann zieht Eisenfaust sein Messer aus dem Futteral, eine Klinge aus edlem, gehärtetem Stahl mit perlenbesetztem Griff.

»Ich habe dir bereits das Leben bezahlt, das ich dir verdanke«, sagt der Herzog.

Und mit einer schnellen und präzisen Bewegung schneidet er sich das rechte Auge entzwei. Als würde man mit einer Sichel ein Stück weichen Käse durchschneiden, berichtet Chrétien.

»Und damit habe ich für dein Auge gebüßt«, fügt er mit nur wenig rauherer Stimme unerschrocken hinzu. »Jetzt schulde ich dir nichts mehr. Das nächste Mal bringe ich dich um.«

Mehr sagt Eisenfaust nicht und verläßt das Zelt. Wenig später wird der immer noch sehr schwache Rosenritter mit ein paar Pferden und Verpflegung fortgeschickt.

Jacques Le Goff, der bedeutende Historiker, mutmaßt, daß diese seltsame Legende nicht dem Geschmack von Edmund Glasser, dem neunten Herzog von Aubrey, entsprochen haben dürfte und dies vielleicht der Grund dafür gewesen sein könnte, warum der Text nie bekannt wurde. Möglich, daß Chrétien bei seinem Auftraggeber in Mißgunst gefallen war und er aus Cornwall fliehen mußte, nachdem er das Manuskript einem befreundeten Mönch anvertraut hatte. Vielleicht hat aber auch der Herzog selbst, mit dieser düsteren Geschichte unzufrieden, das Werk in dem Kloster verstecken lassen, das in jener Zeit zu seinem Besitz gehörte.

Wie auch immer es gewesen sein mag, uns bleibt nur noch wenig zu erzählen; denn auch wenn Chrétien versichert, daß nach jenem Treffen noch viele Jahre vergingen, verschwendet er kaum eine Handvoll Zeilen, sie zu beschreiben. Er erzählt nur, daß es einige Zeit dauert, bis die Wunden von Eisenfaust und dem Rosenritter ganz verheilt sind, und sie danach wieder in ihre Schlachten ziehen. Doch nun versuchen sie kämpfend ihre

Schritte dorthin zu lenken, wo sie den Stiefbruder vermuten. So ziehen sie, sich gegenseitig suchend, vergeblich ihrer Wege. Und werden älter.

Eines Abends, als ihnen das Alter bereits den Rücken beugt und sich graue Strähnen auf ihren Häuptern abzuzeichnen beginnen, treffen die Edelmänner dann doch aufeinander. Der Herzog ist gerade auf seine Burg zurückgekehrt, wo er ein paar Wochen zu verweilen gedenkt. Doch noch bevor er sich wieder häuslich niedergelassen hat, erscheint der Rosenritter, der ihn auf Schritt und Tritt verfolgt hat. Ohne ihn zu empfangen, ordnet Eisenfaust an, ihm aufzuwarten und ein opulentes Mahl sowie das schönste Gemach zu bereiten. Man leistet seinen Anordnungen Folge, während unter den Höflingen, die in Erwartung des unmittelbar Bevorstehenden wie gelähmt sind, die Gerüchteküche brodelt. In dieser Nacht schläft außer den Stiefbrüdern niemand auf der Burg.

Bei Tagesanbruch stehen die zwei bereits im Waffenhof. Beide haben sie die komplette Rüstung angelegt, tragen prächtige Waffen. Eisenfaust trägt Schwert und Keule; der Rosenritter eine kurze Lanze und sein Schwert. Noch immer sind sie gleich groß, Eisenfaust ist allerdings ein wenig kräftiger. Sie sehen sich an, von einer schweigenden Menge umringt, die einen gebührenden Abstand wahrt. Minuten verstreichen, ohne daß etwas zu hören ist, ohne daß sich etwas bewegt, während die Sonne am Himmel aufsteigt und den Hof zu streifen beginnt. Dann, als der Lichtstrahl den Fuß des Bergfrieds erreicht, hört man so etwas wie einen unheilvollen Trommelwirbel; es ist Gwenell, die Gespenstische, die Gefangene, die dort oben in der Dunkelheit gegen die Wände ihres barbarischen Kerkers klopft. In genau diesem Augenblick lassen die beiden Stiefbrüder ihr Visier herunter, und der Kampf beginnt.

Den ganzen Tag über kämpfen sie wie die Löwen, versichert

Chrétien mit der für diese Art von höfischen Epen typischen Übertreibung. Stunde um Stunde schlagen und raufen sie sich, und bei Einbruch der Nacht sind die Rüstungen der beiden Ritter vollkommen verbeult und mit diesem klebrigen Schlamm bedeckt, der sich bildet, wenn Staub und Blut sich mischen. Es kommt der Moment, als sie sich kaum noch auf den Beinen halten können. Keuchend auf ihre Schwerter gestützt, beobachten sie sich gegenseitig von der unendlichen Müdigkeit ihrer Leben aus. Dann schleudern sie ihre Waffen zu Boden, wanken aufeinander zu und verschmelzen in einer verzweifelten Umarmung.

Cornwalls ruhmreiche Waffenschmiede hatten eine erstaunliche Neuerung bei den Ritterrüstungen eingeführt; anstatt sie mit einem normalen Lanzenschuh zu versehen – dieses Eisen auf dem Brustharnisch, oberhalb der rechten Brust –, in den das Ende der Lanze gestemmt wird, hatten sie diesen Schuh zu einem langen und sehr spitzen Stachel geschliffen, den man als Waffe zur Verteidigung im Kampf Mann gegen Mann verwenden konnte.

Der Rosenritter und Eisenfaust, so erzählt Chrétien, trugen beide diese todbringenden Lanzenschuhe auf ihren Brustharnischen. Als die Stiefbrüder sich umschlingen, drücken sich die Spitzen immer stärker in die Panzer, durchstoßen zuerst das Brustschild und danach den verschwitzten und blutgetränkten Wams, und dann schlitzen sie die Haut auf und schließlich bohren sie sich in das Fleisch, genau in die linke Brust. Und die beiden Stiefbrüder, die wie Zwillinge und gleich groß sind, zerreißen sich gegenseitig das Herz in der endgültigen Umarmung des Todes.

Als Zarza in der Calle Rosas Nr. 29 ankam, war es 18.20 Uhr, und die Straßenlaternen waren gerade angegangen. Am Himmel hatten sich die Wolken verzogen, und er hatte jetzt diesen satten, dunkelblauen Ton der winterlichen Abenddämmerungen angenommen. Es war sehr viel kälter als noch am Morgen, und die wenigen Fußgänger eilten dahin, in ihre Mäntel gehüllt, mit hochgeschlagenen Kragen und im Wind wehenden Rockschößen. Das Viertel hatte sich seit Zarzas Kindheit ziemlich verändert. Früher war es ein reines Wohngebiet gewesen, mit kleinen, alleinstehenden und von Gärten umgebenen Villen. Inzwischen waren einige luxuriöse Apartmentblocks und ein Einkaufszentrum mit Restaurants und Boutiquen hinzugekommen.

Seit Jahren war Zarza nicht mehr dort gewesen; als sie nun vor dem Haus ihrer Familie stand, beschlich sie ein unerwartetes Gefühl, der unangenehme Schmerz einer schlecht verheilten Wunde. Es hatte sich nichts verändert, wenn das Haus auch älter und heruntergekommener aussah und einen diese Ahnung von Unheil befiel, die Häuser erwecken, die schon lange Zeit nicht mehr bewohnt sind, scheinen sie doch alle Schauplatz eines uralten Leids gewesen zu sein. Zarza ging vorsichtig um das Grundstück herum. Die Hecke war vollkommen vertrocknet und zu einem Labyrinth von welken Zweigen geworden, die eine Armee von Spinnen besetzt hatte. An der kleinen Mauer war der Putz abgebröckelt, und der Zement zerbröselte wie weiche Brotkrumen zwischen den Fingern. Am verrosteten Eisentor war kaum noch etwas von dem ursprünglichen grünen Lack zu sehen. Es schien, als wäre schon lange niemand mehr durch dieses Gartentor getreten: Auch am Schloß hingen Spinnweben. Und was sich durch die vertrocknete Hecke hindurch vom Haus abzeichnete, bot den gleichen Eindruck vollkommener Vernachlässigung. Nach allem war es möglich, daß Nicolás doch nicht dort war.

Trotz Schlüssel war es sehr schwierig, die Gittertür zu öffnen; obwohl sie sich ziemlich anstrengte, schaffte sie es nur, sie um wenige Zentimeter zu bewegen. Sie mußte sich die Winterjacke ausziehen, um durch den schmalen Spalt schlüpfen zu können, und einmal drinnen, war es ihr nicht möglich, die Tür wieder zu schließen. Es war, als hätte sich das Eisen in den Boden gerammt. Selbst die Gittertür hat sich ergeben, dachte Zarza. Festgerostet und aus den Angeln gehoben war sie ein Trümmerstück mehr, das sich zu den übrigen fügte. Zarza holte tief Luft, nahm die Pistole aus der Tasche, überprüfte, ob sie gesichert war, und ging mit der Waffe vor sich her fuchtelnd weiter. Im Licht der hereinbrechenden Dämmerung machte sie eine Runde durch den Garten. Wo früher noch Rasen gewesen war, wucherte nun auf dem trockenen und rissigen Boden büschelweise das Unkraut. Die Bäume hatten, obwohl sie kraftlos und halb krank waren, fast alle überlebt: die Kastanie, die Birke, die Ahornbäume... Das leere und mit Rissen durchzogene Schwimmbecken glich einer Müllkippe. Vorsichtig beugte Zarza sich über den Rand: verfaulte Blätter, Pfützen voll widerlichem, schwarzem Wasser, Plastik, Zeitungspapier, ein Herrenschuh, der derart verdreht war, daß sie ihn zunächst für eine Wurzel hielt, die Überreste einer blauen Couch, deren Sprungfedern schon herausschauten. Das Sofa aus Papas Büro. Zarza drehte sich zum Haus um. Vor den Schiebetüren zu Papas Büro waren die alten Holzrolladen heruntergelassen. Deren Mechanismus war offensichtlich kaputt, denn die schweren, staubigen Lamellen steckten krumm und schief in der Schienenführung. Auch dort war seit vielen Jahren niemand mehr hineingegangen. Zarza atmete tief ein und versuchte so den Druck, der ihr auf der Brust lastete, zu mildern. Die Zeit war eine verfluchte Krankheit; die Dinge, ihrem Schicksal überlassen, wurden unverzüglich von der Wucht der Zeit zerstört.

Sie ging weiter um das Einfamilienhaus herum und stellte fest, daß sämtliche Fenster verschlossen und vergittert waren. Die Gitter gab es wohl noch nicht lange: Ihre Schwester mußte sie zum Schutz vor Einbrechern angebracht haben. Dann kam Zarza in den Sinn, daß Martina auch das Haustürschloß ausgetauscht haben könnte. Das war sehr gut möglich, und Zarza verwünschte, nicht schon eher daran gedacht zu haben. Sie beschleunigte ihren Schritt, überzeugt davon, daß das Haus leer stand, und begierig, ihr Glück zu versuchen. Im Finstern tappte sie über die Veranda; die Pistole war ihr ein Ärgernis, sie lag schwer und sperrig in der Hand, und jetzt behinderte sie sie auch noch beim Öffnen der Tür. Sie legte sie zwischen ihre Füße auf den Boden, und dann tastete sie erneut im Dunkeln nach dem Schloßloch, in das sie den schmalen, großen Schlüssel steckte. Er paßte. Behutsam hob sie die Waffe auf und gab der Tür einen leichten Stoß. Ein Schwall abgestandener Luft schlug ihr ins Gesicht. Es roch nach alten Rohrleitungen und Feuchtigkeit.

Es war das erste Mal, daß Zarza ihr Elternhaus ohne Möbel sah, und die Nacktheit der Räume kam ihr schamlos und beunruhigend vor, so unangenehm anzuschauen wie die Demütigung anderer. Obwohl das Haus in Wirklichkeit nicht ganz leer stand, was die Situation noch schlimmer machte; in einem Zimmer war ein wackeliger Stuhl zurückgeblieben, in einem anderen ein Lattenrost, im dritten ein staubiger Teppich. Durch die vergitterten Fenster drang der ferne orangefarbene Schein der Straßenlaternen und tauchte das Halbdunkel in einen gespenstischen Gelbton. So, ganz im Finstern und ohne Möbel, wirkte das Haus sehr viel größer und fast unbekannt. Oder schlimmer noch: Sie kannte es, doch schien es verzerrt, wie dies häufig bei dem eigenen Zuhause der Fall ist, wenn es einen in den Alpträumen verfolgt. Zarza ging von Zimmer zu Zimmer; sie war verwirrt und verlief sich manchmal, so fern und konfus kam ihr alles vor. Dies war das Spielzimmer, oder nein, dies war das Eßzimmer für die Kinder gewesen. Und dieser große, in Schatten getauchte Raum hatte der Mutter gehört: Unglaublich, daß dieser inzwischen leere, ungemütliche Ort das Szenario eines so großen Geheimnisses gewesen war. Zarza erinnerte sich an den Schrecken, den sie immer empfunden hatte, wenn sie sich dem mütterlichen Schlafzimmer näherte: flüsternde Stimmen, diskrete Schritte, das leichte Klirren eines Teelöffels in einem Glas beim Umrühren der Medizin. Und im Hintergrund, gegen die Wand gerückt, das riesige Bett, dieser heimliche Tempel, in dem Zarza gezeugt worden war, dieses weiche Grab, in dem Mama starb oder sich umgebracht hatte oder ermordet worden war.

Der einzige Ort, wo ihr Vater Rolladen angebracht hatte, war sein eigenes Büro gewesen; der Rest des Hauses hatte gewöhnliche Fensterläden aus Holz, die jetzt alle offen standen und halb ausgehängt, halb aus den Angeln gerissen waren; das Licht von draußen drang ungehindert durch die schmutzigen Scheiben und betonte das düstere Profil der dicken Eisenstangen. Das Haus war ein Gefängnis. Zarza betrat das große, rechteckige Wohnzimmer, in dem sich an einer der schmaleren Wände ein

Kamin aus Marmor befand. In der Feuerstelle lagen Asche, Holzspäne, halbverbrannte Zweige, zwei alte, angesengte Socken, eine leere, mit Ruß überzogene Dose. Verschwommen erinnerte sie sich daran, daß das Haus irgendwann nach ihrem Auszug von Obdachlosen gestürmt worden war; vielleicht hatte Martina daraufhin die Gitter anbringen lassen. Diese Fremden hatten wohl dort gegessen und geschlafen, ohne die Vergangenheit des Hauses zu kennen. Ohne den Milchreis zu kennen, den ihr Kindermädchen Constanza immer für sie gekocht hatte, Constanza, die am längsten in der schwindelerregend schnellen Aufeinanderfolge der Hausangestellten geblieben war oder zumindest die einzige war, an die es sich zu erinnern lohnte; sie kannten weder Mamas trockenen Geruch nach Fieber noch Papas kalte Hände, noch diese chinesische Melodie, die in Wirklichkeit gar nicht chinesisch war und die Nico und Zarza im Schutz des Eßzimmertischs immer gehört hatten, demselben, auf dem sie, starr vor Trauer über den herannahenden Winter, jeden Herbst ihre Schulbücher eingebunden hatten. Die Obdachlosen waren bis zu den Eingeweiden ihrer Kindheit vorgedrungen wie Geier, die in Aas herumpicken. Zarza schüttelte jäh den Kopf in dem Versuch, das unangenehme Bild abzuschütteln, als sie aus dem Augenwinkel bemerkte, daß sich in dem Zimmer etwas bewegte.

Sie tat einen Satz nach hinten und stieß einen Angstschrei aus. Und entdeckte sich selbst im Spiegel an der gegenüberliegenden Wand, vor Schreck wie gelähmt und außer Atem. Es war der alte Spiegel, der mit dem Mahagonirahmen, dessen Spiegelglas jetzt trüb und beschlagen war. Er hing direkt neben der Tür zum Wohnzimmer, gegenüber der Fenster. Ihr Vater pflegte vor dem Weggehen einen letzten Blick hineinzuwerfen. Jetzt wurde sich Zarza bewußt, daß das letzte Bild, daß sie von ihrem Vater bewahrte, bevor er für immer verschwand, einer dieser halb zufriedenen, halb herausfordernden Blicke war. Denn ihr Vater sah sich selbst in die Augen: ganz genau, neugierig forschend, als würde er sich selbst abschätzen oder wiedererkennen. An jenem Tag vor nun schon so vielen Jahren betrachtete sich der Vater in diesem Spiegel, zunächst von vorne und dann von der Seite. Damals hatte er bereits eine ziemliche Glatze und seine Augen waren gerötet, diese arabischen Augen – oder vielmehr die Augen eines Tartaren, eines Mongolen, glühende, orientdunkle Augen eines Barbaren –, auf die er immer so stolz gewesen war. An jenem Tag sah Zarza also, wie er sich begutachtete und sich dabei an den Hemdärmeln herumzupfte. Und dann ging er ohne ein Wort des Abschieds zur Tür hinaus und verschwand für immer in der weiten Welt.

Das Haus war ein Grab, dachte Zarza. In der Mitte des Wohnzimmers stehend, nahm sie um sich herum das bedrückende Labyrinth der anderen Zimmer wahr. Ihr ehemaliges Zuhause war ein schmutziges Durcheinander von viereckigen und leerstehenden Räumen. Wie ein dem Chaos übergebener Zauberwürfel. Wie einer dieser geometrischen Alpträume, die in unseren Köpfen glühen, wenn uns hohes Fieber verschlingt. Teófila Díaz, die Psychologin, hatte ihr vor Jahren erklärt, daß es ein Ausdruck des eigenen Unterbewußtseins sei, wenn man vom Haus seiner Kindheit träume. Zarza hatte Frau Doktor Díaz gehaßt, doch war ihr dies seltsamerweise in Erinnerung geblieben; und jetzt spürte sie deutlich, daß das Haus ihr eigenes zerstückeltes Gehirn darstellte, ein Toben persönlicher Ungeheuer. Plötzlich wurde ihr schwindelig, und die Zimmerecken begannen sich zu drehen. Sie legte die Pistole auf den Kaminsims; ihre Hände schwitzten, und sie fröstelte. Es war sehr kalt, und beim Atmen stieß sie kleine Dampfwölkchen in die modrige Luft aus.

Da hörte sie es. Anfangs dachte sie, verrückt zu sein. Im Halbdunkel vernahm sie das Anschlagen der Töne, diese fernen, zarten Klänge, so als ob dünnes Glas zu Bruch ginge. Das ist der Wahn, sagte sie sich: Ich höre Geräusche. Und dieser erste Gedanke setzte sich bei ihr im Nacken fest wie eine eisige Hand und erfüllte ihr Herz mit Entsetzen. Doch das Klingeln hörte nicht auf, es war allem Anschein nach schrecklich real. In einem enormen Willensakt gelang es Zarza, ihren erstarrten Körper in Richtung des Geräuschs zu bewegen. Langsam, ganz langsam einen Fuß vor den anderen setzend, verließ sie das Wohnzimmer, mit dieser Todesanstrengung, sich von einem Ort zum anderen zu bewegen, die einen oft überkommt, wenn man schlecht träumt; sie ging durch den Flur auf das Büro ihres Vaters zu, das sie bisher noch nicht betreten hatte. Die Tür war nur angelehnt, und im Inneren war es aufgrund der kaputten Rolladen sehr dunkel; und durch den Türspalt glitt klar und tänzelnd die alte Melodie, diese chinesische Musik, die gar nicht chinesisch war und aus den tiefsten Schichten der Hölle zu kommen schien. Dort drinnen, in dem Zimmer mußte sie sein; ganz sicher stand sie dort, die alte Spieldose, die sie verloren geglaubt hatte. Und irgendwie bereitete ihr die Gegenwart ihres alten Spielzeugs mehr Schrecken als die offensichtliche Tatsache, daß jemand – und wer, wenn nicht Nico – die Dose aufgezogen haben mußte. Das Geklimper ging unerschütterlich weiter, es stieg aus den Tiefen der Erinnerung auf und bannte Zarza in einen Käfig aus Tönen. Ich muß etwas tun, dachte sie, während sie spürte, wie sie in ihre Vergangenheit zurückfiel: Ich muß die Hand ausstrecken und die Tür ganz aufmachen, um zu sehen, wer dort drin ist, um zu sehen, was mich erwartet. Aber die Dunkelheit legte sich wie eine zähe, gefährliche Substanz um die Tür, während die Dose wie besessen ihre Töne ausspuckte. Eine Welle reinen Grauens überrollte Zarza und ließ sie völlig willenlos werden; sie konnte keinen klaren Gedanken mehr fassen.

Grauen angesichts etwas Unbenennbarem, das sie in dem Büro erwartete; etwas, das sie nicht definieren konnte, das aber schlimmer war als die Rache ihres Bruders, schlimmer als ihr eigener Tod. Eine Hölle nach ihrem Maß. Die Finsternis des Tartaros.

Mit einem Satz machte sie kehrt – der Bewegung eines Tieres, die von den bloßen Muskeln und dem Adrenalin gesteuert wurde, ohne daß der Verstand daran beteiligt gewesen wäre –, und machte sich blitzschnell durch den Flur davon. Mit einem Ruck riß sie die Tür auf, stürzte aus dem Haus, flog fast durch den Garten, quetschte sich durch das spaltbreit geöffnete rostige Tor, rang damit wie ein Tier, das in ein Fangeisen geraten war, bis sie draußen war, wobei sie sich an der Schulter und der Hüfte verletzte. Wie von Sinnen rannte sie die Straße entlang, bis sie außer Atem war. An eine Mauer gelehnt, zitternd, versuchte sie wieder zu Luft zu kommen, während in ihrem Bewußtsein die wirren Erinnerungen an das, was sie erlebt hatte, hochkamen: der Eindruck von Verfall, die bedrohliche Melodie aus ihrer Kindheit, die offensichtliche Gegenwart von Nicolás, der beklemmende Aufruhr der düsteren Zimmer. Und da fiel ihr ein, daß sie die Pistole auf dem staubigen Marmorsims des Kamins hatte liegenlassen.

Es hatte auch andere Zeiten gegeben. Kleine Erinnerungen, die Zarza in ihrem Gedächtnis hortete wie einen wertvollen Schatz. Eines düsteren und langweiligen Wintermorgens, in den Weihnachtsferien, hatte sich Zarza auf Zehenspitzen zum Büro ihres Vaters geschlichen. In dem leeren Haus war es still; Nicolás war nicht da, was seltsam war, da sie immer zusammensteckten, vielleicht war er ja krank gewesen. Mama mag wohl wie immer im Bett gelegen haben und Miguel bei einer Therapiestunde gewesen sein. Martina machte sowieso nie Lärm. Zarza entsann sich, daß sie sich an jenem trägen Morgen verloren vorkam, unerträglich allein in ihrer ungewohnten Zwillings-Einsamkeit. Das Licht im Haus war gräulich, und in den Fluren zog es, heimtückisch und kalt. Zarza streifte durch die Zimmer, lief die Flure auf und ab, ließ ihre Schritte auf den roten Küchenfliesen widerhallen. Schließlich näherte sie sich auf Zehenspitzen dem Büro, wo an Werktagen gewichtige Herren ein- und ausgingen, überhebliche, geschniegelte Kerle, Kunden des Finanzberatungsbüros ihres Vaters. An diesem Vormittag jedoch war niemand gekommen, vielleicht weil Weihnachten vor der Tür stand, und das Haus war eine vertrocknete, nutzlose Hülle, der leere Panzer eines toten Krebses.

In ihrer Erinnerung sah sich Zarza an der geschlossenen

Bürotür lauschen; kein einziges Geräusch, kein Atmen, kein Papierrascheln war zu hören. Eine unendlich lange Minute verging, dann noch eine und noch eine, traurige, bleifarbene Minuten. Sie klopfte. Wartete. Klopfte erneut. Weil niemand antwortete, drückte sie die Türklinke nach unten. Die Tür öffnete sich geräuschlos in ein Zimmer, das ebenfalls in bleiernes Licht getaucht war. Der Tür gegenüber, mit dem Rücken zu ihr, standen ihr Vater und ihre Schwester; sie schienen etwas durch die großen Schiebetüren zu betrachten und hielten sich an der Hand. Zarza hätte es nichts ausgemacht, in diesem Augenblick zu sterben, so einsam fühlte sie sich. Aber dann drehte der Vater den Kopf und blickte sie über die Schulter an, während Martina ärgerlich das Näschen rümpfte.

»Ah, Zarza, Zarzalein, komm her ...«

Papa winkte mit seiner freien Hand, als wäre diese Geste das Versprechen einer Zärtlichkeit oder das Flattern eines glücklichen Vogels, der das Wiederauftauchen der Erde nach der Sintflut verkündet. Schnell hängte sich Zarza an diese Hand. Sie stand nun links von Papa, Martina rechts, doch konnte sich Zarza darauf konzentrieren, nach vorn zu sehen und so ihre Schwester auf der anderen Seite zu vergessen.

»Schau mal, Zarza, siehst du das? Schau mal, wie schön.«

Sie hätte es nicht schlimm gefunden, den ganzen Morgen nach draußen zu schauen, so konzentriert wie sie auf die Traurigkeit des Tages war, die die Mauern des Hauses durchdrungen hatte wie Regenwasser ein undichtes Dach. Aus diesem Grund hatte sie nicht bemerkt, daß die ganze Welt zu einem Kristall geworden war.

»Das ist so, weil Nebel aufgekommen ist und es zur gleichen Zeit gefroren hat«, erklärte der Vater.

Auf der anderen Seite der Fenster hatte sich der Garten in eine glitzernde und märchenhafte Welt verwandelt. Alles schien wie aus Glas, leicht und zerbrechlich, eine außergewöhnliche Eisskulptur. Jede Grasfaser, jedes kahle Zweiglein der Bäume, jede Nadel der Konifere, alles war in ein enganliegendes, durchsichtiges Kleid gehüllt, das mit erstaunlicher Genauigkeit, als bestünde es aus gestickten Silberfäden, selbst die kleinsten Winkel der Dinge erreichte. Wie fein waren doch diese kleinen Eiskristalle, die sich an die Welt schmiegten wie die Haut an den Körper. In der Luft schwebten noch immer kleine Nebelfetzen, zerzauste Federn inmitten eines Diamantenfeldes.

»Wenn eure Mutter doch nicht ständig krank wäre ...«, seufzte der Vater plötzlich.

Die Mutter war die Dunkelheit, das Zimmer im Halbschatten, der Geruch nach Mensch, zerwühlte Bettlaken, zerzaustes Haar, mit alten Narben übersäte Handgelenke. Aber die Welt konnte auch anders sein, so wie ein riesiges Bonbon, das Zarza zwischen den Zähnen knirschen lassen würde, ein Schmuckstück in einem Etui aus Eis, so rein und exakt wie die Struktur eines Kristalls oder wie dieser Zauberwürfel, den Zarza damals noch nicht kannte und den der Ungar Ernö Rubik noch nicht erfunden hatte. Zarza saugte diesen zerbrechlichen Moment Schönheit begierig in sich auf und drückte dabei die Hand ihres Vaters. Es hätte ihr nichts ausgemacht, genau in diesem Augenblick zu sterben. Wahrscheinlich war sie nie glücklicher gewesen.

Weiß der Verräter, wer er ist? In einer Gegend in Mexiko existiert ein grausamer Brauch, der darin besteht, daß die Gemeinschaft jemandem etwas einredet, um sich über ihn lustig zu machen. Das ist eine langwierige, gemeinschaftliche, minutiöse Aufgabe. Nehmen wir einmal beispielsweise an, daß die Nachbarn über mehrere Monate oder Jahre einem armen Mann glauben machen, er sei ein hervorragender Taucher. Das ist nichts weiter als ein Scherz, aber ein sehr schlechter Scherz, stürzt sich der Unglückliche, um seinem Ruf alle Ehre zu machen, womöglich kopfüber in eine *cenote*, eine Unterwassergrotte, ohne die geringste Ahnung davon zu haben, und klatscht so mit seinem Hirn auf die Felsen. Weiß der Verräter, wer er ist? Wenn wir offensichtlich zur Entwicklung unserer Identität von der Meinung anderer abhängen, muß der Verräter zwangsläufig ein verworrenes Individuum sein. Es gibt Verräter, die so wie die Spione über einen längeren Zeitraum betrügen und solche, die einmalig und endgültig einen Verrat begehen. Sie alle jedoch enttäuschen das Vertrauen, das die anderen ihnen entgegengebracht haben. Auf diese Weise zerstören sie die Kontinuität ihres eigenen Bildes, sie töten ihre Identität. Der Verräter ist in Wirklichkeit ein Selbstmörder.

War der Rosenritter ein Verräter, als er sich zur Gemahlin seines Vaters legte, zur Mutter seines Stiefbruders? War dies die große Schuld, die ihn dazu verurteilte, rastlos in der Welt umherzuirren und gar seinen eigenen Namen zu verlieren? Chrétien de Troyes geht, getreu dem höfischen Geist, davon aus, daß wahre Liebe frei von Sünde ist. Die größere Schuld in der Geschichte scheint der Erbe auf sich geladen zu haben. Auch Gaon verrät in gewisser Weise seinen Stiefbruder, als er ihm jegliche Vergebung verweigert. Sein Haß ist übertrieben; seine Härte unmenschlich. Es gibt derart tiefe emotionale Bindungen, daß man sie nicht lösen kann, ohne sich selbst zu verstümmeln, und Gaon war seinen Gefühlen nicht gewachsen. Er verriet seine eigenen Möglichkeiten, ein edlerer Mensch zu werden.

Weiß der Verräter, daß er ein Verräter ist? Der Verräter kann für seinen Verrat immer ein zwingendes, hinlängliches Motiv anführen. Wie etwa die Gefahr für das eigene Leben oder eine unerträgliche Angst. Oder, im Gegensatz dazu, die Überzeugung, durch den Verrat einer höheren Sache zu dienen. Das Wort »Verrat« ist eigentlich schon sehr verräterisch: Es genügt, den Blickwinkel leicht zu verschieben, damit sich etwas komplett verändert, so wie bei den beweglichen Blüten in den Kaleidoskopen. Wer seine Gesinnung wechselt und mit unseren Gegnern gemeinsame Sache macht, ist ein Verräter, aber unsere Feinde werden von derselben Person sagen, daß sie sich zum Glück weiterentwickelt und sich gebessert hat. Doch gibt es eine elementare Welt, ein gnadenloses Territorium der dringendsten Bedürfnisse des Lebens und des Todes, wo diese relativistischen Verwirrungen nicht vorkommen und alle zu wissen scheinen, was ein Verräter ist und welches Schicksal er verdient. Wie es schon der Herzog sagte: Dem Verräter wird die Zunge herausgeschnitten und dann in den Hintern gesteckt.

Es gibt allerdings viele Arten des Verrats, und nicht alle erfolgen über Sprache. Als Zarza ihren behinderten Bruder aus dem verdreckten Apartment holte, spürte sie, daß sie Nicolás betrog, weil sie zum ersten Mal bereit war, ihren Zwillingsbruder zurückzulassen und sich allein zu retten. Natürlich könnte man nun argumentieren, daß dies lebensnotwendig war. Atmen und weitermachen. Nicht nach hinten blicken und einfach weitergehen. Zarza hatte gelernt, daß der einzige Unterschied zwischen denen, die sich retten konnten, und denen, die untergingen, häufig darin bestand, daß erstere in der Lage waren, einen Schritt vorwärts zu tun. Ein einziger Schritt reichte. Schließlich und endlich ist jede Reise, selbst die längste, nichts anderes als die Summe kleiner Schritte.

Also fuhr Zarza mit dem Schreiner in ihre alte Wohnung, ein heruntergekommenes Loch voller Schmutz in einer der Gassen im Stadtzentrum, das elendigste auf der absteigenden Skala der elenden Apartments, welche sie in den Armen von Schneewittchen bewohnt hatten. Unten am Hauseingang flehte sie Urbano an, sie allein nach oben gehen zu lassen, bitte, bitte, warte hier auf mich, das muß ich meiner Meinung nach allein tun, vertrau mir. Sie bat ihn so inständig, es schien ihr so wichtig zu sein, daß der Schreiner schließlich zustimmte und unten auf der Straße wartete, und, die fleischige Stirn stark runzelnd, mit unruhigen Schritten hin und her lief, so unruhig und argwöhnisch wie ein Ochse, den man von seiner Herde getrennt hatte, während Zarza die sechs Stockwerke hochstieg, weil der Aufzug mal wieder seit Monaten kaputt war. Mit ihrem Schlüssel öffnete sie die Wohnungstür und fand Miguel unter dem Küchentisch sitzend, mit einer Schmutzkruste überzogen und halb verhungert. Sie konnte ihn nicht baden, weil die Gasflasche leer war; aber sie reinigte ihn so gut es ging mit dem angefeuchteten Zipfel eines Handtuchs und zog ihm andere Sachen an, die halbwegs sauber waren; dann stopfte sie einige Dinge von sich und Miguel in ein paar Tüten und stieg mit ihrem Bruder die Treppe wieder hinunter, bis sie auf den ungeduldigen und durch die Warterei besorgten Urbano stieß, der Treppenstufe für Treppenstufe bis zum dritten Stock hinaufgestiegen war, wie ein Hund, der außerstande ist, reglos auf sein Herrchen zu warten.

Und so kehrten sie zu dritt in die Wohnung des Schreiners zurück, und das Leben ging weiter wie zuvor, belanglos und friedlich; sie führten, so hätten es zumindest eine Menge Leute gesehen, ein ruhiges und angenehmes Dasein. Sie sprachen wenig, weil Urbano ein schweigsamer Mensch war; aber sie sahen fern und gingen spazieren und lasen, während Miguel mit seinem unvergänglichen Zauberwürfel spielte und das grellfarbige Chaos ein ums andere Mal drehte. Trotzdem wurde Zarza immer nervöser; und mehr als einmal verließ sie das Haus, während Urbano in der Werkstatt arbeitete.

»Du weißt ja, daß ich nicht möchte, daß du allein weggehst«, brummte der Schreiner.

»Was soll das? Bist du ein wiedergeborener Kalif? Glaubst du, mich in einen Harem sperren zu können?« erwiderte Zarza eines Tages mürrisch.

»Das ist es nicht, wirklich nicht«, sagte Urbano, sich im Ton mäßigend, mit einem Ausdruck traurigen Zweifels in den tiefliegenden Augen. »Ich sage das nicht deshalb, und das weißt du genau ... Es ist nur so, daß ich nicht weiß ... ich weiß nicht, ob es dir schon so gut geht, daß du ohne Gefahr allein rausgehen kannst ...«

»Was für ein ausgemachter Blödsinn!« regte sie sich zunehmend auf. »Glaubst du etwa, daß ich hier eingeschlossen mein ganzes Leben verbringen will, nur, um dir das Abendessen zuzubereiten? Ich muß raus, mir eine Arbeit suchen, etwas tun. Aber klar, du bist ja zu grob gestrickt, um das zu kapieren ...«

Ab diesem Zeitpunkt wurde alles immer schlimmer, denn wenn jemand den letzten Funken Respekt verliert, ist es nicht mehr weit, bis er sich ganz gehen läßt. Tag für Tag wurden Zarzas Rede und ihr Verhalten immer verbitterter, als würde Urbanos nachdrückliche, ruhige Geduld ihre Grausamkeit nur noch anstacheln. Du bist ein Tier, eine Bestie, du hast weder Gefühle noch Köpfchen, verhöhnte sie ihn. Wenn dann einige Stunden vergangen waren, ging sie stets zu ihm und bat ihn um Verzeihung. Entschuldige, Urbano, was ich sage, meine ich nicht so. Ich bin die Idiotin von uns beiden, ich weiß wirklich nicht, was mit mir los ist. Nun gut, ich weiß es wohl: hier den ganzen Tag eingesperrt zu sein, zehrt einfach an meinen Nerven. Ich glaube, ich sollte anfangen, ein normales Leben zu führen. So normal wie möglich, meinst du nicht? Du bist so anständig, Urbano, so anständig.«

Als er sie das sagen hörte, preßte er die Lippen zusammen und fühlte sich elend, klang dieses »so anständig« in seinen Ohren doch wie die allerschlimmste Beschimpfung. Die endgültige, die am wenigsten umkehrbare, die Beleidigung, die ihn als Partner für untauglich erklärte.

»Ich bin nicht anständig«, murrte er dann düster und widerspenstig.

Und Zarza in ihrer Ignoranz glaubte, daß sie den Schreiner mit ihren Worten gerührt hatte. Um die Versöhnungszeremonie auf den Höhepunkt zu treiben, pflegte sie ihn anschließend oft ins Bett zu ziehen und mit ihm auf sehr professionelle Weise zu schlafen, indem sie ihm Schweinereien ins Ohr flüsterte und Begeisterung vortäuschte. Glühende Lügen, für die sie sich nicht einmal schämte, auf die sie fast stolz war, weil sie sie nicht gegen ihn verwendete, sondern ihn damit beschenkte. Aber kurz darauf begann Zarza von neuem mit den Beschimpfungen, den verächtlichen Äußerungen; sie verschwand aus der Wohnung und blieb oft stundenlang weg, fast immer allein, nur gelegentlich mit Miguel, und ihre häufige Abwesenheit schien ihre Laune nicht zu verbessern, ganz im Gegenteil. Dies ging einige Wochen lang so weiter, jeden Tag wurde es ein wenig schlimmer.

Was Urbano nicht wußte, war, daß an jenem Abend, als sie Miguel geholt hatten, etwas Entscheidendes vorgefallen war. Ja, sie war tatsächlich die sechs Stockwerke zu Fuß hochgegangen und hatte die Tür mit ihrem Schlüssel aufgemacht und Miguel verängstigt und schmutzig unter dem Küchentisch vorgefunden; aber sie war andererseits auch wie vorauszusehen auf ihren Zwillingsbruder gestoßen. Sie hatten sich wenig zu sagen gehabt, es hatte nur eine schlichte Abfolge von Schmerz und Worten gegeben. Nicolás' erste Reaktion war eine Ohrfeige gewesen: Seine Finger zeichneten sich in tiefem Rot auf der blassen Wange der Schwester ab. Doch dann umarmten sie sich verzweifelt, sie küßten sich mit heftigem Verlangen und weinten eine Weile mit sich beruhigendem Kummer, weil sie bei ihrem Wiedersehen wußten, daß sie verloren waren, aber den Trost erfuhren, es wenigstens zusammen zu sein. Schließlich schenkte Nicolás ihr einen Trip, den sie später, noch in derselben Nacht, einwarf. Nicolás trieb Zarza damit erneut in Schneewittchens Schoß, und es war, als hätte sie ihn nie verlassen.

Niemand kennt den wahren Grund dafür, weshalb Zarza in ihre alte Wohnung zurückkehrte: ob sie wirklich nur Miguel dort rausholen wollte, oder ob sie umgekehrt hoffte, Nicolás wiederzutreffen. Es kann sogar sein, daß Zarza in Wahrheit weder Miguel noch Nico suchte, sondern einzig und allein die Königin, denn die Welt jenseits von Schneewittchens Armen wirkt blutleer und unbelebt, ein unerträgliches Universum in Schwarzweiß. Die Königin bringt einen um, aber ohne die Königin möchte man nicht leben, und häufig gibt es keine andere Lösung als ihr hinterherzulaufen, schneller und immer schneller, bis man sich in den Abgrund stürzt und dort zerschellt. Zarza hatte gelernt, daß der einzige Unterschied zwischen denen, die sich retten konnten, und denen, die untergingen, oft darin bestand, daß letztere den falschen Schritt gemacht hatten. Ein einziger genügte. Der Weg in die Hölle besteht aus lauter kleinen Fehltritten.

So hatte also alles wieder angefangen, und Zarza traf sich regelmäßig mit Nicolás und besuchte die Königin. Das konnte nicht lange gutgehen, und es ging auch nicht lange gut. Eines Morgens ging Urbano zum Arbeiten in seine Werkstatt hinunter und ließ seine Brieftasche im Schlafzimmer liegen. Blitzschnell griff Zarza danach: Es war nicht das erste Mal, daß sie ihn beklaute. Sie öffnete die abgewetzte Brieftasche und fand darin zwölf Zehntausend-Peseten-Scheine. Ein kleiner Schatz. Zarza überlegte gerade noch hin und her, wie viele Scheine sie herausnehmen und wie viele sie drinlassen sollte, damit der Diebstahl nicht allzu offensichtlich wäre, als sie im Nacken einen Luftzug spürte. Sie drehte sich um und stand Urbano unmittelbar gegenüber; er hatte die Arme vor der Brust verschränkt und einen undurchdringlichen, statuenhaften Blick. Einige Sekunden lang schwiegen sie.

»Und was jetzt?« sagte Urbano schließlich.

Jetzt haßte Zarza ihn und haßte sich selbst.

»Leg die Brieftasche dahin zurück, wo du sie her hast«, befahl der Mann. »Ich habe schon längst gemerkt, daß du mich beklaust. Du hängst wieder mittendrin, stimmt's? Wie ist das passiert?«

Er klang überhaupt nicht böse, sondern nur traurig, was Zarza noch wütender machte.

»Was glaubst du eigentlich, wer du bist?« schrie sie. »Was glaubst du, wer du bist, daß du hier den Schlaumeier spielst und mich so von oben herab behandelst?«

»Ich möchte dir nur helfen«, flüsterte Urbano, immer blasser werdend. »Ich möchte dir doch nur helfen. Mach dir keine Sorgen, Zarza. Hab ein wenig Geduld. Wir kommen da wieder raus.«

Doch warum schrie er sie nicht an? Warum schlug er sie nicht? Wie konnte er nur so widerlich anständig sein? Zarza schleuderte ihm die Brieftasche ins Gesicht. Sie knallte gegen Urbanos Wange und fiel dann zu Boden. Der Mann bückte sich, um sie aufzuheben, ein Riese, der seine kräftige Anatomie unbeholfen beugte. Der erste Schlag verletzte ihn oben am Kopf, so daß er der Länge nach hinschlug. Er versuchte sich aufzurichten, doch zwei weitere Hiebe, einen auf den Rücken und einen in den Nacken, ließen ihn vollends zusammenbrechen. Er rührte sich schon nicht mehr, aber Zarza hämmerte in einem Anfall von Gewalttätigkeit immer weiter auf den bewegungslosen Körper ein. Schließlich ließ die eigene Erschöpfung sie innehalten. Keuchend betrachtete sie ihre Hände und entdeckte, daß sie noch immer den Fuß der Nachttischlampe in der Hand hielt, diesen herrlich gedrechselten Holzfuß, den Urbano für sie angefertigt hatte. Blut tropfte daran herab, und Zarza ließ ihn entsetzt los. Der Mann auf dem Boden war nur noch ein übel zugerichteter Körper. Ein seltsames Geräusch, ein jämmerliches Schluchzen riß Zarza aus ihrer Erstarrung: Im Türrahmen stand blaß und zitternd Miguel. Er verlagerte das Gewicht seines Körpers von einem Fuß auf den anderen und schlug sich unbeholfen mit beiden Handflächen auf die Augen, als wollte er all das nicht sehen. Aber er sah es doch. Zarza bückte sich, hob die Brieftasche auf und packte ihren Bruder am Arm. Der Junge schrie wie am Spieß.

»Laß den Quatsch! Wir müssen abhauen!« brüllte Zarza.

Und sie verließ Hals über Kopf das Haus, den bebenden Miguel hinter sich herschleifend, der ständig stolperte und immer nur »Bett ... Bett ... Bett« stammelte, wie in einer Litanei oder einer Zauberformel, wer weiß, ob er sich den Schutz seines Schlafplatzes dringend herbeisehnte, Bett-Bett, oder ob er vielleicht versuchte, die Wirklichkeit davon zu überzeugen, daß sie nicht wirklich war, daß alle schliefen und daß das soeben Geschehene nur ein schlechter Traum war.

Zarza dachte, daß ihr Bruder sie jetzt mit ihrer eigenen Pistole umbringen und auf diese Weise den Kreis der beunruhigenden geschwisterlichen Symmetrien schließen konnte. Glaubte Zarza wirklich, daß ihr Bruder fähig wäre, auf sie zu schießen? Möglich wäre es. Zarza wußte, daß Nico ein extrem leidenschaftlicher Mensch war. Sie kannte seine Fähigkeit zu hassen und die Besessenheit, mit der er seine Gefühle kultivierte. Wenn ihm etwas hinreichend wichtig erschien, fehlte ihm jegliches Maß. Und Zarza war ihm immer sehr wichtig gewesen. Vielleicht zu sehr.

Und es gab noch etwas: Zarza glaubte, daß ihr Zwillingsbruder sie umbringen konnte, weil sie sich selbst für unwürdig hielt zu leben. Aus diesem Grund gab es jetzt, als sie, an die Wand gelehnt, versuchte, wieder zu Atem zu kommen – noch völlig durcheinander von der Erinnerung an die kleine Melodie und die düsteren Ängste ihrer Kindheit –, einen Teil in ihr, der sagte: Ergib dich, geh zurück und mach Schluß. Aber Zarza war, auch wenn sie es gar nicht sein wollte, von Natur aus eine Überlebende. Ihre bescheidensten, verborgensten Zellen wollten unbedingt weiterleben. Ihre Wimpern. Ihre Nägel. Die eleganten Helixe ihrer DNA. Atmen und weitermachen. Tief einatmen und den rasselnden Atem beruhigen. Weitergehen

und sich für eine Strategie entscheiden. Und, was jetzt? Was jetzt?

Jetzt mußte sie Miguel sehen. Das war merkwürdig, weil ihr kleiner Bruder ihr nicht behilflich sein konnte; zumindest nicht konkret bei etwas, das ihre Situation verbessern, ihr bei der Flucht helfen würde, bei etwas, womit sie Nicolás' Rachegelüste stillen könnte. Und trotzdem spürte Zarza, daß noch anderes im Spiel war, gewisse letzte Geheimnisse, etwas Wichtigeres sogar als die Möglichkeit zu sterben oder zu töten. Eine Finsternis, die erhellt werden mußte, weil aus ihr alles entstanden war.

Gleich war acht Uhr abends, und um neun Uhr war im Heim Schlafenszeit, so daß Zarza sich beeilen mußte. Sie nahm ein Taxi und wechselte gar nicht erst routinemäßig die Wagen, um ihren möglichen Verfolger abzuschütteln. Als sie am Heim ankam, war es stockdunkel, und es waren so wenige Menschen auf der Straße, daß es schon sehr viel später schien. Sie klingelte. Dieselbe Krankenschwester wie noch am Morgen öffnete ihr. Welche unendlich langen Schichten machten diese Menschen? Auf jeden Fall schien sie nun sehr viel schlechtere Laune zu haben.

»Fräulein Zarzamala! Das ist gerade kein guter Zeitpunkt für einen Besuch, die Kinder essen zu Abend, Sie würden sie nur ablenken ...«

Die Krankenschwester nannte alle Heimbewohner Kinder, selbst den Greis, der den Himmel verfluchte.

»Entschuldigen Sie, aber ich *muß* meinen Bruder sehen. Ich weiß, daß noch Besuchszeit ist ...«

»Ja, ja, aber ... schließlich ... gut, kommen Sie mit ... Und dann wollen alle, daß die Kinder ruhig und ordentlich sind, und das bei dem Durcheinander mit den Besuchen ...«

Grummelnd führte sie Zarza durch den Flur bis zur Tür des Eßsaals, einem großen Raum, für den man drei kleine aufgegeben hatte: An den Wänden sah man noch die Spuren der alten herausgerissenen Mauern. An dem langen U-förmigen Tisch, auf dem eine Plastikdecke mit Blumenmuster lag, saßen etwa fünfzehn Heimbewohner, alle diejenigen, die noch allein zurechtkamen. Mittendrin bemühten sich ein paar Pfleger darum, die Behinderten zu versorgen: Sie servierten das Essen, schafften Ordnung, wischten Kinne ab, halfen, widerspenstige Essensbröckchen auf die Gabel zu spießen. Das Geschirr, das Besteck und auch die Becher waren aus Plastik, was deren Handhabung nicht einfacher machte. Aber es verhinderte ärgerliche Unfälle, wie jenen mit der alten Frau, die Jahre zuvor ihrer Tischnachbarin eine Gabel in den Oberschenkel gerammt hatte. Miguel saß an einem Tischende. Ihm gefielen immer die äußersten Punkte. Er zog es vor, sich von den anderen so abseits wie möglich zu halten.

Zarza zog einen Stuhl heran und setzte sich neben ihn. Ihr Bruder aß gerade mit den Fingern gratinierte Makkaroni, und er hob noch nicht einmal den Kopf, um sie anzusehen.

»Hallo, Miguel.«

Der Junge gab keine Antwort, doch legte er eine Makkaroninudel vor Zarza auf die Plastiktischdecke. Mit einem gewissen Widerwillen steckte sie sie sich in den Mund. Sie war kalt und gummiartig. Fast alle Heimbewohner waren bereits fertig mit dem Essen; Miguel liebte Makkaroni, und er hatte sie sich als Leckerbissen bis zum Schluß aufbewahrt, sogar für nach dem Kakao.

»Hmmm, vielen Dank, Miguel.«

Ihr Bruder legte zwei weitere Makkaroni auf die schmierige Decke.

»Danke, hmmm, sehr lecker, aber jetzt reicht's, ich möchte keine mehr, iß du sie, ich habe keinen Hunger mehr ...«

Miguel warf Zarza einen raschen Blick zu, lächelte ein wenig und aß weiter. Er freute sich, sie zu sehen, das war offensichtlich.

»Ich habe dir ja gesagt, daß ich nicht fortgehen würde, siehst du? Ich bin gekommen, damit du dir keine Sorgen machst. Ich werde dich nie wieder verlassen.«

Obwohl, wen wollte Zarza eigentlich mit diesem Besuch beruhigen, ihren kleinen Bruder oder sich selbst? Etwas Mächtiges und Verwirrendes trieb Zarza zu Miguel hin, etwas auf halbem Wege zwischen Leid und Erleichterung, so als würde die Zunge von ganz allein über das Zahnfleisch gleiten, das von einem herausdrängenden Backenzahn angeschwollen ist. Wenn man draufdrückt, tut das weh, weil das Fleisch aufplatzt; aber gleichzeitig tröstet es auch, denn je früher der Zahn freigelegt wird, desto früher ist die Qual auch vorüber. In Miguels Schoß, auf den Oberschenkeln, die er geschlossen hielt und zusammenpreßte wie eine keusche Jungfrau, lag der Zauberwürfel mit seinem Farbenchaos.

»Ach, da hast du ja deinen Würfel ...«, sagte Zarza und griff danach.

Miguel riß ihn ihr aus der Hand.

»Ich weiß, ich weiß ...«

»Er gefällt mir. Er ist schön. Er sieht immer anders aus.«

»Ich weiß. Das ist ein wunderbares Spielzeug.«

Aufs Geratewohl drehte Miguel die kleinen Quadrate mit seinen blassen und spinnenartigen Fingern, und der Würfel veränderte sich tatsächlich von einem Moment auf den anderen. Zarza erinnerte sich nicht an die genaue Anzahl von Kombinationen, die bei dem verfluchten Würfel möglich waren, es war eine unvorstellbare, außergewöhnliche Zahl, es gab Quinquillionen von Positionen, von denen nur eine einzige die Lösung barg; das heißt, gleiche Farben, Ordnung, Harmonie, die ursprüngliche Ruhe vor dem Chaos. Zarza haßte diese entmutigende Fülle an Möglichkeiten. Daß es so schwer war, die richtige Wahl zu treffen, und so leicht, sich zu verlieren. Sie fühlte sich absolut unfähig, die Quadrate wieder in ihre Ursprungsposition zu bringen, genauso wie sie unfähig gewesen war, ihr eigenes Leben in den Griff zu bekommen. In Wirklichkeit hielt Zarza sich für eine durch und durch gescheiterte Existenz; nicht nur, daß sie nicht verstand, glücklich zu sein, was sowieso nur wenige erreichen, sie konnte noch nicht einmal ein einfaches und stumpfsinniges Leben führen. In dieser Hinsicht war sie unfähiger als ein Kind, untauglicher als eine Minderbemittelte. Ungeschickter als Miguel, der Schwachkopf der Familie, wie Nico sagte. Aber Miguel war kein Schwachkopf. Er war rein und anders.

»Bist du froh, daß ich gekommen bin?« fragte Zarza.

»Bist du froh, daß ich gekommen bin?« entgegnete Miguel. Das war keine reine Wiederholung, sondern eine wirkliche Frage an sie, worauf er eine Antwort erwartete.

»Natürlich. Ich bin sehr glücklich darüber.«

Der Junge lächelte erneut, ohne sie anzusehen, ganz vertieft in die lebhafte Unordnung seines Würfels. Zarza betrachtete ihn fast stolz: Er war so hübsch. Das rote, dicke Haar, die riesigen Augen, die geschwungenen Wimpern, diese schön gezeichneten Lippen über den weißen Zähnen. Aber dann war da noch sein steifer, starrer Körper, seine unwahrscheinliche Zartheit. Es gab etwas an ihm, das nicht passen wollte, etwas definitiv Anormales. Etwas Unangemessenes, das im Laufe der Jahre immer offensichtlicher wurde. Er war ein unmögliches Kind, ein mißlungener Erwachsener.

»Miguel, erinnerst du dich an Urbano?«

Zarza war selbst über die Frage überrascht: Sie war ihr, ohne daß sie darüber nachgedacht hatte, über die Lippen gekommen. Miguel sah ihr ins Gesicht, das erste Mal während des gesamten Besuchs, dann begann er, hin und her zu schaukeln.

»Urbano mag mich nicht. Urbano mag mich nicht. Urbano mag mich nicht ...«

»Still, sei ganz ruhig. Hör auf rumzuschaukeln ... Warum sagst du das? Urbano mag dich doch ...«

»Er mag mich nicht. Urbano ist gut, und Miguel ist schlecht, und Zarza ist schlecht. Urbano war sehr krank. Er kann mich nicht mögen. Ich hab ihn nicht gesund gemacht.«

»Nein, du bist nicht schlecht. Ich habe Urbano weh getan, du hast recht, ich habe ihm sehr weh getan. Es war schrecklich, was ich getan habe, aber ich war auch krank. Jetzt sind wir beide, Urbano und ich, wieder gesund. Und er weiß, daß du keine Schuld hattest, das kann ich dir versichern.«

»Er kommt mich nicht besuchen, weil er mich nicht mag.«

»Er weiß nicht, wo du bist. Wenn er es wüßte, würde er kommen und mit dir spielen.«

»Urbano mag mich nicht, aber ich mag Urbano.«

Miguel hatte mit dem Hin- und Herschaukeln aufgehört, doch hatte sich sein Gesichtsausdruck verdüstert. Zarza verfluchte sich, dieses Thema angeschnitten zu haben. Wie dumm von ihr: Sie war dabei, vollkommen die Kontrolle über sich zu verlieren. Eigentlich wußte sie nicht, ob der Schreiner noch in der Stadt lebte. Denn er lebte schon noch, das nahm sie zumindest an. Während Zarza im Gefängnis gesessen und auf das Urteil gewartet hatte, war ihr mitgeteilt worden, daß Urbano an ihrer Tracht Prügel nicht gestorben war. Weder war er gestorben noch hatte er sie angezeigt; als man ihn ins Krankenhaus brachte, hatte er behauptet, hinterrücks von einem Straßenräuber überfallen worden zu sein, den er nicht erkennen konnte. Er war sehr übel zugerichtet gewesen, jedoch war er ein starker Mann, und anscheinend hatte er sich mit der Zeit erholt. Zarza hatte nie wieder etwas von ihm gehört. Im Grunde hatte sie bis vor ein paar Stunden noch nicht einmal mehr an ihn gedacht.

Zarzas Erinnerungsvermögen glich einem Vulkan, der plötzlich ausgebrochen war und dessen Lava eine fast unerträgliche Hitze verströmte.

»Alles ist gut mit den ruhigen Farben«, sagte Miguel auf einmal.

»Was für Farben?«

»Die ruhigen Farben innen drin.«

Zarza verstand ihn nicht. Das passierte häufig: Miguel das Orakel und seine schwerverständlichen Sätze. Einer der Heimbewohner rührte seinen Becher Kakao um, wobei der Löffel gegen das Plastik schlug. Es klang wie das Klirren früher, wenn jemand die Medizin der Mutter umrührte, oder wie das einsame Aufschlagen von Eiern bei Einbruch der Dämmerung in der ewigen Küche der Kindheit. Der Eßsaal des Heims hatte zu hohe Decken, und auch die Lampen hingen zu weit oben. Unangenehmes Licht, weder hell genug, um Heiterkeit zu verbreiten, noch weich genug, um gemütlich zu wirken. Das Ambiente hatte etwas Irreales an sich, eine beklemmende Aura, der klaustrophobische Eindruck von etwas bereits Gelebtem.

»Zeit, schlafen zu gehen, meine Freunde ...«, trällerte eine der Pflegerinnen, ein robustes Mädchen, das unbedingt sympathisch wirken wollte.

Und sie begann, Mongoloiden aufzuhelfen und die rostigen Gelenke der Alten zu bewegen.

»Los, gib deinem Besuch einen Gute-Nacht-Kuß, und ab ins Bett«, sagte die Frau und zog Miguel am Arm.

Er zuckte zusammen und riß sich los.

»Nein, nein ...«, beeilte sich Zarza zu sagen; die Mitarbeiterin mußte neu sein. »Miguel verteilt nicht gerne Küsse ... und er muß mich nicht küssen. Und er mag auch nicht angefaßt werden. Er ist sehr folgsam, es reicht, wenn du ihn nett bittest.«

»Ach so, gut, Junge, entschuldige. Also, mein Prinz, nach dir«, sagte sie und wies auf die Tür.

Miguel senkte den Kopf, griff nach dem Würfel und stand fügsam auf.

»Auf Wiedersehen. Ich komme dich bald wieder besuchen. Schlaf gut.«

Sie sah ihrem Bruder nach, wie er wegging: fast so hübsch wie ein Ephebe, fast so abstoßend wie ein Monster. Lustknaben hatten die Römer die kleinen Jungen genannt, die dem Kaiser zur Unterhaltung dienten. Zarza verspürte einen Brechreiz und einen heftigen Stich im Herzen, das aus irgendeinem Grund in die Nähe ihrer Kehle gerutscht zu sein schien. Sie legte sich eine Hand an den Hals und gab sich Mühe, weiterzuatmen. Undenkbare Erinnerungen stiegen in ihr auf, buchstäblich unmögliche Erinnerungen. Es existiert keine grauenvollere Hölle als die, sich selbst zu hassen.

Eines Morgens, wenige Tage, nachdem sie sich die Pistolen in dem Geschäft der Alten beschafft und eine schreckliche und unendlich lange Nacht verbracht hatten, ohne Geld, ohne etwas, das sie noch verkaufen konnten, gefoltert von der Sehnsucht nach der Königin und so verzweifelt wie Kranke, beschloß Nico, zur Tat zu schreiten.

»Es ist ganz leicht. Wir gehen einfach in die Bank an der Ecke, ziehen die Pistolen, ich ziele auf den Wachmann, du auf den Kassierer, dann sackst du das Geld ein, und wir hauen wieder ab.«

»Aber da kommt man doch nicht mit metallenen Gegenständen rein! Da sind doch diese Doppeltüren mit den Detektoren ...«

»Ach was, die sind dort in der Bank absolut vertrauensselig, die machen allen auf, auch wenn es piept, das weißt du doch ...«

»Aber die kennen uns in dieser Filiale!«

»Genau darum. Um so besser. Dann machen sie uns erst recht auf.«

Es ging um die Bank im Viertel, und nur die übermäßige Qual, die Schneewittchen verursacht, konnte erklären, warum sie so töricht waren, ein paar Nachbarn überfallen zu wollen, Menschen, die die beiden gut genug kannten, um sie früher oder später ausfindig machen zu können. Die Königin verursacht eben dies: sie verzehrt die Denkfähigkeit ihrer Untertanen.

Also nahm Nicolás die Neun-Millimeter-Browning und dreizehn Schuß Munition und steckte sie sich, von der Jacke verdeckt, in den Gürtel; und Zarza öffnete ihre Tasche und packte den kleinen Colt ein, den ihr Bruder ihr gegeben hatte. Sie tat es höchst widerwillig, voller Entsetzen. Überzeugt davon, daß sie direkt auf die Katastrophe zuliefen.

»Laß uns das nicht tun, Nicolás. Wir können das nicht tun. Was willst du, eine Bank überfallen wie im Film? Das ist ein Alptraum. Laß es bleiben.«

»Das Leben *ist* ein Alptraum, Zarza, ein Scheißalptraum, aus dem man einfach nicht aufwacht. Und wenn wir die Bank nicht überfallen, was machen wir dann? Was wirst du in drei Stunden tun, na? Und heute nacht? Und morgen? Wie stehst du das durch? Wie sollen wir das durchstehen, verdammt noch mal?«

Nico schüttelte Zarza, während er das sagte, er rüttelte sie am Arm, während er mit der anderen Hand mit der Pistole herumfuchtelte, die er aus dem Gürtel gezogen hatte und nun wie ein Besessener durch die Luft schwenkte; vielleicht löst sich ja jetzt ein Schuß und tötet mich, das wäre die Lösung, dachte Zarza fast ohne darüber nachzudenken, nicht wie jemand, der etwas überlegt, sondern wie jemand, der sich mit einer gewissen Unlust ein schlechtes Theaterstück ansieht. Aber nein, die Dinge konnten nicht so einfach zu Ende gehen. Nico murrte noch etwas und steckte dann die Browning wieder in den Gürtel.

»Lassen wir den Quatsch. Gehen wir.«

Sie verließen das Haus, Nicolás zuerst mit Zarza im Schlepptau, die stumm und folgsam wie ein Schaf ihm hinterher trottete. Als sie jedoch auf der Straße an einem Müllcontainer vorbeikamen, tat Zarza etwas Unbegreifliches, eine unbedachte

Geste, die von der Angst diktiert wurde: Sie zog den Revolver aus ihrer Tasche und schmiß ihn in die Mülltonne. Es war eine schnelle, unauffällige Bewegung; niemand schien etwas bemerkt zu haben, auch ihr Bruder nicht, der einige Meter vor ihr herging. In diesem Augenblick drehte sich Nico um:

»Beeil dich! Warum trödelst du so?«

Zarza beschleunigte ihre Schritte; sie zitterte sichtbar, jedoch passierte ihr das öfters, seit sie in Schneewittchens Gewalt war.

»Ich komm ja schon ...«

Sie gingen die Straße hinauf bis zum Platz. Dort, an der Ecke gegenüber, befand sich die Bank. Es war eine kleine Filiale mit nur drei oder vier Angestellten. Das Viertel war verrufen, und auch die Straße war alles andere als sicher, das verfaulte Herz der Altstadt; vor einigen Jahren war die Bank mehrmals hintereinander überfallen worden, woraufhin man zusätzlich zu den üblichen Sicherheitssystemen einen Wachmann eingestellt hatte. Seit langem schon schien alles friedlich zu sein, und die Sicherheitsvorkehrungen hatten nachgelassen, wie das immer in guten Zeiten der Fall ist. Es stimmte, was Nico sagte: Oft machte man den Kunden einfach so auf.

»Geh du zuerst rein und stell dich in die Schlange an der Kasse. Dann komme ich nach«, befahl Nico.

Zarza öffnete die erste Panzerglastür, wartete, bis diese sich schloß, und drückte dann auf den Klingelknopf, der die zweite Türe öffnete. Keine Tonbandstimme verlangte von ihr, metallene Gegenstände im Eingang zu hinterlegen, aus dem einfachen Grund, weil Zarza keine metallenen Gegenstände bei sich hatte. Doch das wußte Nicolás nicht, der sie von dem gegenüberliegenden Bürgersteig aus beobachtete, offensichtlich erfreut darüber, daß seine Schwester ohne weiteres mit einem Revolver in der Tasche in die Bank spazieren konnte.

Zu diesem Zeitpunkt waren nur zwei Kunden in der Bank,

zwei Frauen mittleren Alters, eine, die an der Kasse stand und eine andere, die darauf wartete, daß sie an die Reihe kam. Zarza ging schwankend auf die beiden zu, um sich anzustellen, wie es ihr Bruder angeordnet hatte. Sie kam an dem Wachmann vorbei und sah ihn beiläufig an. Er war sehr groß, etwa 1,90 Meter, hatte einen zu kleinen Kopf für seinen großen Körper und ein Milchgesicht. Der Wachmann bemerkte, daß sie ihn anblickte, und lächelte. Sie kannten sich vom Sehen. Sie kannten sich, o Schreck, wirklich. Bevor Caruso sie aus dem Turm warf, hatte er Zarza manchmal mit ein paar Verrechnungsschecks bezahlt, die sie dort in der Bank einlöste. Zarza senkte nervös den Kopf.

»Ist irgendwas?« fragte der Wachmann mit fürsorglicher Freundlichkeit.

»Nein. Nichts. Überhaupt nichts.«

»Du zitterst.«

»Es ist ... ich habe meine Tage ... Mir geht es dann immer ziemlich schlecht ... und mir wird schwindlig.«

»Aha«, sagte der Junge ganz leicht errötend.

Seine Augen standen sehr eng zusammen, und er hatte bartlose, runde Wangen und zwei Aknepickel am Kinn. Er war zu jung, und Zarza war immer noch hübsch, trotz der Mißhandlungen durch Schneewittchen. Deshalb glaubte er ihr:

»Möchtest du dich ein bißchen hinsetzen und ausruhen?«

»Nein, nein. Vielen Dank. Ich kenne das schon. Es ist sofort vorbei.«

»Jaja, die Tage ... Heutzutage sind die Tage an allem schuld ...«, murmelte die Frau, die in der Schlange wartete.

Aber der Wachmann hörte sie nicht. In diesem Moment betrat ein alter Mann die Bank und Nico nutzte die Gelegenheit, um mit ihm hineinzuschlüpfen. Sie blieben zwischen den beiden Türen stecken, und die Tonbandstimme forderte sie auf, dort alle metallenen Gegenstände zu deponieren, der Kassierer warf jedoch einen Routineblick auf die Kunden und betätigte dann ohne zu zögern den Türöffner. Der ältere Herr ging auf die Schlange zu und stellte sich hinter Zarza; Nicolás blieb an der Tür stehen, so als würde er in seinen Hosentaschen nach einem Zettel suchen. Als der Wachmann daraufhin den Blick von ihm abwandte, holte er die Pistole heraus und fuchtelte damit vor sich herum. Zarza spürte einen Stich in der Magengegend und das Rauschen ihres Bluts in den Ohren, das Pochen der Zeit, als hätte in dem Moment, in dem ihr Bruder die Waffe zog, eine Stoppuhr angefangen zu ticken.

»Hände hoch«, schrie Nico im üblichen Verbrecherjargon. »Das ist ein Überfall!«

Einige Sekunden lang erstarrten alle: Niemand rührte sich, niemand atmete, niemand blinzelte. Dann hörte man den spitzen Schrei einer Frau, ein Stöhnen, Schnauben. Der totenbleiche Wachmann hob langsam die Arme. Nicolás hatte die Waffe direkt auf ihn gerichtet.

»Los! Worauf wartest du, blöde Kuh? Hol die Pistole raus!« schrie Nico Zarza an, ohne den Jungen aus den Augen zu verlieren.

»Ich ... ich hab sie nicht ...«, stammelte sie.

»Wie, du hast sie nicht? Den Revolver! Ich hab ihn dir doch gegeben!«

»Ich hab ihn nicht, wirklich nicht, aber es macht nichts, ich packe das Geld ein und dann verschwinden wir«, sagte Zarza.

Und sie begann die Scheine aus der Kasse in ihre Tasche zu stopfen, während Nicolás ihr zornerfüllte Blicke zuwarf.

Diese kleine Szene hatte Nicolás derart irritiert, daß er für kurze Zeit abgelenkt und unaufmerksam war. Seine Unachtsamkeit ausnutzend, versuchte der Wachmann, seine eigene Pistole zu ziehen. Alles ging sehr schnell: Nico sprang zurück und schoß. Die Kugel trat oberhalb des Bauchnabel des Jungen ein, auf der Höhe des letzten Knopfes seiner Uniform. Der Wachmann blieb mit ausgestreckten Beinen auf dem Boden sitzen, atemlos und mit erstauntem Blick, als hätte ihm jemand einen Schlag in die Magengrube versetzt. Er schaute Zarza an; er sah aus wie ein Kind, das von einem Erwachsenen hereingelegt worden war und kurz davorstand, in Schluchzen auszubrechen.

»Scheiße, Scheiße, Scheiße!« brüllte Nicolás völlig außer sich und schwenkte die Pistole in alle Richtungen.

Das Stöhnen der Angestellten und Kunden hörte sich an wie das Heulen des Windes zwischen den Bäumen.

Nico zielte erneut auf den jungen Verletzten:

»Ich bring dich um, ich bring dich um!«

Zarza stürzte sich auf ihren Bruder und versuchte, nach der Browning zu greifen:

»Sei nicht verrückt, schieß nicht, los, laß ihn ...«

»Laß mich, du blöde Kuh! Du bist schuld ...«, schrie Nico und verpaßte Zarza eine solche Ohrfeige, daß sie gegen die Wand knallte.

Wieder herrschte einen Moment Ruhe, absolute Stille. Dann beschleunigte sich erneut alles; Zarza gewann ihre Fassung zurück, öffnete die erste Glastür, wartete ein paar unendlich lange Sekunden, bis sich die zweite entsperrte und rannte dann hinaus, an ihre Tasche mit der mageren Beute geklammert. Auch Nicolás schien wieder zu sich zu kommen. Er hob die Pistole des Wachmanns auf und steckte sie sich in seine Hosentasche; dann packte er eine der Kundinnen am Arm, die sich bei dem Schuß zu Boden geworfen hatte, und befahl ihr, aufzustehen.

»Los! Du kommst mit mir.«

Er packte sie am Kragen: eine pummelige Frau mit selbstgefärbtem rabenschwarzen Haar.

»Bittebittetötensiemichnichttötensiemichnicht«, wisperte sie mit gefalteten Händen wie jemand, der ein Stoßgebet zum Himmel schickt.

»Wenn ihr mich zwischen den Türen einkeilt, puste ich ihr das Hirn weg«, drohte Nico.

Mit der Schwerfälligkeit eines vierfüßigen Ungeheuers verließen sie so ineinander verschlungen die Bank, öffneten zuerst die innere Tür und warteten dann, daß der Mechanismus der zweiten funktionierte. Der natürlich funktionierte. Kaum daß sie draußen waren, stieß Nicolás die Frau von sich und rannte die Straße hinunter davon. Zurück ließ er einen Schwerverletzten, einen armseligen, stümperhaften Banküberfall, ein halbes Dutzend Zeugen und eine Videokamera, die alles aufgenommen hatte, hinzu kam die Tatsache, daß Zarza keine Waffe bei sich gehabt hatte (was von den Detektoren im Eingangsbereich bestätigt worden war); daß sie versucht hatte, Nicolás zu überwältigen, und daß er sie deshalb geohrfeigt hatte. Das alles kam Zarza zwei Tage später zugute, als sie beschloß, ihren Bruder zu verpfeifen; als sie, Zarza die Verräterin, zur Polizeiwache ging und ihn als Attentäter und für den Schuß Verantwortlichen anzeigte.

Die Nymphe Salmakis verliebte sich in den schönen Sohn von Hermes und Aphrodite derart, daß sie sich nicht einmal für einen kurzen Moment von ihm trennen wollte. So verschmolzen sie schließlich miteinander und verwandelten sich in das Zwitterwesen, die hybride Gottheit Hermaphroditos. Das heißt, sie verloren ihre Identität und wurden zu einer Mißgestalt. Nicolás hatte für Zarza immer diese verzehrende und grenzenlose Leidenschaft empfunden, die Salmakis für ihren Geliebten verspürte. Auch Zarza bewunderte und brauchte Nico, aber in ihrem Fall gab es etwas, das sie aus dem Gefängnis der geschwisterlichen Abstraktion holte, und dieses Etwas war Miguel. Eine unendliche und schmerzliche Zärtlichkeit nahm Zarza gefangen, wenn sie an ihren kleinen Bruder dachte; sie liebte Nicolás zwar mit dem Kopf und ihrem ganzen Körper, aber ihr Herz gehörte Miguel.

Nicolás und Zarza waren keine eineiigen, sondern zweieiige Zwillinge, daß heißt, sie entstammten nicht derselben Eizelle. Zarza hielt diesen Unterschied für einen der wenigen glücklichen Umstände, die ihr das Leben beschert hatte: Sie dachte, wenn zu all dem anderen noch die Erbgleichheit hinzugekommen wäre, hätte sie den Verschmelzungsrausch als unerträglich empfunden. Sie beide, Nicolás und Zarza, hatten ohnehin schon auf einer für andere unzugänglichen einsamen Insel gelebt. Seit frühester Kindheit waren sie einander völlig verfallen, lebten wie Schiffbrüchige in einer ausweglosen Situation. Zarza erschauderte, wenn sie daran dachte, daß beide denselben Ursprung erfahren hatten, dieselben Gebärmutterbewegungen, dasselbe Blutmeer kannten; daß sie dieselbe Urhöhle geteilt hatten, das grottenartige Paradies des mütterlichen Fleisches dieser verzweifelten und depressiven Mutter, in deren Bauch sie sich sicherlich trotzdem glücklich gefühlt hatten. Zarza und Nico hatten sich immer irgendwie danach gesehnt, an diesen Ort zurückzukehren, in diese schleimige und rötliche Höhle, in der sie noch eins waren. Vielleicht verspüren alle Zwillinge dieselbe Schwingung zu ihrem Ursprung. Und vielleicht hatten sich Nico und Zarza unter dem Eßzimmertisch versteckt, um sich an diesen Urbauch zu erinnern.

Natürlich gab es dafür auch andere Gründe. Sie setzten sich unter den Tisch, um dem trüben Licht zu entkommen, den staubigen und immer zugezogenen Vorhängen des überflüssigen Eßzimmers, der unfreundlichen Atmosphäre des ganzen Hauses, dem trostlosen Geräusch, das die Hausangestellte am frühen Abend produzierte, wenn sie die Eier für das Abendessen aufschlug, dieses Klirren von Metall und Steingut, das sich wie Sterbegeläute anhörte und den Einbruch der Nacht verkündete mit all ihren Schrecken, ihren heimlichen Besuchern und ihren Gespenstern. Zarza erinnerte sich, von der Angst belagert gewesen zu sein; seit sie denken konnte, war die Angst ihr ständiger Begleiter gewesen. Sie hatte Angst vor der Traurigkeit, die einen umbrachte (oder war ihre Mutter etwa nicht am Kummer gestorben?), Angst, atmen zu wollen und es nicht zu können, Angst, daß ihr Vater sie nicht liebte, Angst, daß ihr Vater sie liebte, Angst vor ihren eigenen Wünschen und Betrügereien. Nur Schneewittchen war in der Lage gewesen, ihre Furcht zu besänftigen.

Als Zarza klein war, hatte sie vage, aber dennoch eindeutig gespürt, daß etwas um sie herum falsch lief. Weder sie noch Nicolás brachten jemals Freunde mit nach Hause. Nicht, daß sie viele Freunde gehabt hätten, in ihrem Zwillingsstolz genügten sie sich selbst, aber sie wußten, ohne sich dessen bewußt zu sein oder es auszusprechen, daß die anderen Kinder sich darüber gewundert hätten, wie sie lebten. Sie wußten einfach, daß sie anders waren. Sie hatten den Grund für diese Andersartigkeit zwar nie ganz genau verstanden, sie ahnten jedoch, daß es sich dabei um etwas Grundsätzliches handelte, um etwas so Tiefes, daß es unterhalb der Sprachebene schwebte, etwas Schmähliches und Unbestimmtes, das sie mit Schuld besudelte. Und so schämten sie sich für diese leidende und im Verschwinden begriffene Mutter; für dieses düstere, erlöschende Haus, das so kalt und starr wie ein Museum war; für diesen hochmütigen und undurchsichtigen Vater, der ebenso schnell herzlich sein wie auch herumpoltern konnte. Rosas Nr. 29 schien kein wirkliches Zuhause zu sein: Es war ein Futter- und Schlafplatz, ein kalter Raum, den die Bewohner zur Deckung ihrer elementaren Bedürfnisse nutzten. Nie bekamen sie Besuch, abgesehen von den Kunden ihres Vaters, die geradewegs in sein Büro marschierten und dann wieder verschwanden. Noch nicht einmal die Hausangestellten hielten es lange in dem ungastlichen Haus aus; sie wechselten andauernd und ließen so die Unbeständigkeit zur Routine werden. Nur Constanza blieb einige Jahre bei ihnen und machte damit ihrem Namen alle Ehre, der Grund für ihr Bleiben war jedoch, wie sie sagte, daß ihr die Kinder leid taten. Diese relative Zuneigung Constanzas tat ihnen allerdings noch mehr weh, weil es die Bestätigung dessen war, was sie schon befürchtet hatten: daß sie Mitleid erregten, Bedauern hervorriefen.

Zarza fiel jetzt wieder eine Klassenkameradin ein. Sie war die Tochter der Hausmeisterin der Schule und mußte kein Schulgeld zahlen. Zarza war zwei- oder dreimal in ihrer Wohnung im Untergeschoß des Schulgebäudes gewesen, die gerade mal aus zwei kleinen Zimmern, einem winzigen Bad und einer Küche mit vergitterten Fensterluken bestand, durch die man die Beine der Leute vorbeispazieren sehen konnte. In diesen dunklen, im Souterrain gelegenen Räumen drängte sich ein Mischmasch aus alten Möbeln, die ohne Zweifel aus einer größeren Wohnung stammen mußten; aber das schlechte Holz war auf Hochglanz poliert, und überall lagen Plastikspitzendeckchen auf den Tischen. Zarza war auf die Deckchen und den Wachsgeruch neidisch, auf die Couchgarnitur aus Kunstleder, das warme Licht der schrecklichen Lampe und vor allem auf die Sammlung von Figürchen aus dem Dreikönigskuchen, die auf dem Fernseher aufgereiht waren. Sie stellte sich ihre Schulkameradin vor, Mutter und Vater, die Geschwister und Tanten, Cousinen und Cousins, Großeltern und die Freunde der Eltern, mußten solche Eltern doch Freunde haben; sie stellte sich eine große Menschenmenge dichtgedrängt in den kleinen Zimmern vor, wie sie alle zusammen Dreikönigskuchen aßen und Kakao tranken, und es schien ihr, als wäre das der Inbegriff von Glück. Viele Jahre lang war sie von dieser Szene wie besessen. Das verlorene Paradies: ein Stückchen Dreikönigskuchen auf einem Plastikspitzendeckchen.

Mit dreizehn Jahren begann Nicolás in dem Lexikon herumzublättern, das ihr Vater im Büro stehen hatte, und immer irgendeinen Band mit unter den Tisch zu nehmen, wenn er sich mit Zarza dorthin verdrückte. Er knipste dann eine Taschenlampe an und las mit lauter Stimme alle Eintragungen vor, die irgend etwas mit Wahnsinn zu tun hatten. »Depression«, zitierte Nico zum Beispiel: »Depressionen, die oft in Zusammenhang mit psychotischer Verwirrung festgestellt werden, können auch bei neurotischen Syndromen als dominantes Symptom auftreten. Die neurotische Depression kommt besonders häufig in höheren sozialen Schichten, in gebildeten und intellektuellen Kreisen vor. Am häufigsten tritt die Krankheit im mittleren Lebensalter auf. Aus diesem Grund ist die Selbstmordrate in den westlichen Ländern im Alter zwischen 35 und 75 Jahren am größten, mit dem höchsten Prozentsatz um die 55.« Zarzas Mutter starb mit zweiundvierzig.

»Psychose«, fuhr Nicolás fort: »Psychose ist der allgemein gebräuchliche Terminus für eine ernste oder schwere psychische Verwirrung. Der gestörte Bewußtseinszustand wird von demjenigen, der ihn erleidet, als normal empfunden. Die häufigste Diagnose bei schwerer Psychose ist die Schizophrenie. Viele Wissenschaftler sehen in der Schizophrenie eine Erbkrankheit.«

Oft stießen sie auf Wörter, die sie nicht verstanden, obwohl sie sich immer mehr zu Experten des psychiatrischen Jargons entwickelten. Und in jedem Fall verstanden sie immer das Wesentliche. Daß die Welt des Wahnsinns viele eng beschriebene Seiten mit einschüchternden Buchstaben füllte. Daß ihre Mutter weder wie die anderen Mütter war noch ihr Vater wie die anderen Väter. Daß Miguel anormal war. Daß sie beide, Zwillinge und allein, Überlebende einer weit zurückliegenden Katastrophe waren und wahrscheinlich das Gift in den Adern trugen, Erbe des Schmerzes und des Wahns. Kinder, die geschlagen wurden, prügeln als Erwachsene wieder Kinder, Kinder von Alkoholikern fangen an zu trinken, Kinder von Selbstmördern bringen sich um, Kinder von Verrückten drehen durch. Die Kindheit ist der Ort, an dem man den Rest seines Lebens verbringt.

Zarza hatte soeben Miguels Heim verlassen, als ihr Handy zu klingeln begann; sie blickte auf das Display, auf dem jedoch keine Nummer angezeigt wurde. Das war er bestimmt. Mit Sicherheit war das Nicolás. Das Handy gehörte dem Verlag, die die einzigen waren, die sie anriefen; keiner von Zarzas Freunden kannte diese Telefonnummer, aus dem einfachen Grund, weil Zarza keine Freunde hatte. Seitdem sie aus der Haft entlassen worden war, hatte sie ein belangloses Leben in absoluter Zurückgezogenheit geführt, einen leeren, ausgebrannten Alltag gelebt. Kein Nippes in der Wohnung, keine Freundschaften in der Freizeit, keine Erinnerungen in ihrem Gedächtnis. Sie hatte sich darauf konzentriert, zu essen und zu schlafen, zu arbeiten und zu lesen. Sie hatte Geschichte immer als Ausflucht benutzt, sowohl in ihrer Jugend und während des Universitätsstudiums, als auch im Gefängnis, und jetzt hatte sie wieder auf diese alte, trostspendende Strategie zurückgegriffen und war in ihre Bücher mittelalterlicher Thematik eingetaucht, in eine Zeit und eine Welt, die nichts mit ihrer Wirklichkeit zu tun hatten. Oder vielleicht doch? Daß Nicolás sie verfolgte, machte sie wahnsinnig, weil sie zu glauben begann, daß alles, was sie umgab, verschlüsselte Nachrichten enthielt. Wie zum Beispiel das Epos vom Rosenritter: Es kam ihr nun sehr bedrückend, sehr nah vor. Sie ertrug es nicht, daß es für den Helden keine Rettung gab, daß er seinem tragischen Schicksal nicht entrinnen konnte. Chrétiens Buch bestätigte Zarzas schlimmste Befürchtungen über die Existenz: das Leben eine Falle, ein gefährliches Puzzle, in dem einen jedes Teil, das man hinzufügt, unwissentlich dem Gesamtbild näherbringt, dem Entwurf des eigenen Untergangs.

Doch das Telefon hörte in der dunklen Straße, in der einsamen und nebligen Nacht, nicht auf zu klingeln; es glich dem wutentbrannten Schreien eines kleinen Tieres. Voller Unruhe ging sie dran.

»Ja?«

»Du bist deinem Ende schon ziemlich nah.«

Zarza zuckte zusammen und blickte sich ängstlich nach einer Telefonzelle, einem geparkten Auto, einem verdächtigen Fußgänger um. Sie suchte im ganzen für sie sichtbaren Umkreis nach Nicolás. Jedoch konnte sie niemanden entdecken.

»Hör zu«, begann Zarza mit trockenem Mund. »Hör zu, ich büße seit Jahren für das, was ich getan habe ... Es tut mir leid. Es tut mir leid, dich verraten zu haben. Ich konnte nicht anders; oder wußte es vielleicht auch nicht besser ... Bist du noch dran? Mein Gott, ich bin mir sicher, daß dich die Polizei so oder so festgenommen hätte, mit oder ohne meine Anzeige ... Was nicht heißen soll, daß ich nicht bereue, was ich getan habe ...«

Sie hielt inne und wartete auf eine Antwort ihres Bruders. Aber am anderen Ende der Leitung blieb es still. Sie setzte wieder zum Sprechen an und wurde dabei immer nervöser, da sie spürte, wie die Leere sie aufsaugte:

»Hör zu ... Bist du noch dran? Schau, ich habe ein wenig Geld ... Ich würde es dir geben, damit du ein neues Leben anfangen kannst ...«

»Was für ein Schwachsinn! Was für ein unglaublich bescheuerter Gemeinplatz! Niemand kann nochmals von vorn anfangen. Wir müssen alle weitermachen und unser elendes Leben hinter uns herschleifen. Du hast meins zerstört. Dein ganzes Geld wird nicht reichen, um das aufzuwiegen.«

»Aber was verlangst du dann? Was willst du von mir?« fragte Zarza verzweifelt.

»Ich will, daß du leidest«, sagte er. Und legte auf.

Das erste, was Zarza tat, nachdem er das Gespräch unterbrochen hatte, war, ihr Handy in den nächstbesten Papierkorb zu werfen. Sie schmiß das Gerät einfach so weg, sie hatte es noch nicht einmal ausgeschaltet, und für einen kurzen Moment ergötzte sie sich an dem flüchtigen Gedanken, daß ihr Bruder wieder anrufen und es dann vergeblich inmitten des Mülls klingeln würde. Danach hielt Zarza ein Taxi an und nannte dem Fahrer eine Adresse, über die sie sich selbst wunderte. Es war neun Uhr abends, und es herrschte kaum Verkehr. Man merkte die Katerstimmung des Januars, die Erschöpfung nach dem Ende der Feiertage. Ein leichter Nebel klebte am feuchten Asphalt wie Schweiß auf der Haut eines Tieres. Noch immer war die Weihnachtsbeleuchtung nicht abgenommen worden; Hunderte von Birnen hingen an vom Wind hin und her gerüttelten Lichterketten und erzeugten eine düstere und trostlose Atmosphäre.

»Hier ist es. An der Ecke.«

Zarza zahlte und stieg aus. Während das Taxi wegfuhr, blieb sie einen Moment stehen, um das Haus von außen zu betrachten. Die Fenster im ersten Stock, die zur Wohnung gehörten, waren erleuchtet. Sie blickte auf die Eingangstür: Glück gehabt, sie stand offen. Zarza stieg die Treppen zu Fuß hinauf, ihre Kehle war trocken vor Angst, und ihr Puls pochte gegen die Schläfen, der schmerzhafte Trommelwirbel eines Migräneanfalls. Vor der Wohnungstür atmete sie einmal tief ein und drückte dann auf die Klingel. Das Geräusch ließ sie zusammenzucken; dann, und erst dann kam ihr in den Sinn, daß vielleicht ja auch eine Frau öffnen könnte. Aber nein. Er selbst öffnete. Urbano.

»Du …«, rief er leise aus und duckte sich ein wenig, als hätte Zarza Anstalten gemacht, ihn zu schlagen.

Dann sah er sie wie gelähmt an. Ganz blaß.

So riesig wie immer, graue Strähnen im bürstenkurz geschnittenen Haar. Die Schultern rund und abfallend, die Pranken leblos zu beiden Seiten des Körpers, das Gesicht gealtert. Er hatte jetzt ein Netz von Fältchen rund um die Augen, und seine Pausbacken schienen etwas von ihrer Prallheit eingebüßt zu haben. Er war schlanker geworden: Das Fleisch hing an seinem mächtigen Skelett herunter wie Wäsche von der Leine. Eine lange Narbe teilte seine rechte Augenbraue und lief quer über die Stirn. Wahrscheinlich das Ergebnis meiner Prügel, dachte Zarza. Was mache ich hier? fragte sie sich; es ist schrecklich, ich bin schrecklich, ich muß hier weg. Aber anstatt zu gehen, streckte sie die Hand nach Urbanos verletzter Stirn aus. Er machte einen Schritt zurück, er wollte eine Berührung vermeiden. Zarza ließ ihren Arm sinken.

»Entschuldige. Verzeih mir. Die ist von mir, stimmt's? Das war meine Schuld, oder? Die Narbe. Die Wunde.«

Ohne mit der Wimper zu zucken sah Urbano sie an.

»Was willst du?« fragte der Schreiner schließlich. Seine Stimme schien, so gepreßt und trocken sie klang, aus seinem tiefsten Innern zu kommen. »Warum bist du gekommen?«

»Ich weiß nicht. Ich weiß es wirklich nicht. Ich nehme an, um dich um Verzeihung zu bitten. Ich mußte dich sehen. Es tut mir so leid, Urbano. Es tut mir unendlich leid. Du bist das einzig Gute, was mir in meinem Leben widerfahren ist.«

Der Mann schloß einen Moment lang mit schmerzverzerrtem Ausdruck die Augen. Zarza verstand ihn sehr gut: Sie wußte, daß Gefühle der Zuneigung einem sehr viel größere und schmerzhaftere Wunden beibringen können als ein glühendes Eisen. Dann heftete er erneut, ohne einen Muskel zu bewegen, seinen Blick auf sie. Nach ein paar Sekunden hielt Zarza es nicht mehr aus.

»Es tut mir leid. Ich hätte nicht kommen dürfen. Lebwohl«, stammelte sie verwirrt und machte kehrt.

Als sie schon fast auf der Treppe war, hörte sie Urbanos Stimme:

»Nein! Warte ... warte. Komm ... komm rein.«

Der Schreiner wich mit seinem langsamen Riesenkörper zur Seite und ließ sie vorbei. Die Wohnung sah seltsamerweise noch immer so aus wie früher, sauber und aufgeräumt. Urbano besaß die Gabe, Ordnung zu schaffen, wie sie guten Handwerkern eigen ist. Sie gingen automatisch zu den beiden über Eck gestellten Sofas. Früher hatten sie immer dort gesessen: Urbano auf dem, das näher zur Tür stand, Zarza auf dem anderen. Ohne darüber nachzudenken nahmen sie ihre alten Plätze ein und beobachteten sich dann heimlich gegenseitig. Zarza saß auf der Kante, als würde sie jeden Moment aufstehen und gehen; Urbano hatte seine großen Hände auf die Knie gelegt wie jemand, der im Wartezimmer eines Zahnarztes sitzt. Zarza lachte kurz nervös auf, obwohl sie in Wirklichkeit Lust gehabt hätte, zu weinen. Doch hatte sie es schon so viele Jahre nicht mehr getan, daß sie ganz vergessen hatte, wie es ging.

»Du hast dir den Zahn einsetzen lassen«, sagte Urbano in ruhigem Tonfall.

»Ja, ehem ...«, räusperte sich Zarza. »Als ich aus dem Gefängnis raus war.«

»Hübsch bist du. Du siehst viel besser aus als früher.«

»Du ... du auch. Dir scheint's gutzugehen.«

Und es stimmte. Die Zeit und die Falten hatten Urbanos ein

wenig brutale Züge weicher gemacht. Der Schreiner seufzte, rieb sich die Augen und streckte die riesigen Arme gen Decke. Als er sein Rekel-Programm beendet hatte, schien er ein anderer zu sein. Als hätte er sich den Gegebenheiten gefügt.

»Möchtest du etwas trinken?« fragte er und stand auf.

»Nein ... nein, nein danke«, antwortete Zarza noch immer ganz verkrampft.

»Ich wollte mir gerade etwas zum Abendessen machen. Komm mit in die Küche. Ich mach uns irgendwas.«

Zarza stand auf und folgte ihm stumm. Urbano begann geschäftig in der Küche zu werken. Er schnitt Schinken von einer Keule, die in Silberpapier gewickelt war, öffnete eine Büchse Paté, holte Käse und Obst aus dem Kühlschrank, entkorkte eine Flasche Rioja.

»Setz dich.«

Zarza gehorchte und setzte sich an den Küchentisch. Dort hatten sie vor Jahren immer gefrühstückt.

»Iß.«

Zarza gehorchte und begann zu essen. Sie hatte soeben bemerkt, daß sie großen Hunger hatte. Einige Minuten kauten sie schweigend.

»Du siehst sehr gut aus«, wiederholte Urbano schließlich.

»Ich bin clean, wenn es das ist, was du wissen willst. Seit sieben Jahren schon. Seit ich ins Gefängnis gekommen bin.«

»Wie lange hast du gesessen?«

»Zwei Jahre und fünf Monate.«

»Ist dieser junge Mann gestorben? Der Wachmann in der Bank?«

»Nein.«

»Gott sei Dank.«

»Er ist gelähmt. Die Kugel hat seine Wirbelsäule gestreift.«

»Hat wohl Pech gehabt.«

Zarza schnaubte:
»Ja, wohl ziemliches Pech gehabt.«
Sie schwiegen erneut.
»Aber dir geht es wenigstens gut ... oder nicht?« wagte Zarza mit hauchdünner Stimme zu fragen.
Urbano berührte die Narbe an der Stirn.
»Ja, es geht mir gut.«
»Es tut mir leid, es tut mir so leid«, flüsterte sie. »Ich habe Schreckliches gemacht. Mit dir und ... schreckliche Sachen.«
Urbano ließ seine Pranke durch die Luft fahren.
»Laß es gut sein. Ich will nicht darüber reden.«
»Du bist so anständig«, sagte Zarza bekümmert.
»Sag das nicht noch einmal!« Der Schreiner explodierte. »Ich bin nicht anständig. Ich tue das nicht, weil ich anständig bin. Ich bin dir gegenüber schwach, das ist alles. Ich hätte mir draußen auf dem Treppenabsatz deine Entschuldigungen anhören und dir dann sagen sollen, ja, sehr schön, in Ordnung. Und dir daraufhin die Tür vor der Nase zuschlagen. Das hätte ich tun sollen, das hätte ich gerne gekonnt. Aber ich konnte nicht. Du machst mir angst. Du machst mir angst, weil ich weiß, daß du mir verdammt weh tun kannst. Es vergehen sieben Jahre, du tauchst aus dem Nichts wieder auf, und ich bin nicht in der Lage, dir die Tür vor der Nase zuzuschlagen. Ich bin absolut bescheuert.«
»Es tut mir leid ...«
»Und hör endlich mit diesem ›es tut mir leid‹ auf! Ich denke, daß ich das verdiene, was mir passiert ...«, knurrte Urbano.
»Es wird dir nichts passieren, weil ich nämlich gehe ...«, sagte Zarza und stand vom Tisch auf.
»Setz dich! Bitte! Bitte, setz dich«, sagte er mit weicher werdender Stimme. »Eigentlich ... eigentlich freue ich mich, dich zu sehen, kannst du das glauben? So verrückt bin ich.«

»Ich auch.«

»Was, du auch?«

»Ich bin auch verrückt ... und ich bin auch froh, dich zu sehen.«

Dieser Satz zeichnete ein Lächeln auf Urbanos Gesicht, eine kleine glückliche und alberne Grimasse, die der Schreiner nicht zu unterdrücken vermochte und die er auch sofort bereute.

»Gut, erzähl. Was ist aus dir geworden? Und aus Nicolás und aus Miguel ...«, fragte er in nüchternem und geschäftigem Ton, um sich nichts anmerken zu lassen, wie ein Sachbearbeiter, der ein Formular ausfüllt.

»Ich arbeite in einem Verlag. Ich betreue mit einer anderen Frau zusammen eine historische Reihe. Gerade bearbeite ich ein wunderschönes und schreckliches Epos von Chrétien de Troyes. Ich habe vor allem mit Texten aus dem Mittelalter zu tun.«

»Was für ein Glück für dich. Das hat dir doch schon immer gefallen.«

»Ich lebe allein. Oft fahre ich Miguel besuchen, er wohnt in einem Heim für Menschen wie er. Ich glaube, es geht ihm gut. Ansonsten habe ich keine Freunde. Ich bin froh darüber, keine Freunde zu haben. Ich lebe wie eine Nonne im Mittelalter. Meine Arbeit füllt mich aus. Ich bin zufrieden.«

Urbano runzelte die Stirn und heftete seine versunkenen und schwermütigen, weintraubenfarbenen Augen auf sie. Er dachte einige Sekunden nach. Fast konnte man die langsame und unerschütterliche Mechanik seines Gehirns hören.

»Wenn du so zufrieden bist, wozu bist du dann gekommen?«

Zarza hüstelte kurz, um sich den Knoten nicht anmerken zu lassen, der ihr die Kehle zuschnürte. Ein Knoten aus Erregung oder Angst oder Wut.

»Ich habe dir doch schon gesagt, daß ich nicht genau weiß, warum ich gekommen bin. Es ist die Wahrheit, ich weiß es nicht«, antwortete sie mit verhaltener Wut. »Aber du hast recht, so zufrieden bin ich nicht. Nicolás ist wieder aufgetaucht und bedroht mich. Er ist aus der Haft entlassen worden. Er hat mich heute morgen zu Hause angerufen, und seitdem bin ich vor ihm auf der Flucht. Er verfolgt mich und will sich rächen.«

»Wofür rächen?« fragte Urbano.

»Ich hatte ihn bei der Polizei denunziert. Nach der Sache mit der Bank. Aber es war nicht wegen der Bank ... Es war, weil ... also, ich will eigentlich nicht darüber reden«, schloß Zarza heiser, als sie merkte, wie ihr der Atem stockte.

Urbano schwieg.

»Sieh mich nicht so an!« knurrte Zarza. »Ich antworte dir, weil du mich gefragt hast, aber ich bin nicht gekommen, weil ich auf deine Hilfe hoffe. Hast du gehört? Wenn es dir in den Sinn kommen sollte, so etwas zu denken, gehe ich auf der Stelle.«

Urbano sprach noch immer kein Wort.

»Und du, was hast du die ganze Zeit gemacht?« fragte Zarza schließlich bemüht und versuchte, sich zu beruhigen und aus dem Gefängnis ihrer Gedanken zu entfliehen.

»Nichts. Ich mache nie viel, das weißt du ja. Alles ist beim alten geblieben. Die Werkstatt, die Restaurierungsarbeiten mit dem Antiquitätenhändler zusammen ... Ich bin ein langweiliger Mensch.«

»Sag das nicht.«

»Ich weiß, was du denkst. Alle Welt denkt das von mir, sogar ich selbst.«

»Du bist nicht langweilig. Wirklich nicht.«

»Ach, übrigens, ich muß dir eine Geschichte erzählen. Ich habe sie, ich weiß nicht wo, vor ein paar Jahren gelesen, vielleicht vor drei oder vier. Und ich dachte, daß sie dich interessieren könnte. Es ist etwas Mittelalterliches, wie das, was dir so gefällt ... Ich habe sie die ganze Zeit für dich im Kopf behalten. Als hätte ich auf dich gewartet. Aber ich habe nicht auf dich gewartet, das schwör ich dir. Ich wollte dich nicht wiedersehen.«

»Ich glaube dir.«

»Also, es ist die Geschichte einer Frau, einer großen Zauberin. Sie lebte gegen Ende des zwölften Jahrhunderts in Frankreich, ich weiß nicht mehr genau wo. Diese Frau war wegen ihres Wissens sehr berühmt. Sie kannte alle Pflanzen auf den Feldern und in den Bergen, alle Heilmittel, um Mensch und Tier wieder gesund zu machen. Aber was mir an diesem Märchen – das kein Märchen ist, weil es wirklich passiert ist – am besten gefällt, ist, daß die Frau draußen vor der Stadt in einem armseligen kleinen Haus lebte. In Wirklichkeit war es noch nicht einmal ein Haus, sondern ein alter Viehschuppen mit Lehmmauern und einem Strohdach und nicht mehr Licht als das, was durch die Tür drang, weil es keine Fenster gab. Alle Welt glaubte, daß die Zauberin in einem Schweinestall lebte, an einem schmutzigen Ort. Sie wußten allerdings nicht, daß das Innere weiß getüncht war und daß alle Wände mit wunderschönen Malereien bedeckt waren, mit Fresken, die herrliche Gärten darstellten, und daß in den wundervollen Räumen Wandbehänge aus Samt hingen und Möbel standen, die mit Perlmutt und Gold verziert waren. Die Malereien waren so hervorragend, daß all diese Pracht wirklicher als die Wirklichkeit schien. Alle, die die Zauberin besuchen kamen und sie in ihrem Häuschen im Dunkeln sitzen sahen, dachten, daß die Frau im Dreck leben würde; aber wenn sie dann wieder allein war und ihre Öllampen entzündete, befand sie sich in Wirklichkeit in dem schönsten und luxuriösesten Palast der Welt. Merkst du was? Es reicht, ein wenig Willenskraft zu besitzen und zu wissen, wie man die Dinge betrachten muß, und schon verwandelt sich die Welt in etwas anderes. Diese Frau hat es geschafft, und darum war sie eine Zauberin. Nicht weil sie Menschen heilen, sondern weil sie sich vor dem Häßlichen retten konnte.«

»Schon. Und deshalb ist sie schließlich bei lebendigem Leib verbrannt worden.«

»Kennst du die Geschichte?«

»Das ist die Geschichte der Hexe von Poitiers, Magdalena Du-Bois. Der Grund, warum sie der Inquisition zum Opfer fiel, war genau der: die außergewöhnlichen Gemälde in ihrem Haus, diese Trompe-d'œils, schienen so real, daß sie nur Werk des Teufels sein konnten. So hieß es im Urteil. Die Trompe-d'œils haben sie also vor gar nichts bewahrt, sie nur zu einem schrecklichen Tod verdammt.«

Urbano schüttelte kummervoll den Kopf.

»Du willst dich gar nicht retten, Zarza, das ist es nämlich«, sagte er schließlich.

Zarza fühlte sich von den Worten des Mannes verletzt, wurde sogar ein wenig wütend. Sie schwieg, während Urbano auf die Uhr schaute und aufstand.

»23 Uhr. Ich muß noch kurz runter in die Werkstatt. Einige Möbel, die ich restauriert habe, werden gleich abgeholt.«

»Um die Uhrzeit?«

»So behindern wir beim Beladen des Lkws nicht den Verkehr, das ist die beste Zeit. Wenn du willst, kannst du diese Nacht hierbleiben. Ich meine, wenn du nicht in deine Wohnung zurückwillst ... Aus Sicherheit ... nun ... wegen der Sache mit deinem Bruder.«

»Danke, nein. Ich habe dir schon gesagt, daß ich nicht deswegen hier bin. Ich brauche deine Hilfe nicht.«

»Wie du willst, aber denk darüber nach. Warte, bis ich zurückkomme und dann entscheiden wir. Es wird nicht länger als eine halbe Stunde dauern.«

Der Schreiner ging und Zarza blieb allein zurück. Was für ein seltsames Gefühl, wieder in dieser Wohnung zu sein, die fünf Monate lang ihre gewesen war. Sie stand vom Tisch auf, stellte den Teller in die Spüle und begann sich in der Wohnung umzusehen. Das Bad, das zu ihrer Überraschung komplett renoviert war. Das kleine Zimmer, in dem sie Miguel untergebracht hatten. Und das Schlafzimmer. Zarza mußte sich zwingen, den Raum zu betreten, den sie mit Schmerz und Blut befleckt hatte. Langsam stieß sie die Tür auf und fühlte sich einer Ohnmacht nahe, als sie feststellte, daß alles beim alten geblieben war. Das Doppelbett, in dem sie ihm soviel feurige Liebe vorgetäuscht hatte. Die Nachttischchen aus Massivholz. Und die Lampe mit dem schweren Fuß, mit dem sie dem Schreiner den Kopf eingeschlagen hatte. Blutspuren oder Kratzer waren keine mehr zu sehen; das Holz, das mit den Jahren ziemlich dunkel geworden war, hatte eine sanfte, glatte und angenehme Oberfläche. Zarza floh aus dem Zimmer und ließ sich auf das Sofa im Wohnzimmer fallen. Hin und wieder überkam sie das beängstigende Gefühl, nicht mehr weiteratmen zu können.

Dann entdeckte sie das Geld. Es lag auf dem niedrigen Couchtischchen, eine Handvoll Zehntausender-Scheine. Zarza runzelte die Stirn, fast sicher, daß dieses Geld noch nicht dort gelegen hatte, als sie hereingekommen war. Urbano hat es auf den Tisch gelegt, um mich auf die Probe zu stellen, dachte Zarza, und sie schämte sich zu Tode. Blitzschnell griff sie nach den Scheinen; 275.000 Peseten. Es war nicht viel. Nico würde es jedenfalls nicht viel vorkommen. Aber zusammen mit dem, was sie noch hatte, war es mehr als eine halbe Million. Vielleicht konnte sie ihren Bruder ja damit überzeugen, daß er aus ihrem Leben verschwand. Düstere Gedanken kamen ihr in den Sinn, ein seltsamer Wunsch, einem anderen und sich selbst zu schaden, eine tödliche Lust, unter alles einen Schlußstrich zu ziehen. Wie jemand, der sich weit oben aus dem Fenster lehnt und den unwiderstehlichen Drang verspürt, sich hinunterzustürzen.

»Willst du mich auf die Probe stellen?« sagte sie mit lauter Stimme. »Okay, du hast mich auf die Probe gestellt.«

Vor Angst und Wut zitternd stopfte sie die Scheine in ihre Tasche. Aber was mache ich denn da? sagte sie sich; warum verhalte ich mich so? Ein Wirrwarr aus Gedanken und Gefühlen betäubte ihre Sinne. Ich werde es ihm zurückgeben, dachte sie; ich werde ihm alles und noch viel mehr von meinem Gehalt zurückzahlen, Monat für Monat, nach und nach. Das hat er verdient, dachte sie; warum hat er mir auch nicht vertraut, dieser Schwachkopf. Ich habe es verdient, dachte sie; ich nehme es mir, weil ich nichts wert bin, weil ich ein hoffnungsloser Fall bin und eine Verräterin, ich nehme es mir, um mich zu demütigen und ihn zu retten.

»Entschuldige«, stammelte sie in die Luft.

Und verließ schnell und schweigend mit den leisen Schritten einer Diebin die Wohnung.

Eines Tages, als Zarza wegen einer kleinen Wunde, die sie sich in der Holzwerkstatt beigebracht hatte, die Krankenstation im Gefängnis aufsuchte, vernahm sie ungewollt, was eine der Sozialarbeiterinnen gerade zu der Krankenschwester sagte:

»... wie bei Sofía Zarzamala, die, die Zarza genannt wird, du kannst dir nicht vorstellen, was die alles über ihr Leben erzählt, das ist eine wahre Tartarengeschichte: ihr Bruder sei geistig behindert, ihre Mutter wäre umgebracht worden, ihr Vater habe sie mißbraucht ... Ihr Vater war der Zarzamala, der vor langer Zeit spurlos verschwunden ist, der mit dem Finanzskandal, ich weiß nicht, ob du dich noch daran erinnerst ... Nun, also, der Gipfel allen Unglücks; ihr sei alles nur Erdenkliche zugestoßen, behauptet sie ...«

In diesem Moment bemerkten die beiden Frauen Zarza und verstummten jäh. Die Sozialarbeiterin lief dunkelrot an. Sie war noch sehr jung; es war ihr erstes Arbeitsjahr im Gefängnis, und offensichtlich stammte sie aus einem ruhigen und behüteten Umfeld, aus einem belanglosen Alltagsleben. Sie tat, als wäre sie die Erfahrenheit in Person und hätte einen enormen Wissensschatz über das menschliche Dasein, dabei hatte sie in Wirklichkeit nicht die leiseste Ahnung. Allerdings minderte die Überzeugung, daß die junge Frau unerfahren und oberflächlich war, nicht die Wucht des Schlages, der Zarza traf, als sie deren Worte hörte. Was wollte sie damit sagen, daß ihr Leben eine »Tartarengeschichte« sei? Daß sie sie nicht glaubte, daß alles nur ein Märchen sei? Bestimmt waren Schneewittchens Untertanen die verlogensten Wesen der Welt, aber damals war sie schon über ein Jahr clean. Auf der anderen Seite haben Gefangene einen natürlichen Hang dazu, zu heucheln und zu täuschen (ebenso wie den Willen, zu flüchten), und vielleicht war es ja deswegen, weil sie im Gefängnis saß, daß die Sozialarbeiterin sie nicht für vertrauenswürdig hielt. Wie auch immer, dieser Frau schien eine solche Anhäufung von Unglück offenkundig nicht normal.

Zarza hielt ihr Leben jedoch nicht wirklich für etwas Besonderes. Die Welt war voller Tartarengeschichten, entsetzlicher und schmerzhafter Wirklichkeiten, voller Grausamkeiten, die so ausgemacht vollkommen waren, daß sie einem nicht in den Kopf wollten. Die Unterwelt in unserer Vorstellung ist immer weniger grausam als die wirkliche. Was würde die Sozialarbeiterin wohl über diese wenige Monate alten Babys sagen, überlegte Zarza, die von ihren Vätern vergewaltigt und zerstückelt werden? Was über die Mütter, die am Münchhausen-Stellvertreter-Syndrom leiden, die bei ihren eigenen Kinder absichtlich körperliche Beschwerden herbeiführen und sie dann unzähligen chirurgischen Eingriffen unterziehen? Was über dieses Kind aus Sierra Leone, dem man mit einer Machete Arme und Beine amputiert hatte und das trotzdem noch in die Kamera lächelte (im Bett liegend, ein Stückchen Fleisch, das mit Mullbinden und Prothesen bedeckt war), nur glücklich darüber, noch am Leben zu sein? Ganz zu schweigen von den vielen Beispielen, die es im Gefängnis selbst gab: fast noch jugendliche Terroristen, die der Fanatismus in brutale Todesmaschinen verwandelt hatte; Emigranten, die weder lesen noch schreiben konnten und mit einer

Plastiktüte ihr strampelndes Neugeborenes erstickt hatten. Es gab tausend Arten, das eigene Leben zu zerstören, und jeder konnte seinen eigenen Weg in den Untergang finden.

Obwohl, wenn man es genau betrachtete, so hatte die Sozialarbeiterin eigentlich recht: All dies waren Tartarengeschichten, Geschichten über die Barbarei und die Barbaren, über Dschingis-Khan den Bösen und die Zerstörung, über die Gewalt, welche die Friedfertigen zermalmt, und über das Chaos, das unsere Pläne zunichte macht. Die Menschheit hatte sich auf der Jahrtausende alten Suche nach etwas Besserem, nach einem größeren Rahmen für das Zusammenleben als das erbärmliche Maß des Einzelnen, geformt; dieselben Wesen jedoch, die in der Lage waren, sich das Gute und Schöne vorzustellen, zerstörten unmittelbar darauf ihre Errungenschaften in einer blinden Orgie des Schmerzes. Die Geschichte der Menschheit war in Wirklichkeit die Geschichte eines Betrugs. So viele widerrufene Schwüre, so viele aufgegebene Projekte, so viele verlorene Träume.

Es waren zweifellos Tartarengeschichten, weil sie vom Tartaros erzählten, was laut den Griechen der tiefste und hoffnungsloseste Teil der Unterwelt war, der finstere Ort der Strafen, dort wo die Titanen büßten. Kerberos, der Hund mit den drei Köpfen, bewachte den Eingang zu diesem düsteren Reich des Unglücks und des Leidens; und Charon, der Fährmann, brachte einen über den Fluß zum Untergang, dieser Charon, der mit dem eigenen Schicksal verschmolz, dem Willen und der Feigheit, mit allem, was einen zu dem gemacht hatte, was man war, und was einen dazu gebracht hatte, dort abzuschließen, wo man stand, und sich aufzulösen. Und dann für alle Zeiten in den Tiefen des eigenen Tartaros zu versinken, in eine nach Maßgabe der eigenen Alpträume geschaffene Unterwelt.

Aber es gab noch etwas Schlimmeres als die Ungläubigkeit der Sozialarbeiterin, und das war die Tatsache, daß diese neu eingestellte, dumme Anfängerin so viele Details über Zarzas Leben wußte. Wie wagte sie zu behaupten, daß sie selbst, Zarza, all diese Dinge gesagt hatte? Zarza erinnerte sich nur, Teófila Díaz, der Gefängnispsychologin, davon erzählt zu haben, weshalb die Worte der Klatschtante dazu führten, daß Zarza die Psychologin zu hassen begann. Der Vorfall machte ihr klar, daß das erste, was man den Häftlingen im Gefängnis entriß, deren Individualität war, das Recht auf Intimität, die Kontrolle über das eigene Leben; daß man zu einem unmündigen Wesen degradiert wurde, zu einem einfachen Zeugen seiner selbst, zu einem Sträflingskörper, dem andere befehlen: die Beamten, der Gefängnisdirektor, der Arzt, der Staat. In der Haftanstalt scheinen also alle mehr über einen zu wissen als man selbst, und es bleibt einem kein anderer Ort der Freiheit als den inneren Rückzug in den hintersten Winkel des Kleinhirns, als einen Schützengraben im tiefsten Bewußtsein auszuheben, mit niemandem mehr zu reden, niemandem mehr die Wahrheit zu sagen über das, was man fühlt oder denkt, sich nicht mehr zu offenbaren, nach außen hin aufhören zu leben. Man könnte sagen, daß Zarzas letzte wichtige Schule das Gefängnis war; dort lernte sie, ohne Nicolás und ohne Freunde zu leben, ohne Wertgegenstände, ohne Erinnerungen. Sie lernte sogar, ohne die Königin zu leben, obwohl diese im Gefängnis große Präsenz zeigte. Aber es gab etwas, einen zu starken Schmerz, als daß sie ihn hätte ausdrücken können, der verhinderte, daß Zarza zu Schneewittchen zurückkehrte. Isoliert und sprachlos, innerlich und äußerlich allein, nahm Zarza wieder ihre alten Geschichtsbücher zur Hand und lernte, fast ohne Leben zu leben. Nachdem sie aus dem Gefängnis raus war, hatte sie diesen nahezu scheintoten Zustand viereinhalb Jahre aufrechterhalten. Bis der Anruf von Nicolás kam und ihr beengtes, schützendes Aquarium zerbrach.

Anfangs, als Zarza ins Gefängnis kam, erschien ihr Teófila

Díaz eine interessante Person. Eines Tages hatte ihr Teófila das Märchen vom Verräter erzählt. Ein seltsamer Zufall, da die Psychologin Zarza später verraten würde. Es war eine faszinierende Geschichte, die, so die Psychologin, zu den Geschichten aus ›Tausendundeiner Nacht‹ gehörte. Als Zarza wieder in Freiheit war, suchte sie nach diesem Text und recherchierte seinen Ursprung. Die Geschichte war tatsächlich in der französischen Übertragung des Orientalisten Galland zu Beginn des achtzehnten Jahrhunderts zu finden, doch gehörte sie wohl nicht zu der ursprünglichen Textsammlung von ›Tausendundeine Nacht‹, weshalb sie auch nicht in ›*Zotemberg's Egyptian Recension*‹ aufgenommen worden war. Wahrscheinlich hatte Galland sie selbst hinzugefügt, so wie ›Aladins Wunderlampe‹ und ›Alibaba und die vierzig Räuber‹. Borges hatte die Geschichte entlehnt und umgeschrieben und sie in seiner Erzählsammlung ›Der schwarze Spiegel‹ unter dem Titel ›Der Verräter‹ aufgenommen; Zarza mochte diese Version von Borges besonders, die sich ganz leicht von der von Teófila erzählten unterschied.

Mirval war demnach ein sassanidischer Monarch, der auf einer chinesischen Inselgruppe herrschte. Sein Reich war eine Luftblase des Wohlstands und Friedens inmitten einer gepeinigten Welt. Mirval hatte Glück gehabt: Die Inseln waren reich und klein, alle hatten zu essen, es gab keine Zwistigkeiten unter ihren Bewohnern. Außerdem war der Archipel so abgelegen, daß niemand ihn erobern wollte. Mirvals Reich war ein Paradies und Mirval ein König, der von seinen Untertanen abgöttisch geliebt wurde, da der Überfluß im allgemeinen und paradiesische Zustände im besonderen die guten Gefühle zu begünstigen pflegen. Mirval hatte eine Gattin, vier Konkubinen und siebenundzwanzig Kinder. Er lebte in einem wunderschönen Palast aus Marmor und Malachit; jeden Morgen ritt er mit seinem Wesir aus, der sein Halbbruder und enger Freund war; jeden zweiten

Tag aß er mit den Beratern des Hofes zu Abend, das waren opulente Bankette, die als simpler Vorwand für seine Zerstreuung dienten; und einmal in der Woche sah er sich die Parade der königlichen Wachen an, auf die er sehr stolz war: kräftige, in Seide gekleidete Krieger mit glänzenden Krummsäbeln. Mirval hielt sich für einen guten König, und er war glücklich, weil er zu jener Sorte von kleinen, phantasielosen Menschen zählte, wie Borges schreibt, die das Glück auszuhalten verstehen.

Eines Tages erschien im Palast ein schrecklicher Geist mit Donnerstimme; er hatte von der Glückseligkeit des Königreichs gehört, und da er ein böser Geist war, brachte ihn soviel heitere Gelassenheit aus dem Häuschen. Er packte den bestürzten Monarchen am Kragen und teilte ihm mit, daß er eine Zeitlang bleiben wolle; im selben Augenblick wurde das Schloß von der Außenwelt abgeschnitten, weil alle Türen und Fenster wie durch Zauberei verschwanden und durch dicke Mauern ersetzt wurden. In dem Thronsaal gab es nun jedoch eine kleine schwarze Holztür. Der Geist erklärte, daß dieses Türchen geschlossen bleiben müsse, und befahl, daß sich ihm niemand nähern dürfe. »Wehe dem, der diese Schwelle überschreitet!« sagte der Geist. »Ich warne dich, Mirval: Das ist die Tür zu deiner eigenen Hölle.«

Abgesehen von diesem Verbot durften die Palastbewohner ihr normales Leben weiterführen. Sie waren zwar Gefangene, doch war der Palast sehr groß und verfügte über duftende Gärten. Der Geist nahm bald hier, bald dort Gestalt an, beobachtete sie jedoch nur und lächelte. Im Laufe der Zeit begannen die Höflinge, sich an diesen Zustand zu gewöhnen. Mirval hatte seine früheren Gewohnheiten wiederaufgenommen und war fast glücklich, weil er zu diesen trägen, phantasielosen Menschen gehörte, wie Borges schreibt, die sich in ihren Untergang ergeben können.

Eines Tages erschien der schreckliche Geist jedoch mit dröhnender Stimme und packte den Monarchen wieder am Kragen. »Ich langweile mich«, sagte der Geist. »Von heute an werden wir zwei jeden Tag eine Partie Schach spielen.« Sie begannen noch am gleichen Nachmittag, und natürlich besiegte der Geist den König. »Du hast verloren«, sagte da der Geist, »jetzt mußt du dich auslösen. Du hast die Wahl: Entweder du gehst durch das schwarze Türchen dort, oder du gibst mir etwas, das mir gefällt.« Der zitternde Mirval beeilte sich, seinem Widersacher Schmuck und Parfüms anzubieten, doch der Geist lachte nur abfällig: »Weder Gold noch Seide noch Weihrauch interessieren mich, du dummer König; ich bin ein Geist, und wenn ich will, kann ich alle Schätze der Welt haben. Du mußt mir schon etwas Besseres verschaffen, oder ich lasse dich durch das Türchen gehen.« Der König versuchte es vergeblich mit seinen Musikinstrumenten, seinen Aufziehvögeln, seinen liebsten Büchern, seiner ganzen Bibliothek. Schließlich bot er ihm verzweifelt die Jungfrauen des Königreichs an, womit sich der Geist letztlich zufriedengab. Der Geist begnügte sich nämlich nur mit lebenden Wesen. »Was wirst du mit ihnen machen?« fragte Mirval und starb fast vor Angst. Der Geist lachte auf: »Das ist meine Sache.« Und als er das gesagt hatte, ließ er von einem Moment auf den anderen die ganzen Mädchen des Reichs verschwinden, sowohl diejenigen, die im Palast waren, als auch jene, die sich außerhalb befanden. Die verschreckten Untertanen begannen sich zu erzählen, daß der Geist den Atem der Menschen trinken würde, daß er so lange die Seele aus ihnen saugen würde, bis sie sich in Luft auflösten.

Von jenem Tag an und bei jeder seiner unerbittlichen Niederlagen verriet der Verräter Mirval nach und nach alles und jeden, um nicht durch die schwarze Tür treten zu müssen. Zuerst opferte er die Alten des Königreichs, weil er dachte, daß sie kaum noch zu etwas nütze seien; dann die Künstler; anschließend die Kaufleute, die Bauern, die Zünfte, die Mütter. Als die Mütter verschwunden waren, kam es Mirval in den Sinn, daß nun auch die Kinder dort nichts mehr zu suchen hatten und überantwortete sie ebenfalls dem habgierigen Geist. Dann mußte er ihm die königliche Wache mit den in der Sonne glänzenden Krummsäbeln und den gezwirbelten Schnauzbärten anbieten; daraufhin die Palastdiener, die Köche, die Eunuchen. Danach lösten sich die Intellektuellen in Luft auf, die Ärzte des Hofes, die Ingenieure und selbst die Berater, die Mirval während der Bankette so wunderbar zerstreut hatten. Und von diesem Moment an wurde es noch schlimmer, weil der König seine eigenen Kinder opferte, seine Konkubinen, seine Frau, und schließlich verkaufte er selbst den Wesir, seinen Stiefbruder und engsten Freund, und Pandit, seinen Lieblingshund, der stets am Fußende seines Bettes schlief. Alle lösten sich mit einem Wimpernschlag auf, so wie Zeichnungen im Sand, die ein Windhauch wegwischt.

Dem Verräter Mirval blieb schließlich nur noch seine eigene Angst; doch er hatte keine andere Wahl, er mußte weiterspielen, und wieder verlor er die letzte Partie. »Du hast nun nichts mehr, was mich interessiert«, meinte der Geist. »Heute wirst du nicht drum herumkommen, die Schwelle zu übertreten.« Mirval weinte, winselte, flehte, er kroch vor dem Geist auf dem Boden wie ein Wurm; der aber, schrecklich und dröhnend, verschränkte nur die Arme vor der Brust und blies den König mit seinem magischen Atem direkt vor die schwarze Tür. Sie öffnete sich, und Mirval trat gegen seinen Willen über die Türschwelle. Und da befand er sich außerhalb seines Palasts. Das Türchen ging einfach nur nach draußen: Es war nichts weiter als ein Ausgang oder besser gesagt, der Ausgang aus dem Gefängnis. Der verdutzte Mirval kehrte in sein Schloß zurück: Der Geist war verschwunden, und das Gebäude hatte sein ursprüngliches Aussehen zurückgewonnen, mit all seinen Eingängen und Fenstern. Das schwarze Türchen jedoch blieb weiterhin sichtbar; es stand nun sperrangelweit offen, nichtssagend, unschuldig und verband einen leeren Palast mit einem entvölkerten Königreich. Zurück blieb Mirval, einsam und verzweifelt, der einzige Bewohner seiner Hölle.

Zarza verließ oder besser gesagt, sie flüchtete aus Urbanos Wohnung, ohne daß sie eigentlich wußte, warum. Die Stunden hatten sich eine an die andere gereiht seit dem Augenblick, der jetzt schon weit zurücklag, als sie den ersten Anruf von Nicolás erhalten hatte, und im Laufe dieses unendlich langen Tages hatte sich Zarzas Wirklichkeit nach und nach verändert. Ein altes und düsteres Bild ihrer selbst stieg allmählich in ihr hoch, so wie die aufgeblähte Leiche eines Ertrunkenen aus den Tiefen des Wassers auftaucht. Sie ballte die Fäuste und krallte sich die Fingernägel in die Handflächen. Atmen und weitermachen. Es war Jahre her, daß sie ihre Existenz in Frage stellte, weil sie die Taubheit dem Schmerz vorgezogen hatte. Aber jetzt war ihr Kopf vollgepackt mit beängstigenden Fragen, mit Worten, die darum kämpften, gesagt zu werden. Das Taxi brauchte kaum zwanzig Minuten bis zu Martinas Haustür. Wenige Stunden vorher hatte Zarza schon einmal versucht, in diese Straße zu gelangen, ein Anfall von Panik hatte sie allerdings davonlaufen lassen. Jetzt kehrte sie dorthin zurück, und die Angst rollte sich in ihrem Magen zusammen wie eine schlafende Schlange.

23.30 Uhr: Die Bürgersteige waren leer. Zarza drückte auf die Klingel der Gegensprechanlage. Sie wartete eine Weile und klingelte erneut. Schließlich vernahm sie eine trockene und beunruhigte Männerstimme:

»Wer ist da?«

»Ich bin's, Zarza. Ist Martina da?«

»Wer ist da?« wiederholte die Stimme noch etwas angespannter.

»Ich bin's, Zarza, Martinas Schwester! Kann ich mit ihr sprechen?«

Es folgte eine Pause, die von dem monotonen Geknister des Lautsprechers untermalt wurde. Schließlich hörte man Martina:

»Wer ist da?«

Sie klang nicht gerade freundlich.

»Ich bin's, Zarza. Machst du mir auf?«

»Bist du allein?«

»Natürlich.«

»Was willst du?«

»Ich möchte nur einen Moment mit dir reden.«

»Ich werd dir nicht eine Pesete geben.«

»Ich will kein Geld. Ich will mit dir reden. Bitte! Ich weiß, daß es spät ist. Nur für einen Augenblick. Bitte!«

»Ruf mich morgen an.«

»Nicolás ist aus dem Gefängnis raus. Bitte! Wir können nicht durch dieses Ding hier miteinander reden.«

Eine weitere Pause, wieder Geknister in der Sprechanlage. Schließlich hörte man den Türöffner, zu schrill für die düstere Ruhe der Nacht. Zarza drückte die Tür auf, die hinter ihr mit einem lauten Knall ins Schloß fiel. Im Dunkeln tastete sie nach dem Treppenhauslicht, das ein elegantes und frisch gestrichenes Foyer beleuchtete, in dem einige Zwergpalmen in großen Übertöpfen herumstanden. Sie ging zu Fuß in den dritten Stock hinauf; dort stand eine der beiden Wohnungstüren halb offen, doch war noch die Sicherheitskette vorgelegt. Durch den engen Türspalt war Martinas argwöhnisches Gesicht zu erkennen. Zarza baute sich vor ihr auf.

»Hallo. Bittest du mich nicht rein?«

Martina musterte sie mißtrauisch von oben bis unten. Zarza mußte wohl nicht schlecht aussehen oder zumindest nicht so schlecht, wie Martina befürchtet hatte, weil sich deren Miene nun leicht aufhellte.

»Was willst du?« wiederholte sie.

Zarza zuckte schwach die Achseln:

»Nur mit dir reden! Ich habe einen schrecklichen Tag hinter mir, Martina, laß mich ein bißchen ausruhen.«

»Es ist schon sehr spät, und wir haben seit Jahren nicht mehr miteinander gesprochen. Ich weiß nicht, was das jetzt soll.«

»Heute morgen hat Nicolás mich angerufen. Er ist aus der Haft entlassen worden. Möchtest du, daß deine Nachbarn mitkriegen, daß du einen Bruder im Knast hast, oder willst du mich lieber reinlassen?«

Diese Argumentation war wohl überzeugend genug. Martina schloß die Tür, machte die Sicherheitskette ab und öffnete sie nun ganz.

»Komm rein. Aber mach keinen Krach, die Kinder schlafen schon.«

Es war der Dienstboteneingang, der direkt in die Küche führte. Zarza hatte diese Wohnung schon seit Ewigkeiten nicht mehr betreten, zuletzt wahrscheinlich vor neun oder zehn Jahren. Jedenfalls konnte sie sich überhaupt nicht an diese Küche erinnern. Sie war riesengroß und aus poliertem Stahl, so sauber und modern wie das Innere eines Weltraumlabors. Der Boden war aus Schiefer, die Wände in einem leuchtenden Creme gestrichen. Alles schien neu und jungfräulich, als wäre sie gerade erst eingerichtet worden. Eine Asiatin in einer blauweiß gestreiften Schürze mühte sich gerade mit dem Geschirrspüler ab.

»Mach dir wegen ihr keine Gedanken«, sagte Martina, die den Blick ihrer Schwester aufgefangen hatte. »Das ist Doris, sie ist noch nicht lange hier und versteht nur Englisch. *Doris, you can go to your room now. Don't worry about that. Good night.*«

»*Good night, Ma'am*«, antwortete die Hausangestellte und zog sich zurück.

»Álvaro ist im Wohnzimmer. Ich möchte ihn nicht stören, deshalb werden wir hierbleiben«, sagte Martina schnell und setzte sich auf einen der Stühle aus Stahl und Holz. »Also, was ist los?«

Zarza fühlte sich plötzlich deprimiert, abgespannt, unfähig, dieser Schwester, die ihr fremder als eine Fremde war, die Situation zu erklären, dieser Martina, die sie mit hochmütiger Eile in der Küche befragte, ohne ihr zu gestatten, die feineren Bereiche der Wohnung zu betreten, als wolle sie ihre Distanziertheit und ihre Verachtung damit nur noch unterstreichen. Außerdem war es nicht Nicolás' Rückkehr, über die Zarza mit ihr reden wollte. Eigentlich wußte sie nicht genau, worüber sie reden wollte, doch jedenfalls nicht darüber. Sie beschloß, das Thema so schnell wie möglich abzuhaken.

»Heute morgen hat sich Nicolás bei mir gemeldet. Das heißt, er hat mich heute den ganzen Tag über angerufen. Ich habe erfahren, daß er schon vor ein paar Monaten aus dem Gefängnis rausgekommen ist. Vermutlich auf Bewährung. Jetzt ruft er mich an und bedroht mich.«

»Dieser Kerl war schon immer ein Spinner. Was habe ich damit zu tun?«

»Eigentlich nichts. Ich wollte nur wissen, ob er sich mit dir in Verbindung gesetzt hat.«

»So ein Quatsch!« erwiderte Martina entschieden. »Wenn er das täte und mich bedrohte, würde ich sofort die Polizei rufen.«

»Diese Neigung zum Verrat muß in der Familie liegen ...«

»Was hast du gesagt?«

»Nichts. Ein dummer Scherz.«

»Ich will von diesem Schuft nichts mehr wissen, verstehst du? Für mich ist Nicolás gestorben.«

»Und von mir willst du auch nichts mehr wissen ...«, murmelte Zarza.

Martina zog die Stirn kraus und ließ sich gegen die Rückenlehne fallen. Sie hatte sich helle Strähnen ins dunkle Haar machen lassen und war jetzt fast blond. Sie trug enganliegende Jeans aus grünem Samt und einen dünnen, apfelgrünen Pullover, den sie in die Hose gesteckt hatte. Sie war sehr schlank und sah sportlich und gesund aus; tatsächlich wirkte sie viel jünger als Zarza, obwohl sie vier Jahre älter und Mutter von zwei Kindern war.

»Also ... bei dir ist das etwas anderes ... Natürlich kann man nicht behaupten, daß du meine ideale Schwester wärst, aber gut ... Du bist jedenfalls hier, und jetzt reden wir. Ich habe dich schließlich reingelassen, oder nicht?«

»Vielen Dank«, sagte Zarza mit sarkastischem Unterton.

Martina verstand jedoch die Ironie nicht. Sie war nie besonders scharfsinnig gewesen.

»Keine Ursache. Aber daß eins klar ist: Geld bekommst du von mir keins.«

»Ich will dein Geld nicht«, regte Zarza sich auf. »Ich brauche es nicht. Ich habe eine Arbeit, eine Wohnung, ein Gehalt. Deswegen bin ich nicht hier. Du kannst dir dein Geld sonstwo hinstecken.«

»Jetzt werd mal nicht ausfallend, Süße. Früher warst du schließlich nicht so zimperlich, oder? Mehr noch, du hast mich damals ziemlich ausgenommen; spiel hier also jetzt nicht das Mimöschen ...«

Es stimmte. Bevor sie in den Knast kam, während der schlechten Zeiten mit Schneewittchen, hatte Zarza Martina ein ums andere Mal um Geld gebeten; und als ihre Schwester nicht mehr bereit war, ihr noch welches zu geben, hatte sie ihr einen Silberrahmen, eine Cartier-Uhr und zweihundert Dollar gestohlen, die sie in einer Schublade gefunden hatte. Das war das letzte Mal gewesen, daß sie Martinas Wohnung betreten hatte. Zarza senkte beschämt den Kopf und mäßigte nun ihren Ton.

»Du hast recht. Es tut mir leid. Aber das ist schon lange her. Jetzt will ich nichts, wirklich.«

»Okay…«, sagte Martina beschwichtigend. »Dann arbeitest du also noch immer in … in dieser Schule, oder was war das noch?«

»In einem Verlag. Ja, ich bin immer noch dort.«

»Das ist gut …«

Martina beugte sich über den Tisch und musterte Zarza nochmals sehr genau.

»Hör zu, wenn du einen Entzug machen willst, dann bin ich gern bereit, dir das zu bezahlen. Ich würde allerdings die Klinik aussuchen wollen und denen das Geld direkt geben.«

Zarza sprang wütend auf und begann durch die Küche zu laufen.

»Martina, bitte! Ich brauche keinen Entzug. Mir geht es gut. Damit ist Schluß. Seit sieben Jahren ist damit Schluß. Nie wieder. Für immer.«

»Okay, ist ja gut, das freut mich. Ich habe das nur vorsichtshalber gesagt.«

Zarza stützte sich auf den Tisch und näherte ihr Gesicht dem ihrer Schwester:

»Martina, wie ist es möglich, daß wir uns jahrelang nicht gesehen haben und du einzig und allein in der Lage bist, mit mir über Geld zu sprechen? Was für ein Scheißleben führst du eigentlich, daß du dich so verhältst?«

»Was für ein Leben ich führe? Du fragst *mich*, was für ein Leben ich führe?« fragte Martina verwundert.

Sie hob die Arme und zeigte mit einer bedeutungsvollen Geste auf das Reich, das sie umgab, die Küche, die einem Operationssaal ähnelte, die prächtige 300-qm-Wohnung im teuersten Viertel der Stadt. Mit offenem Mund saß sie da und wirkte wirklich verdutzt, daß ihre kleine Schwester, diese gescheiterte Existenz, es wagte, ihr solides und luxuriöses Leben zu kritisieren. Und das Schlimmste war, sagte sich Zarza, daß sie recht hatte. Nicht wegen des Luxus und des Status, den ihr Ehemann als Notar innehatte, sondern wegen ihrer Kinder und wegen der emotionalen Stabilität und wegen der engen familiären Bindung und wegen der perfekten Kontrolle, die sie über ihr Leben hatte. Nur Zarza wußte, mit wieviel Bestimmtheit, mit welch enormer Willensanstrengung und Arbeit Martina es geschafft hatte, sich dieses extrem konventionelle Leben aufzubauen. Was für andere nichts weiter als bloße Routine war, das Produkt von Angepaßtheit oder gesellschaftlicher Trägheit, war für Martina das Ergebnis eines schwierigen Notstandsplans zur Rettung der eigenen Haut, der unter Extrembedingungen in Angriff genommen worden war. Mit neunzehn Jahren hatte sie Álvaro geheiratet, um dem Elternhaus zu entfliehen. So idiotisch Zarza ihren Schwager auch fand, so war er doch immer noch eine bessere Wahl als Schneewittchen gewesen.

»Okay. Lassen wir das. Entschuldige. Ich will nicht mit dir streiten«, meinte Zarza beruhigend und setzte sich wieder hin. »Ich war heute übrigens bei Miguel.«

»Ja, man hat mir schon mitgeteilt, daß du ziemlich oft dort bist.«

Zarza versuchte, sich auf die Zunge zu beißen, doch gelang es ihr nicht:

»Du dagegen besuchst ihn ja nie.«

»Das stimmt nicht. Und außerdem weiß ich gar nicht, worüber du dich beschwerst. Ich bin diejenige, welche die Verantwortung für Miguel übernommen hat. Ich bin diejenige, die das Heim bezahlt ...«

»Schon wieder das liebe Geld!«

»Ich bin die einzige, die sich wirklich um ihn gekümmert hat! Was hast du denn für deinen Bruder getan? Was hast du mit ihm gemacht? Du hast ihn mißhandelt, du hast ihn vernachlässigt ... Er war dir total egal! Zum Glück war ich dahinter her und habe ihn da rausgeholt ... Der Arme, er war ganz verstört, schmutzig, fast verhungert ... Als ich ihn abgeholt habe, hat er nur noch geweint. Was für eine schreckliche Familie ...«

Wenn sie wüßte, dachte Zarza mit trockenem Mund und beschleunigtem Atem. Wenn sie wüßte, was mit Miguel passiert war. Was Zarza ihm angetan hatte. Zarza bekam Ohrensauen, und die Lichter der Küche verschwammen. Sie stützte sich, fast ohnmächtig, auf den Tisch.

»Was ist los? Zarza! Was ist mit dir?«

»Nichts ... nichts ... Mir ist schwindelig geworden ...«

Martina holte ein Glas Wasser und stellte es vor sie hin. Sie runzelte die Stirn und sah Zarza, während sie trank, wiederum forschend an.

»Geht es dir wirklich gut? Nimmst du wirklich nichts?«

»Ich schwöre es dir, Martina. Das ist nur Atemnot.«

Martina setzte sich wieder hin und betrachtete ihre Schwester zweifelnd, halb argwöhnisch, halb kummervoll.

»Du mußt auf dich aufpassen, Zarza. Du mußt dein Leben in geordnete Bahnen lenken.«

»Ich weiß. Das versuche ich ja.«

Einige Sekunden vergingen. In der Ferne, über den Hof hörte man das Schlagen eines Metallöffels gegen Glas. Es war wie das monotone und finstere Aufschlagen der Eier auf dem Teller. Für einen winzigen Augenblick schienen die Luft um Zarza herum bedrohlich zu vibrieren und die Dinge ihre Konturen zu verlieren, so als könnte sich Martinas Küche mittels einer ungeheuerlichen Zeitverschiebung in die Küche ihrer Kindheit verwandeln. Aber sofort war die Wirklichkeit mit ihrem ganzen Gewicht wieder da und die Wände zeigten ihre Mächtigkeit. Zarza erschauderte.

»Hör mal, Martina, du bist doch die Älteste ... Weißt du, wer Miguel geschlagen hat, als wir Kinder waren?«

Martina erstarrte.

»Wie, wer ihn geschlagen hat? Was meinst du?«

»Miguels Körper war hin und wieder mit blauen Flecken übersät, erinnerst du dich nicht?«

Martina preßte die Lippen aufeinander:

»Nein, ich erinnere mich nicht. Auf was für seltsame Sachen du kommst!«

»Die Psychologin im Gefängnis hat gesagt, daß mein Vater ein Sadist war. Besser gesagt, unser Vater.«

»Armer Papa. Was wohl aus ihm geworden ist?«

Zarza schloß die Augen und holte tief Luft, am liebsten hätte sie sich verkrochen. Nie zuvor hatten sie darüber gesprochen. Eigentlich hatten sie und Martina niemals über irgend etwas gesprochen.

»Papa kam nachts an mein Bett und hat mich angefaßt. Du weißt schon wie.«

»Nein, weiß ich nicht«, entgegnete Martina gereizt.

»Er hat mich begrapscht.«

Martina war sprachlos.

»Was sagst du da! Du bist ja verrückt ...«

»Martina, bitte! Ich weiß, daß er das auch mit dir gemacht hat. Ich habe ihn gesehen. Ich habe euch gesehen. Sehr oft. Anfangs, als er es nur mit dir gemacht hat, war ich sogar neidisch.«

Martina ballte die Hände zu Fäusten und öffnete den Mund sperrangelweit, als wolle sie einen gellenden Schrei ausstoßen, aus ihrer Kehle drang jedoch kein Laut. Verkrampft und mit stockendem Atem verharrte sie so ein paar unendlich lange Sekunden, und dann sprudelten die Worte nur so aus ihr heraus, von einer kreischenden Stimme getragen:

»Das ist ... das ist das Widerlichste, was ich in meinem Leben je gehört habe! Das ist eine Lüge, eine gemeine Lüge! Du reimst dir diese ganzen Schweinereien zusammen, weil du immer ein eifersüchtiges und besitzergreifendes Kind warst ... Du bist eine verfluchte Irre wie Mama, das ist mit dir los! ... Gott verzeih mir, daß ich das gesagt habe, sie ruhe in Frieden ... aber du bist eine verfluchte Irre wie Mama ...«

Die Kindheit war der Ort, an dem du den Rest deines Lebens verbringst. Zarza vergrub ihr Gesicht in den zitternden Händen.

»Martina, bitte ... Es ist sehr wichtig für mich. Papa hat mich begrapscht. Er hat uns beide begrapscht. Er hat uns mißbraucht. Ich sage nur die Wahrheit.«

»Die Wahrheit! Die Wahrheit!« keuchte Martina mit heiserer Stimme.

Erschrocken und totenblaß sahen sie sich in die Augen. Martina strengte sich sichtbar an, nicht die Kontrolle zu verlieren. Sie fuhr sich mit der Zunge über die trockenen Lippen und sprach dann langsam und bestimmt:

»Du bist krank. Ich weiß nicht, warum, aber du denkst dir das alles nur aus. Du warst schon immer krankhaft besitzergreifend. Du wolltest immer im Mittelpunkt stehen, wie Mama. Wenigstens hat unser Vater für uns gearbeitet, er hat uns versorgt, er hat die Schule für uns bezahlt, hat sich um alles gekümmert. Wenn er nicht gewesen wäre, wären wir vor Ekel und Verwahrlosung gestorben bei dieser Mutter, die nie aufgestanden ist und nur an sich selbst gedacht hat. So wie du. Du bist krank. Deshalb ist dir das passiert, was dir passiert ist.«

Zarza spürte einen Anflug von Schwindel. War etwas Wahres

an dem, was sie sagte? Nein, natürlich nicht. Ihre Schwester machte sich etwas vor.

»Du machst dir was vor, Martina. Du willst dich nicht daran erinnern, was geschehen ist, weil es viel leichter ist, sich dem zu verschließen.«

»Wir kommen aus einer unseligen Familie, Zarza. So unselig, daß ich nicht weiß, wer Miguel geschlagen hat, warum er plötzlich mit blauen Flecken übersät war. Vielleicht warst du es; oder diese Bestie von Nico. Oder Mama, die Verrückte. Oder Miguel selbst, vielleicht hat er sich selbst geschlagen, ohne zu wissen, was er tat. Oder selbst Papa, der arme Papa. Wir kommen aus einer so unseligen Familie, daß ich als einziges weiß, daß ich es nicht war. ICH WAR ES NICHT, verstehst du? Nur dessen bin ich mir sicher. Wir stammen aus einer unseligen Familie, aber jetzt seid ihr nicht mehr meine Familie. Ich habe jetzt Paola und Ricardo und Álvaro. Und diese schöne Wohnung und das Geld, ja, dadurch fühle ich mich ruhig und sicher. Und ich bin bereit, meine Familie mit Zähnen und Klauen zu verteidigen. Sie ist das Werk meines Lebens, und ich bin stolz auf das, was ich geleistet habe.«

Wie einsam mußte Martina sich während ihrer Kindheit gefühlt haben, sagte sich Zarza. Sie selbst hatte ja wenigstens Nicolás gehabt. Martina war ein extrem verschlossenes Kind gewesen, immer gut gekämmt, still und gehorsam, mit sauberen und hochgezogenen Strümpfen, die Schulmappe mit größter Sorgfalt gepackt. Sie hatte Stunden mit Lernen oder Lesen zugebracht, irgendwo in einer Ecke des Hauses versteckt, ohne den geringsten Lärm zu machen, dermaßen unauffällig, daß alle ihre Gegenwart vergaßen. Jetzt, wo Zarza daran dachte, wurde ihr bewußt, daß sie in ihrer Erinnerung kein einziges Bild einer lachenden Martina bewahrte. Sie fühlte jetzt fast so etwas wie Mitleid und beschloß, die Diskussion sein zu lassen.

»Du mußt dich nicht verteidigen, Martina. Ich will dich nicht angreifen.«

»Und ich will dich nicht aus meinem Leben werfen, Zarza. Du machst mir nur angst.«

Martinas Worte trafen Zarza an einer weichen, wunden Stelle.

»Das ist heute schon das zweite Mal, daß mir jemand sagt, ich würde ihm angst machen ... Richte ich denn soviel Schaden an?« wisperte sie fast unhörbar.

Martina biß sich auf die Innenseite der Lippen, wie sie das als Kind auch immer gemacht hatte, und wurde nervös. Sie rutschte auf ihrem Stuhl hin und her.

»Also, vermutlich tust du dir vor allem selbst weh ...«, meinte sie schließlich.

Der Satz hörte sich nicht sehr überzeugend an, doch klang er beinahe zärtlich. Die beiden schwiegen eine Weile erschöpft. In der Stille hörte man das Ticken einer riesigen Wanduhr mit einem runden und vernickelten Zifferblatt.

»Was wirst du mit Nicolás machen?« fragte Martina.

»Keine Ahnung.«

»Geh zur Polizei.«

»Nein, nicht noch einmal. Du weißt, daß ich ihn damals verpfiffen habe wegen der Sache mit dem Überfall.«

»Das hast du gut gemacht.«

»Ich weiß nicht.«

»Aber Nico kann gefährlich werden ...«

»Irgendwie werde ich das mit ihm schon regeln. Mach dir keine Sorgen.«

Wieder verstummten beide, während die Uhr an der Wand schwerfällig tickte.

»Ich finde es unmöglich, wenn sich jemand umbringt, weißt du ...«, sagte Martina plötzlich. »Ich spreche von Mama. Es ist unverschämt, kleine Kinder zu haben und sich umzubringen. Das beweist ihren enormen Egoismus. Mama hat an niemanden gedacht, nur an sich selbst.«

Zarza fielen die alten, wulstigen Narben wieder ein, die an den Handgelenken ihrer Mutter zu sehen waren. Ein vages Schuldgefühl schnürte ihr die Kehle zu. Sie räusperte sich nervös und meinte:

»Ich glaube, daß sie sehr gelitten hat. Sie wußte nichts Besseres mit ihrem Leben anzufangen. Sie war krank.«

»Das glaube ich wohl, daß sie sehr gelitten hat. Es gefiel ihr, zu leiden. Es gefiel ihr, das Opfer zu sein und sich selbst zu bedauern. Man muß schon schrecklich egoistisch sein, wenn man sich auf diese Weise in seinem Schmerz einrichtet. Das Leben ist für uns alle anstrengend, aber wir machen es nicht so, daß andere den Preis bezahlen müssen.«

»Du bist ungerecht.«

»Sie war diejenige, die uns ungerecht behandelt hat.«

Zarza schwankte einen Moment:

»Weißt du was? ... Viele Jahre lang habe ich geglaubt, daß ... Ich war von der Idee besessen, daß Papa Mama umgebracht haben könnte ... Mit den Medikamenten ... daß er ihr eine Überdosis verabreicht hat ... Es wäre einfach gewesen. Manchmal denke ich immer noch, daß es so war.«

Martina sah sie neugierig an und seufzte dann.

»Ich weiß nicht, Zarza ... jeder pickt sich das heraus, was er glauben möchte ... Jeder sucht sich die Erinnerungen aus, die er haben möchte. Und jeder wählt das Leben, das er leben möchte.«

Vielleicht hatte ihre Schwester recht, überlegte Zarza; vielleicht erfanden die Menschen jeden Tag ihre Biographie neu, genauso wie Chrétien eine großartige Vergangenheit für den Herzog von Aubrey erfunden hatte. Martina war eine Leseratte gewesen, eine Musterschülerin. In der Schule hatte jeder ihr eine glänzende berufliche Zukunft vorhergesagt. Nach ihrer Heirat mit Álvaro hatte sie jedoch das Studium abgebrochen und sich in die typische Hausfrau aus der Oberschicht verwandelt, ein fader, glatter Prototyp, den sie bis zur Perfektion verkörperte. Zarza betrachtete sie mit ihren gepflegten und lackierten Fingernägeln, ihren Goldkettchen um den Hals, ihren Markenjeans und ihrem superweichen Pullover, der wahrscheinlich aus Kaschmir war, und schätzte, daß Martina Kleidung und Accessoires im Gegenwert von mindestens einer halben Million Peseten tragen mußte. Martina personifizierte all das, was Zarza haßte, es war jedoch das Ergebnis ihres Willens, so zu sein; ihre übertriebene Konventionalität war ein Konstrukt, weil die Kindheit sie nicht auf ein bürgerliches Leben, sondern auf den Abgrund vorbereitet hatte. Das Leben ihrer Schwester konnte Zarza bedauernswert erscheinen, aber es war ohne Zweifel deren Leben, das, was sie frei gewählt hatte. Darin war Martina wie Martillo: Sie gehörte zu der Klasse Menschen, die bereit waren, eine Wahl zu treffen, dafür zu kämpfen, den notwendigen Preis zu bezahlen. Zarza stand auf.

»Ich muß gehen.«

»Okay. He, ich hab dir ja gar nichts zu trinken angeboten«, sagte Martina in einem künstlichen Plauderton.

Zarza wurde wütend:

»Bitte laß den Quatsch mit den Höflichkeitsfloskeln. Ich bin kein Besuch, und du hattest nie die Absicht, mir auch nur das Geringste anzubieten.«

Martina fing an zu lachen.

»Du hast recht. Ich glaube, es war noch zu früh für einen gemeinsamen Kaffee ... Aber vielleicht das nächste Mal ...«

Und das hörte sich fast ehrlich an.

Zu diesem Zeitpunkt der Nacht gab es etwas, das Zarza mehr angst machte als die Rachgier ihres Bruders, etwas schwer Faßbares und Unbenennbares, das sich in ihrem Gedächtnis versteckte. Von innerer Unruhe getrieben, lief Zarza durch die leeren Straßen, ohne darüber nachzudenken, welcher realen Gefahr sie sich dabei aussetzte. Am Vormittag noch hatte sie sich auf denselben Bürgersteigen angsterfüllt und verfolgt gefühlt, am hellichten Tag und umgeben von Menschen; aber jetzt, von schlimmsten Ahnungen besessen, tappte Zarza durch die Stadt wie eine Schlafwandlerin, überquerte Straßen, ohne auf den Verkehr zu achten, und bog um Ecken, ohne sich zu vergewissern, ob sie verfolgt wurde.

Ein bedauerlicher Fehler, weil ihr diesmal jemand auf Schritt und Tritt folgte: ein kaum wahrnehmbarer Schatten, der innehielt, wenn Zarza stehenblieb, und den Schritt beschleunigte, wenn Zarza schneller ging. Die Straßen waren leer, der Asphalt vom Nachttau feucht; der eisigkalte Morgen überzog die parkenden Autos mit Rauhreif. Die ganze Stadt begann sich mit einer knirschenden Eisschicht zu bedecken und bot einen trostlosen Anblick. Wie ein Vogel, der mit einem gewissen Abstand von seinem Schatten verfolgt wird, eilten Zarza und ihr Verfolger, vorbei an blinkenden Ampeln, durch diese unwirtliche Stadtwüste.

Ungefähr eine halbe Stunde gingen sie so, ohne daß Zarza die geringste Ahnung hatte, daß sie in Begleitung war. Sie verließen das elegante Viertel von Martina, durchquerten das neue Büroviertel, passierten das alte Einkaufszentrum und bogen schließlich in die Straßen zur Altstadt, dem schmutzigen Herzen der Stadt, ein, dorthin, wo sich die verfallenden Gebäude gegenseitig stützten und an den Fassaden überall der Putz abblätterte. Die Stadt der Nacht, das Territorium der Königin.

Es war ein Uhr nachts, in diesem Reich des Elends begann das Leben jedoch erst jetzt. Oder zumindest ein ganz bestimmtes Leben. Lediglich diese winkligen Gassen fand Zarza belebt vor: Stadtstreicher, die in verschiedene Schichten unbeschreiblicher Kleidungsstücke gehüllt waren, Transvestiten, die unter ihren Pelzmänteln nackt waren, vor Kälte schnatternde Mulattinnen mit entblößten Oberschenkeln und einer Thermoskanne voll Kaffee und Cognac in der Hand, umherstreichende Kunden, die sich nicht entscheiden konnten, Zuhälter und Dealer. An der Plazuela del Comendador blieb Zarza im Schutz der Statue stehen. Dort, ihr gegenüber, auf der anderen Seite des kleinen dreieckigen Platzes, lag der Eingang zum Turm. Eigentlich handelte es sich dabei um einen Apartmentblock, der in den sechziger Jahren gebaut worden war, mitten in Zeiten der Immobilienspekulation. So schmal und hoch wie er war, überragten seine zehn Stockwerke die umliegenden Altbauten um ein gutes Stück. Er war eine architektonische Greueltat, mit getönten Fensterscheiben und billigem erbsengrünen Aluminium. Im Erdgeschoß befand sich das Désiré, eine unglaubliche Bar, die so schmal und lang wie ein Eisenbahnwaggon war. Die unendlich lange Theke verlief von der Tür bis zur hinteren Wand des Lokals, und dahinter bedienten neun oder zehn Mädchen mit entblößten Brüsten, die von strategisch ausgerichteten Scheinwerfern angestrahlt wurden. Neben dem Désiré lag der Eingang zu den

Apartments, eine schäbige Tür, die mit Palmen bemalt war. Das gesamte Gebäude gehörte Caruso, der die beiden oberen Stockwerke privat nutzte. Die Apartments der übrigen Etagen wurden nur stundenweise belegt.

Zarza hatte diesen Platz nicht wieder betreten, seit Caruso sie aus dem Turm geworfen hatte. Während der letzten Jahre hatte sie in einer verstümmelten Stadt gelebt, auf einem Stadtplan, der mit verbotenen Territorien durchsetzt war, die sie sorgsam mied. Jetzt hatte sie es jedoch gewagt, zu einer dieser schmerzhaften Zonen zurückzukehren, jetzt betrat sie wieder Boden, der ihr unter den Füßen brannte. Zarza betrachtete den Turm vor sich wie ein kleines Nagetier, das vor Schreck gelähmt, aber auch fasziniert, die Schlange fixiert, die es gleich verschlingen wird. Ahnt die Maus in ihrer Angst, daß sie im nächsten Moment die wichtigste Erfahrung ihres Lebens machen wird? Der Tod ist eine Art düsterer Höhepunkt. Zarzas Mund füllte sich mit salzigem, schwerem Speichel. Auch ihr würde sich bald etwas Entscheidendes offenbaren.

Sie war derart in ihre Gedanken versunken, daß sie die Gegenwart des anderen erst bemerkte, als sich eine große, kräftige Hand auf ihre Schulter legte. Sie tat erschreckt einen Satz vorwärts und drehte sich gleichzeitig in der Luft, um dem Angreifer ins Auge blicken zu können. Man hörte einen spitzen Schrei, und im ersten Moment wußte Zarza nicht recht, ob sie es war, die da geschrien hatte. Aber nein. Es war der andere. Oder die andere. Es war der Transvestit, der sich erschreckt hatte, als Zarza so unerwartet hochgesprungen war.

»He, Kleine, mir wäre ja fast das Herz stehengeblieben!« meinte der Transvestit affektiert und klopfte sich mit seinen roten, spitzen Tigerkrallen leicht gegen die Brust.

»Was willst du?« fragte Zarza mißtrauisch und hielt gehörig Abstand.

»Nichts, Süße, gar nichts. Ich habe nur eine Nachricht für dich, das ist alles.«

Sie war hübsch, wahrscheinlich so um die Dreißig und sehr weiblich. Unter dem weiten Nerzmantel kamen zwei zementharte Brüste zum Vorschein, die ganz blau vor Kälte waren.

»Eine Nachricht? Von wem?«

»Ach, Kindchen, ich habe keine Ahnung, von einem Herrn, der sie mir hier irgendwo gegeben hat. Nimm, du wirst schon wissen, von wem.«

Die Frau hielt ihr das Papier hin. Es war ein kleiner Umschlag, wie Blumenverkäuferinnen ihn für ihre Kärtchen nehmen, und darin befand sich ein Zettel, der aus einem Taschenkalender herausgerissen worden war. Darauf stand in Druckbuchstaben geschrieben: »Heute nacht um vier Uhr in deiner Wohnung. Falls du nicht kommst, wirst du es bereuen.« Zarza blickte sich unwillkürlich um.

»Wer hat dir das gegeben?«

»Ich habe es dir doch schon gesagt, Schätzchen, ein verdammt gut aussehender Herr... Dort drüben hat er gestanden, an der Ecke. Er hat mich zu sich gerufen, mir den Umschlag in die Hand gedrückt und gesagt, daß ich ihn dir geben soll.«

»Wie sah er aus? Beschreib ihn mir.«

»Ich will von der ganzen Sache nichts wissen, meine Schöne, ich will keinen Ärger, es war ein ganz normaler Mann im Mantel, es war dunkel, er hat mir zweitausend Peseten dafür gegeben, und *c'est fini*, das heißt, das war's. Ich verzieh mich jetzt, Süße. Ciao.«

Und in ihrem riesigen, wallenden Mantel verschwand sie rasch in der Dunkelheit.

Zarza stand wieder allein mitten auf dem Platz, doch nun fühlte sie sich schutzlos und in Gefahr. Sie suchte die Straßeneinmündungen ab, beobachtete scharf die Männer und Frauen, die im Désiré ein und aus gingen. Sie entdeckte allerdings niemanden, der sie an ihren Bruder erinnert hätte. Ein gutaussehender Mann im Mantel. Ob Nicolás sich in dieser Zeit sehr verändert hatte? Würde er noch der Nicolás von früher sein? Manchmal fürchtete Zarza, ihren Zwillingsbruder nicht mehr wiederzuerkennen. Sie spürte ein beunruhigendes Befremden in bezug auf ihre Vergangenheit, eine Distanz zu ihrer eigenen Biographie, die sie fast verrückt machte, ein Abstand zu der Frau, die sie einmal gewesen war. Jene Jahre, die sie in den Armen der Königin verbracht hatte, tauchten in ihrer Erinnerung auf, als hätte sie sie am anderen Ende eines düsteren und langen Tunnels gelagert, weit, unendlich weit weg von ihr, weit zurückliegende Erlebnisse, die auch jemand anders gehören konnten. Zarza schnaubte. Das war der Grund, warum sie hier war. Sie war zum Turm zurückgekehrt, um mit Caruso zu sprechen; sie mußte ihn aufsuchen, um zu sehen, was sich auf der anderen Seite des Tunnels verbarg. Sie sah auf ihre Uhr: zehn nach eins. Noch hatte sie sich nicht entschieden, ob sie dem strikten Befehl ihres Bruders gehorchen und sich mit ihm treffen sollte; sie hatte jedoch auf jeden Fall noch genügend Zeit bis um vier Uhr. Zeit, um zu versuchen, in den Turm zu gelangen.

Der Gorilla an der Tür hielt sie auf. Ein Schwarzer, wahrscheinlich ein Nordafrikaner, mit einem leicht gutturalen Akzent.

»He, du, wo willst du hin?«

»Ich möchte zu Caruso.«

»Du möchtest zu Caruso? Du möchtest zu Caruso???« fragte der Typ verblüfft; er war noch sehr jung und vielleicht neu, jedenfalls noch zu beeindruckt von der Macht seines Chefs. »Du kannst nicht einfach so zu Caruso, was glaubst du eigentlich, wer ...«

»Sag ihm, Zarza will ihn sehen. Er kennt mich.«

Zarza sprach mit all der Überzeugungskraft, zu der sie fähig war, obwohl sie sich durchaus nicht sicher war, daß Caruso sie sehen wollte. Eigentlich fürchtete sie, rücksichtslos wieder hinausgeworfen zu werden. Der Gorilla griff nach seinem Handy, wählte eine Nummer und nahm fast unmerklich Haltung an.

»Eine Frau mit roten Haaren möchte zu Herrn Caruso ... Sie behauptet, Zarza zu heißen und ihn zu kennen ...«

Einige Sekunden verstrichen, während denen der Nordafrikaner ohne mit der Wimper zu zucken stramm stand. Dann lauschte er wieder, seufzte, entspannte sich. Er schaltete das Telefon aus.

»Du sollst hochgehen.« Plötzlich lächelte er freundlich und selbstgefällig. »Neunter Stock.«

»Weiß ich.«

Sie betrat das Haus und nahm den schmierigen und mit Graffiti vollgeschmierten Aufzug, den alle benutzten. Der andere Fahrstuhl war ausschließlich für den privaten Gebrauch und führte direkt in die beiden oberen Etagen, jedoch benötigte man dazu einen Schlüssel. Sie drückte den Knopf zum neunten Stock, und der Aufzug setzte sich geräuschvoll und ruckelnd in Bewegung. Oben angekommen hämmerte Zarza gegen die Tür, damit man ihr aufmachte; im neunten und zehnten war die Aufzugstür dieser Barbaren von außen verriegelt, damit die Kunden den Chef nicht belästigten.

»Jetzt mach mal hier keinen Aufstand«, knurrte Fito, als er sie aus ihrem Gefängnis befreite.

Fito war Carusos persönlicher Bodyguard. Ein Typ mit plattgedrückter Nase und einem weißen Fleck in einem Auge. Er sah wie eine Bulldogge aus und benahm sich auch so; er haßte Unordnung, Krach, Geselligkeit, die Menschheit. Mit einer Geste wies Fito Zarza an, die Arme zu heben, um sie schnell und gründlich zu durchsuchen. Es war sieben oder acht Jahre her, daß sie sich zuletzt gesehen hatten, aber er sah sie so vollkommen gleichgültig an, als wäre es erst gestern gewesen. Fito machte mit dem Kopf eine Bewegung zur Tür, daß Zarza reingehen konnte. Er trat hinter ihr ein und schloß die Tür.

Allein die Tatsache, sich wieder in jenem Raum zu befinden, ließ Zarza unmäßig in Schweiß ausbrechen. Der Ort hatte sich kaum verändert: die gleichen Spiegel, dieselben scheußlichen modernen Armsessel, die mit Leopardenfell bezogen waren, das Bücherregal aus Glas und Bronze, in dem kein einziges Buch stand, der Flügel, auf dem Caruso hämmerte, wenn er sich beim Singen von Zarzuela-Stücken selbst zu begleiten pflegte. Außerdem gab es jetzt noch eine ganz anständige Couchgarnitur mit Blumenmuster, an die Zarza sich nicht erinnern konnte, einen Eßtisch mit acht Stühlen und einen riesigen Weihnachtsbaum voller bunter Kugeln und Lichterketten.

»Sieh mal einer an, was für eine Überraschung ... obwohl, so groß ist sie auch nicht, der Herzog sagte mir schon, daß du dich wieder hier herumtreibst ...«

Mit dem Gehabe eines Stars kam Caruso die Wendeltreppe herunter. Er war klein, in den Vierzigern, hatte Hängeschultern, Hängebacken, einen Hängebauch. Er schien zu schlaffes Fleisch zu haben und einem brutalen Zeitraffer ausgesetzt gewesen zu sein. Seine glatten und sehr dünnen Lippen waren ständig mit Speichel bedeckt. Jetzt verzog sich dieser feine und feuchte Mund zu einem sarkastischen Lächeln:

»Aber die wirkliche Überraschung dabei ist, daß du noch lebst ... Das letzte Mal, als ich dich sah, dachte ich wirklich, du würdest krepieren ...«

Caruso stellte ein kleines Dreirad, das am Fuß der Treppe stand, beiseite und ging auf sie zu.

»Von meinem kleinen Sohn. Wie du siehst, habe ich geheiratet. Sie sind oben und schlafen. Ein Mädchen und ein Junge.

Und meine Frau. Familienvater zu sein ist das Allergrößte. Wirklich das Allergrößte. Und das, obwohl ich schon allerhand erlebt habe, das sag ich dir. Und immer noch erlebe, daran hat sich nichts geändert. Hier zu Hause mache ich, was ich will. Meine Frau nimmt das hin. Sie ist Kubanerin. Völlig weißhäutig, aber Kubanerin. Sie war vierzehn, als ich sie geheiratet habe. Und sie war noch Jungfrau. Du weißt ja, daß ich mich immer nur mit dem Besten abgegeben habe.«

Zarza ballte die Hände zu Fäusten. Sie waren schweißnaß. Caruso ging einmal um sie herum und betrachtete sie dabei abschätzend. Er trug einen ziemlich billigen grauen Anzug, dazu ein lila Hemd ohne Krawatte. Das Hemd, das bis zum dritten Knopf offenstand, ließ eine glatte und haarlose Brust erahnen, gummiartiges Fleisch wie das eines Hähnchens.

»Mädchen, du bist nicht nur nicht gestorben, sondern du siehst auch wieder gut aus. Sehr gut sogar. Erste Sahne, mit dieser Anmut einer hochnäsigen Prinzessin ... Hochnäsige Prinzessinnen kommen gut an. Es ist das reinste Vergnügen, sie zu vögeln und zuzusehen, wie sie ihren Stolz hinunterschlucken ... einmal abgesehen von anderen Sachen ...«

Er lachte ordinär, keineswegs fröhlich, mehr, um sie zu verletzen, als aus einem anderen Grund.

»Und was willst du von mir, Prinzessin? Bist du auf Arbeitssuche?« Mit der rechten Hand drückte Caruso Zarzas Wangen zusammen: »Von mir aus kannst du hierbleiben und sofort anfangen ...«

Zarza schüttelte den Kopf, um sich aus seinem Griff zu befreien, und trat einen Schritt zurück.

»Rühr mich nie wieder an«, sagte sie mit einer zittrigeren Stimme als ihr lieb gewesen wäre.

»Okay. Okay! Ich bin ein anständiger Geschäftsmann. Natürlich faß ich dich nicht mehr an, wenn du es nicht willst. Aber du verpaßt was, Mädchen. Hier kannst du viel Kohle machen ... Erinnere dich, anfangs hast du das auch verdient. Zum Verhängnis wurde dir nur, daß du so töricht warst ... Aber setz dich doch. Setz dich! Möchtest du etwas trinken?«

Caruso rekelte sich behaglich in einem der Leopardensessel und bot Zarza an, auf dem zweiten Platz zu nehmen.

»Nein, danke. Ich möchte nichts«, antwortete sie und blieb stehen.

»Also, raus mit der Sprache. Und ein bißchen plötzlich, ich habe nämlich nicht viel Zeit«, sagte Caruso mit wachsendem Ärger.

Die flackernden Birnen des Weihnachtsbaums zeichneten rosa und grünliche Lichtreflexe auf sein Gesicht. Zarza schnaufte beklommen und versuchte vergeblich, ihren Ärger hinunterzuschlucken. Ihr Gehirn war eine Dunkelkammer, eine Entwicklerwanne, in der nach und nach, zunächst als wirre und undeutliche Flecken, die Fotografie ihrer Vergangenheit sichtbar wurde.

»Mein Bruder ...«, stammelte sie schließlich mit trockenem Mund.

»Dieser Zuhältertyp, den du hattest? Der Herzog hat mir schon erzählt, daß er hinter dir her ist ...«

»Nein! Nein ... Ich meine nicht den ... den anderen ... meinen kleinen Bruder ... Erinnerst du dich, daß ich ihn ... ein behinderter Junge ... Ich wollte dich fragen, was damals mit ihm passiert ist ...«

Caruso riß ehrlich erstaunt die Augen auf:

»Wer? Was? Aber, was erzählst du denn da?«

»Ich spreche von meinem behinderten Bruder ... Ich habe ihn eines Tages mitgebracht und ...«

»Weißt *du*, wovon sie spricht, Fito?« fragte Caruso.

Fito, der die ganze Zeit über stocksteif an der Tür gestanden hatte, schüttelte den Kopf. Caruso runzelte die Stirn.

»Laß den Quatsch, Zarza. Ich kann nicht glauben, daß du einzig und allein hierhergekommen bist, um mich nach irgendeinem bekloppten Bruder zu fragen, den niemand kennt ... Sag die Wahrheit, was suchst du wirklich?«

Zarza schloß die Augen und hielt die Luft an: Das war in der Tat die große Frage. Was suchte sie tatsächlich? Warum war sie hier?

»Antworte! Warum bist du hier?«

Zarza stieß langsam die Luft aus und sah Caruso an. Diese schlaffen Wangen, dieser sabbernde Mund.

»Ich bin hier ...«, sagte sie langsam. »Ich bin hier, um zu spüren, daß ich in der Lage bin, standzuhalten. Ich bin hier, damit ich nicht weiterhin Angst habe, dir eines Tages auf der Straße zu begegnen. Ich bin hier, um dich vergessen zu können.«

Caruso sah sie einige Sekunden lang verdutzt an und brach dann in lautes Gelächter aus, das mit Spucke durchsetzt war.

»Was muß man sich nicht alles von diesen Nutten anhören, Fito, unglaublich ...! Los, verpiß dich mit deiner Schmierenkomödie, du Schlampe, ich hab 'ne Menge zu tun«, sagte Caruso, stand auf und ging zur Treppe.

Doch bevor er wieder hinaufstieg, drehte er sich noch mal zu Zarza um:

»Ich sage dir eines, du verrücktes Weib: Während der paar Jahre, in denen ich dich gevögelt habe, warst du nicht so hochnäsig.«

»Du hast mich noch nicht einmal berührt«, betonte Zarza mit heiserer und bebender Stimme. »Ich bin nicht mehr die von früher. Du hast mich noch nicht einmal berührt.«

Und sie verließ, ohne eine Antwort abzuwarten, aufgebracht und hochmütig die Wohnung. Die perfekte hochnäsige Prinzessin.

Vollkommen benommen war Zarza aus dem Turm gerannt, blind und taub, fern von allem, was nicht mit dem quälenden Gedanken zu tun hatte, der sich soeben in ihrem Gehirn festgesetzt hatte. Plötzlich hatte sie mit schmerzender und überwältigender Klarheit gesehen, was sie zu tun hatte; sie begriff, daß sie es nicht länger hinauszögern konnte, daß sie gezwungen war, sich damit sofort auseinanderzusetzen, mit der gleichen Dringlichkeit, als hinge ihr Leben davon ab. Und in irgendeiner Weise hing es davon ab. Von dieser unerträglichen Anspannung getrieben, stürmte Zarza wie der Blitz an dem Nordafrikaner vorbei, überquerte mit Riesenschritten den kleinen Platz, bog dann über die Calleja de la Gloria in die Avenida Principal ein und hielt dort mitten auf der Straße ein Taxi an; und dann redete sie während der ganzen Fahrt auf den Taxifahrer ein, daß er sich beeilen solle, daß er einen Zahn zulegen solle, während er zügig durch die leere Stadt fuhr und im Rückspiegel Zarza argwöhnisch beobachtete, überzeugt davon, daß er wieder einmal eine von diesen Fixerinnen im Wagen hatte und daß die Nachtschicht eine verflucht gefährliche Angelegenheit war. Bis er schließlich beim Heim ankam, durch den ungepflegten Garten fuhr, der immer offenstand, und vor dem Haupteingang hielt. Dort, vor dem dunklen und schlafenden Haus, ließ der Taxifahrer Zarza erleichtert stehen. Es war 2.20 Uhr nachts.

Zarza drückte auf die Klingel, hämmerte gegen die Tür, trat gegen den Türsturz. Obwohl sie Sturm läutete, dauerte es einige Minuten, bis ihr jemand öffnete. Im Türspalt erschien die Nachtwache, ein Krankenpfleger, der wie ein Gorilla aussah und den Zarza vom Sehen kannte. Sein weißer Kittel war völlig zerknittert: Ohne Zweifel hatte er, obwohl er im Dienst war, auf irgendeiner Pritsche ein Nickerchen gemacht. Er war ganz offensichtlich wütend über den Krach, und seine Züge waren aufgrund seiner schlechten Laune angespannt und gerötet, was sein langweiliges, schläfriges Gesicht noch abgestumpfter erscheinen ließ.

»Was ist denn verdammt noch mal in Sie gefahren?« knurrte er.

»Ich muß meinen Bruder sehen. Miguel Zarzamala. Ich muß ihn auf der Stelle sehen.«

»Sind Sie verrückt? Es ist halb drei ... Ihr Bruder schläft. Alle Welt schläft. Sind Sie betrunken oder was?«

»Das ist ein Notfall. Ich *muß* ihn sehen. Ich kann Ihnen das jetzt nicht erklären. Hier: Ich gebe Ihnen fünfzehntausend Peseten, wenn Sie mich reinlassen. Nur für ein paar Minuten.«

Der Mann trat zweifelnd einen Schritt zurück, betrachtete die Scheine, die Zarza ihm hinhielt, während er versuchte, sein träges Gehirn wieder in Gang zu bringen.

»Dreißigtausend«, erhöhte Zarza und nahm das restliche Geld aus ihrem Portemonnaie.

Der Pfleger räusperte sich und griff mit gerunzelter Stirn nach den Scheinen.

»Okay. Aber machen Sie keinen Lärm. Und erzählen Sie niemandem, daß ich Sie reingelassen habe.«

Zarza trat ein, und der Pfleger schloß vorsichtig die Tür hinter ihr.

»Folgen Sie mir. Aber leise.«

Sie schlichen die Steintreppe hoch bis in den ersten Stock und bogen, von der Notbeleuchtung geleitet, in den düsteren Gang mit den Schlafräumen. Die Zimmer hatten wie in Krankenhäusern Nummern und außen angebrachte Riegel wie in Gefängnissen. Miguel schlief im Zimmer Nummer Fünf. Der Pfleger zog einen Schlüsselbund heraus und sperrte auf.

»Fünfzehn Minuten. Nicht länger. Ich warte unten auf Sie.«

Zarza wartete ab, bis er verschwunden war, und drückte dann die Tür auf. Sie führte in eine schmale Kammer, die nur von dem matten Schein des Mondlichts erhellt wurde. Plüschbären, Comics und Fotos an den Wänden waren zu sehen. In dem Bett lag, leise schnarchend, Miguels kantige Gestalt. Man sah nur einen Wuschel roter, zerzauster Haare, die unter der Bettdecke hervorschauten. Zarza schloß die Tür hinter sich und setzte sich auf das Bett. Sie schaltete die Nachttischlampe an.

»Miguel ... Miguel!« flüsterte sie und rüttelte ihren Bruder leicht.

Der Junge brummelte ein wenig, jammerte, wälzte sich zwischen den zerwühlten Laken und tauchte schließlich wie ein kleiner Maulwurf aus seinem Maulwurfshügel auf. Geblendet und verwirrt blinzelte er.

»Miguel, ich bin's. Ich komme dich besuchen. Ich wollte dich sehen. Ich muß mit dir reden. Nicht erschrecken, alles ist gut.«

Aber Miguel war nicht erschrocken, er war einfach nur schlaftrunken und verblüfft. Ihm war es egal, ob es zwei Uhr nachts oder zwei Uhr mittags war, dachte Zarza. Ihm war nicht bewußt, wie außerplanmäßig ihr Besuch war. Der Junge schnaubte jetzt und setzte sich im Bett auf. Mit den Fäusten rieb er sich die Augen. Diese zarten, knochigen Hände, seine unschuldigen blauen Augen. Zarza spürte, wie in ihrem Inneren etwas einstürzte.

»Miguel«, flüsterte sie beklommen.

Sie wollte seine Hände ergreifen, doch der Junge versteckte sie vor ihr, unwirsch wie immer. Mit dem verstrubbelten Karottenhaar und den vom Schlaf verquollenen Gesichtszügen schien der zweiunddreißigjährige Miguel jünger als je zuvor. Eigentlich wirkte er noch ganz wie das kleine Kind, das er einst gewesen war, dieses dürre Kleinkind mit der eingefallenen Brust, das immer in sich zusammengesunken schien, so zerbrechlich und wehrlos wie ein Stelzvogel, dessen Flügel gebrochen waren. Nie hatten sie auch nur im geringsten Notiz von ihm genommen, entsann sich Zarza jetzt; niemand hatte dieses andersartige Kind je geliebt. Noch nicht einmal sie selbst, Zarza, die die einzige war, die sich zu Hause in der Calle Rosas Nr. 29 um Miguel gekümmert hatte; aber nicht einmal sie hatte verhindern können, daß ihr geistesgestörter Bruder all die Frustrationen ihrer Kindheit abbekam. Sie quälten Miguel, Nico und sie, indem sie ihn nicht mit unter den Tisch ließen und ihn stundenlang in dunkle Zimmer einsperrten, damit er ihnen nicht auf den Wecker ging oder sie sich an seinem Leiden ergötzen konnten. Andersartige Wesen sind ein perfektes Ziel für Quälereien. Zarza kam nun wieder in den Sinn, wie er als Kind war, immer so schweigsam, so zart, daß ihn jeder Windhauch hätte umwerfen können, eine Handvoll Knochen, die von einem Paar riesiger, absurder Segelohren gekrönt wurden. Sie erinnerte sich, wie er immer hinter ihnen, den großen Geschwistern, hergetrottet war, mit diesen winzigen und mühsamen Schrittchen des kleinen Bruders; er war ihnen wie ein Hund gefolgt, hatte sie mit dem versonnenen Blick eines geistig umnachteten Kindes angestarrt, mit diesen Wangen, über die eine klebrige Tränenspur lief, und dem von der aufeinanderfolgenden Schar von Hausangestellten sorgfältig gekämmtem Haar. Auch die Angestellten konnten nicht verstehen, warum Miguel all seine Kräfte aufwandte, um ihren Armen zu entfliehen; sie regten sich über ihn auf, er machte sie rasend, hau bloß ab, zischten sie verächtlich, nachdem sie sich mit dem Jungen abgemüht hatten, um ihn zu kämmen. Und Miguel irrte verloren durch das Haus wie eine Seele im Fegefeuer, oft von blauen Flecken und Quetschungen übersät, um die sich niemand kümmerte, von allen unbeachtet, es sei denn, man konnte ihn quälen.

»Ich bin müde«, murmelte Miguel und blinzelte mehrere Male mit seinen schönen und leeren blauen Augen.

»Schlaf bitte nicht wieder ein, ich muß mit dir reden ...«, bat Zarza ihn drängend.

Und trotz allem stimmte es, daß Zarza ihn liebte, auch wenn es eine verletzte und kränkelnde Liebe war, eine Liebe, die weh tat. Lustknaben nannten die Römer die kleinen Jungen, die Cäsars fleischlichen Begierden dienten. Zarza schlug sich an die Brust; sie glaubte, jeden Moment sterben zu müssen.

»Miguel ... vor ein paar Jahren habe ich dich nachts einmal mitgenommen ... Erinnerst du dich? Ich habe dich aus dem Bett geholt ... Ich habe dich zu einem sehr hohen Haus gebracht, auf dessen Eingangstür Palmen gemalt waren ... Weißt du noch, was dir dort passiert ist?« Zarzas Stimme wurde immer schriller, und ihre Worte klangen hysterisch verzerrt. »Erinnerst du dich an diesen bösen Mann, der dich angefaßt hat? Hat er dir weh getan, mein Schatz? Hat er dir Schmerzen verursacht?«

Miguel sah sie erstaunt an. In seiner normalerweise ausdruckslosen Miene lag ein seltsames Licht, so etwas wie Verständnis. Jetzt, plötzlich, überkamen Zarza all die Erinnerungen, ein Wasserfall von verbotenen und vergifteten Bildern. Die Erinnerung an jenen letzten Tag wurde wach, nach dem Überfall, als Nico und sie nichts mehr besaßen, was sie noch verkaufen konnten, und die Königin in ihren Venen tobte und nach Nahrung verlangte. Ihre Bedürftigkeit war so groß und der

Schmerz über Schneewittchens Abwesenheit so elementar und bohrend gewesen, daß Zarza Miguel zum Turm brachte und ihn verkaufte. Sie verkaufte den Körper ihres Bruders an einen Lustmolch. Diesen armen Körper, der sich schon bei der geringsten Berührung vor Angst krümmte.

»Miguel, bitte, hör mir zu! Ich bin schuld. Ich habe dich dorthin gebracht, dich dort gelassen, dich verlassen. Ich bin schuld, daß jener Mann dich angefaßt hat. Es tut mir leid, es tut mir so leid, es tut mir so unendlich leid! Es wird nie wieder passieren, das verspreche ich dir. Ich werde es nie wieder zulassen, daß man dir weh tut. O mein Gott, was habe ich nur getan ...«

Darum hatte sie Nicolás verraten. Nicht wegen des Überfalls, sondern wegen Miguel. Oder nicht wegen Miguel, sondern aus Angst vor sich selbst. Dasselbe Grauen, die sie jetzt empfand.

»Verstehst du, was ich sagen will? Ich bin es gewesen, Miguel, ich bin dafür verantwortlich, daß der böse Mann dich belästigt hat ... Du verstehst mich nicht, mein Gott, bemüh dich ...«

»Doch, ich verstehe dich«, sagte Miguel mit leiser und ernster Stimme. »Ich erinnere mich an den Mann. Aber ich liebe dich trotzdem.«

Die Vergebung durch einen guten Menschen genügte. Die Existenz eines gerechten Menschen reichte, daß sich die Stadt vor dem Feuerregen retten konnte.

»Nicht weinen«, sagte Miguel bekümmert.

Dann war das also Weinen? Dieses erschreckende Gefühl, daß etwas zusammenbricht, dieses Feuer, das ihre Augen verzehrte, dieser Eisennagel, der ihr in der Kehle steckte? Es war so lange Zeit her, daß sie geweint hatte, daß ihr Organismus sich heftig dagegen wehrte.

»Hier, für dich. Nicht weinen.«

Verwirrt warf Zarza einen Blick auf das Ding, das Miguel unter dem Kopfkissen hervorgezogen hatte und ihr nun auf der offenen Handfläche darbot. Ihr stockte der Atem: Es war der alte Zauberwürfel, doch war er jetzt richtig sortiert, und jede Seite zeigte nur noch eine Farbe. Blitzschnell riß Zarza den Würfel an sich.

»Wer hat das für dich gemacht? Wer hat das gelöst? Hast du Nicolás gesehen?« schluchzte sie unter Tränen.

Miguel lächelte: »Die ruhigen Farben sind hübsch. Die ruhigen Farben, die da drinnen waren.«

»Hast du das gemacht? Du allein?« fragte Zarza, während ihr ein Schauer über den Rücken lief.

»Nachts bringe ich alle kleinen Quadrate nach Hause«, entgegnete Miguel.

»Das kann nicht sein, Miguel. Das kann einfach nicht sein.«

Mit zittriger Hand begann Zarza den Würfel wieder zu verdrehen. Ein ums andere Mal drehte sie ihn um die verschiedenen Achsen und veränderte so flugs und aufs Geratewohl die Stellung der Quadrate. Kurz darauf war der Würfel wieder vollkommen durcheinander: Nur wenige Bewegungen genügten, um das Spielzeug in Unordnung zu bringen. Erwartungsvoll gab Zarza Miguel den Zauberwürfel zurück. Der Junge nahm den gelenkigen Gegenstand in seine zarten Finger und drehte ihn voller Feingefühl. Seine Bewegungen schienen zufällig und keiner Methode zu folgen, aber nach ein paar Sekunden zeigte der Zauberwürfel auf jeder Seite nur noch eine Farbe. Verblüfft griff Zarza erneut nach dem Würfel, verdrehte ihn; sie legte in diese zerstörerische Aufgabe all ihre Wut. Doch Miguel fand mit einer geradezu übermenschlichen Leichtigkeit und Einfältigkeit wiederum die Lösung.

»Das sind die ruhigen Farben, die da drinnen sind«, wiederholte er zufrieden.

Es gab nur eine Position, in der alle Seiten farblich homogen waren. Eine einzige Position unter Quintillionen von Möglichkeiten. Zarza starrte ihren Bruder perplex an, überwältigt von diesem geheimnisvollen Potential eines andersartigen Ungeheuers. Miguel der Schwachkopf, Miguel der Weise, Miguel das Orakel. Hier saß er vor ihr, den Kopf zwischen den eckigen Schultern eingezogen, mit Schulterblättern, die aus seinem Rücken herausragten wie die zusammengefalteten Flügel einer Fledermaus. Oder die fedrigen Flügel eines Engels.

»Nicht weinen«, sagte der Junge wieder.

Und Zarza bemerkte, daß ihr die Tränen noch immer die Wangen herabliefen, ohne Schmerz oder viel Aufhebens.

»Ich liebe dich, Zarza. Er war ein böser Mann, aber ich liebe dich«, flüsterte Miguel.

All diese Unschuld erlöste sie. Die Unschuld der geistig Behinderten, der reinen Wesen, der Idioten. Transparente Geschöpfe, die das Gegengewicht zum Bösen bildeten. Sie scheinen nur arme Zurückgebliebene, die wir für unvollkommen halten, und trotzdem wiegen sie mit ihrer Einfalt die Greuel dieser Welt auf und halten die Finsternis im Zaum. Was können sie anderes sein als wahre Engel. Die einzig berührbaren, echten. Zarza beugte sich erschöpft nach vorn und legte ihre Stirn auf die Knie ihres Bruders, die vom Bettuch und der Decke bedeckt wurden. Miguel zuckte bei der Berührung zusammen, er ertrug sie jedoch still, ohne die Beine wegzuziehen.

»Zarza, meine Schöne ...«

Zaudernd und ungeschickt streckte er seine Hand aus und begann seltsamerweise, sie zu streicheln. Beziehungsweise ihr eher mit der ausgestreckten Handfläche und den steifen Fingern kleine Kopfnüsse zu verpassen, ein rhythmisches, leichtes Klopfen. Heile, heile, Segen, flüsterte Miguel, der beschränkte Engel, während er ungelenk den Nacken seiner Schwester berührte, heile, heile, Segen, und die leichten Klapse hatten denselben Takt wie Zarzas Herz.

Als Zarza sich wieder unter Kontrolle hatte, war es schon 3.10 Uhr. Sie stand auf dem menschenleeren Bürgersteig gegenüber von Miguels Heim. Des Wartens überdrüssig, war der Pfleger hochgekommen, um sie aus den steifen Armen ihres Bruders zu reißen und ohne langes Federlesen auf die Straße zu befördern. Dort verweilte Zarza nun einige Minuten lang in einer Art Trance. Die Nacht war neblig, und die Straßenlaternen waren gekrönt von einem opalen Lichthof. Es war eine unmenschliche Welt, diese nächtliche und gespenstisch leere Welt. Es war eine von der Pest leergefegte Stadt, ein angesichts der unmittelbar bevorstehenden Ankunft der Tartaren von allen verlassener Ort. Zarza atmete tief ein; die Haut auf ihren Wangen spannte, ihre Augen brannten. Wenn jemand nicht gewohnt ist zu weinen, haben Tränen Nebenwirkungen; eine Art emotionaler Muskelkater. Sie zitterte vor Kälte und sah wieder auf die Uhr: 3.16 Uhr. Plötzlich kam ihr wieder Nicolás' Nachricht in den Sinn: Um vier Uhr in deiner Wohnung, oder du wirst es bereuen. Noch würde sie nicht zu spät kommen. Das Problem war, sich darüber klarzuwerden, ob sie es wirklich wollte, ob sie zu einem Treffen bereit war. Ja, ja, das war sie. Es war die einzige Möglichkeit, damit fertig zu werden. Auf verworrene und unzusammenhängende Art spürte Zarza, daß sich gerade etwas in ihrem Inneren veränderte. Türen, die sich öffneten und schlossen, Teile, die sich allmählich zum ursprünglichen Entwurf zusammenfügten, zu der Zeichnung, die alle Geheimnisse preisgab, zu den ruhigen Farben, die die Seele der Dinge bildeten.

In diesem Augenblick vernahm sie einen seltsamen Lärm, ein dumpfes Dröhnen, ein zweifelhaftes Getöse, das näher zu kommen schien. Sie riß die Augen auf und fixierte beklommen die einsame Straße, den dunklen Schimmer des feuchten Asphalts. Einige Sekunden lang sah sie gar nichts, obwohl der Lärm anschwoll, bedrohlich und unergründlich. Schließlich tauchte am Ende der Straße eine Rotte jaulender Schatten auf: vier große, dunkle Hunde, vier herrenlose Hunde ohne Halsband. Mächtig und flink jagten sie mitten auf der Straße heran, und ihre Pfoten erzeugten ein dumpfes Trommeln, wenn sie den Boden berührten. Möglich, daß es ein Rudel war, das gemeinsam auf ein wo auch immer gelegenes Ziel zustürmte; vielleicht verfolgten sie sich aber auch, vielleicht versuchten die hinteren den vordersten einzuholen, um ihn mit ihren weißen Fangzähnen zu zerfleischen. Sie hetzten durch die verlassene Stadt, rhythmisch und abwesend, mit dieser absoluten Konzentration der Tiere auf das, was sie tun, die fürchterlichen Schnauzen in die Luft gereckt, dumpf keuchend und knurrend. Sie stürmten an Zarza vorbei, ein schwarzer Blitz von Gefahr und Schönheit, und dann verschwanden sie in der Nacht, und Stille kehrte ein.

Zarza mußte ein gutes Stück gehen, bis sie das Glück hatte, ein freies Taxi zu finden. Durch die Wärme im Inneren des Wagens nickte sie ein, und als der Fahrer vor ihrer Haustür in der Calle Rosas hielt, geriet sie einen Augenblick lang in Panik, außerstande, zu unterscheiden, ob sie wach oder in irgendeinem Traum gefangen war. Immer noch schlaftrunken, stieg sie aus mit diesem Zweifel an ihrer Umgebung, den man auch in Alpträumen empfindet, so als könnte sich jeden Moment die Wirklichkeit über die physikalischen Gesetze hinwegsetzen und die Straße sich verformen oder auflösen. 3.50 Uhr. Noch zehn Minuten bis zum Treffen.

Sie war sich unschlüssig, was sie tun sollte. Es machte ihr angst, allein in dieses dunkle, stille Gebäude zu gehen, weshalb sie auf die andere Straßenseite wechselte und sich wiederum in die Bar gegenüber flüchtete, besser gesagt, vor deren Tür, weil das Lokal geschlossen war. Sie lehnte sich gegen die eisigen, rauhen Rolladen und versuchte, mit den Schatten zu verschmelzen, die sich über den zurückgesetzten Eingangsbereich breiteten. Es war bitter kalt, die Kälte schien vom Boden auszustrahlen, traf ihre Füße und Beine, den Rücken, ihre Hände und die Wangen. Es kostete sie unendlich viel Mühe, nicht auf den schmutzigen Fliesen herumzutrampeln, wollte sie sich doch nicht durch den Lärm verraten. Sie zitterte, und ihre Zähne klapperten, und der Marmor des Türsturzes schien wärmer zu sein als ihre Finger. So harrte sie eine ganze Weile aus, die ihr unendlich lang vorkam, während ihr Körper immer gefühlloser wurde und ihr vor Erschöpfung und Schlafmangel trunkener Geist der Wirklichkeit entfloh und sich verschwommenen Träumereien hingab.

Und da kam ihr absurderweise in den Sinn, daß alles eine Frage der Zimmer war, der abgeschlossene Räume, der bedrohlichen oder geheimen Gemächer. Gwenells Marterturm, dieser zugemauerte Raum, in dem die Frau jahrzehntelang vegetierte und wie verrückt gegen die Wände klopfte, umgeben von ihrem Unrat und durch die Finsternis blind. Die wundersame Hütte der französischen Hexe, mit der zweideutigen Schönheit ihrer bemalten Mauern. Das dunkle Zimmer der kranken Mutter, ihr Bett der Wehklagen und des Todes. Die Gefängniszelle, in der Zarza ihre Strafe abgesessen hatte, und Miguels schlichter Schlafraum im Heim: alles Orte, die durch Gitter und Riegel begrenzt waren. Das magische Türchen, das Mirval nicht öffnen wollte, weil er angst hatte, kopfüber in die Hölle zu stürzen. Die Tür zum Büro von Zarzas Vater, halb geöffnet in eine gefährliche und endgültige Dunkelheit. Ein Wirrwarr von inneren Wohnorten, Räumen in Räumen, Würfeln in Würfeln, wie bei dem genialen Zauberwürfel. Ein gewaltiges und trillionenfaches Chaos.

Plötzlich unterbrach etwas Zarzas Abschweifungen und versetzte sie erneut in Alarmbereitschaft. Sie hatte ein Geräusch gehört: Schritte in der Nacht. Ein Trippeln auf dem Straßenpflaster. Klirrendes Eis. Zarza vernahm die Gegenwart des anderen, bevor sie ihn sah. Unter Schmerzen spannte sie ihren erstarrten Körper an und drängte sich noch dichter an die Tür. Sie hielt die Luft an und riß die Augen auf: Gleich würde der Passant in ihrem Blickfeld erscheinen. Dort kam er, dort war er. Eine schwankende Gestalt, ein Schatten, eine Silhouette. Eine Gestalt, die unentschlossen vor der Eingangstür stehenblieb, die nach oben sah, wobei sich ihr Profil gegen das trübe Licht der Straßenlaterne abhob. Zarza stieß die Luft aus, unfähig zu glauben, was sie da sah. Verdutzt trat sie ein paar Schritte vor, verließ ihr sicheres Versteck, gefangen in der Betrachtung dieser unmöglichen Erscheinung: ein eher schmächtiger Körper, enganliegende Hosen, eine schmutzige Lederjacke mit Aufschlägen; die gelockte Mähne mit einem Stich ins Rötliche, eine kleine Nase, bleiche Wangen. Inmitten einer kalten und wahnsinnigen Morgendämmerung erblickte Zarza sich selbst auf der anderen Straßenseite. Diese Frau, die jetzt ungeschickt am Schloß der Haustür herumfingerte, war sie selbst. Sie sah aus wie Zarza, war so angezogen wie Zarza und so groß wie Zarza. Etwas, das einem Angstschrei ähnelte, begann sich im Inneren von Zarzas Brust zu formen, falls Zarza noch immer Zarza war, falls sie nicht eine andere Person oder sogar eine andere Sache war. Die Kinder der Verrückten drehen durch. Aus Angst, sich aufzulösen, berührte sie mit den Händen ihr Gesicht, um zu überprüfen, ob sie noch existierte: Sie betastete eisiges, aber festes Fleisch. In diesem Moment drehte sich die andere Zarza um und sah sie vom gegenüberliegenden Bürgersteig aus an. Ein Augenblick absoluter Stille, ein geistesabwesender, hypnotischer Augenblick.

»Bist du Zarza?« fragte schließlich die andere mit einer zarten und brüchigen Stimme, eine andersartige Stimme, die den Zauber bannte.

Zarza schluckte, unfähig, auch nur ein Wort herauszubringen. Sie nickte argwöhnisch. Die Frau zauderte eine Sekunde, dann gingen die beiden Zarzas langsam aufeinander zu. Sie trafen sich mitten auf der Straße und beäugten sich schweigend.

»Deshalb hat er also gesagt, ich solle diese Jacke anziehen«, sagte schließlich die andere.

»Wer hat das gesagt?«

»Er. Der Mann im Mantel. Er wollte, daß ich mir die Haare löse, und gab mir diese Jacke zum Anziehen.«

Zarza sah die neue Zarza forschend an. Die Ringe unter den Augen, der zitternde Mund. Von nahem betrachtet war das Haar schmutzig und schlecht gefärbt. Es war nicht naturrot. Sie war eine Untertanin Schneewittchens; möglicherweise arbeitete sie auch für den Turm. Zarza erschauderte: Nicolás hatte ihr ihr Ebenbild geschickt, das Abbild dessen, was sie gewesen war und was sie immer wieder werden konnte.

»Was hat dir dieser Mann noch gesagt?«

»Daß ich um vier Uhr hier sein soll. Daß ich dann hinauf in den fünften Stock steigen soll, Apartment C. Ich dachte, du wärst oben. Und daß ich dir das geben soll.«

Die andere Zarza steckte die Hand in ihre abgewetzte Tasche und zog eine kleine Metallbüchse heraus, deren Deckel Mentholpastillen versprach. Doch es waren keine Bonbons darin, sondern eine Spritze und ein Briefchen. Zarza knirschte mit den Zähnen, diesen Zähnen, die die Königin ihr einst hatte ausreißen wollen. Ein kalter Schauer lief ihr über den Rücken. Sie war niemand, sie war nichts; sie lief durch den Tunnel auf die ewig gleiche Hölle, auf diesen dumpfen Schmerz zu, der sie am anderen Ende erwartete. Sie stand schon kurz davor, in Panik zu geraten, als sie an Miguel dachte. Sie steckte die Hand in ihre Jackentasche; ja, da war noch immer der Zauberwürfel, den ihr Bruder ihr gegeben hatte. Ein kleines Plastikding, das jetzt so machtvoll wie ein Talisman wirkte. Sie umschloß das Spielzeug mit ihrer Faust und sagte sich, daß ihr Bruder sie eigentlich schon im Knast vor Schneewittchen gerettet hatte. Im Gefängnis regierte die Königin, doch Zarza hatte die Jahre ihrer Haft genutzt, um clean zu werden; und sie hatte es für Miguel getan, zum Andenken an Miguel, wegen all der schrecklichen Dinge, die sie ihm angetan hatte. Wenn dies alles sie damals beschützt hatte, warum sollte es ihr nicht auch jetzt nützen? Zarza holte tief Luft, öffnete das Briefchen und verstreute es energisch über den Bürgersteig, so daß die Straße mit weißem Pulver übersät war.

»Was machst du denn da!« kreischte die andere Zarza und ließ sich auf die Knie fallen.

Sie befeuchtete einen Zeigefinger mit Speichel und versuchte, auf allen vieren den verstreuten Stoff aufzulecken.

»Was für eine Verschwendung ...«, stöhnte sie.

Zarza nahm einen Zettel aus der Metallbüchse heraus. Er war mit den bekannten Großbuchstaben beschrieben: »Das hier ist ein Geschenk des Hauses oder ein Scherz, ganz wie du willst. Jetzt habe ich aber keine Lust mehr auf Spielchen. Ich erwarte dich morgen früh um acht Uhr in der Calle Rosas Nr. 29. Sei bloß da. Das ist das Ende.«

»Tu das nicht ...«, murmelte Zarza, während die andere

weiterhin das Pulver und den Schmutz des Bürgersteigs aufleckte. »Tu das nicht, bitte.«

Die Frau stand mit verdrossener Miene auf. Wahrscheinlich war sie jünger als Zarza, sie sah jedoch sehr verbraucht aus.

»Du hättest es nicht wegwerfen sollen ...«, beschwerte sie sich.

»Tut mir leid. Aber der Mann im Mantel hat dich doch bezahlt, oder? Er wird dir Geld gegeben haben. Du kannst ja neuen Stoff kaufen.«

»Ja, aber du hättest es nicht wegwerfen sollen ...«, wiederholte sie so bockig wie ein kleines Kind.

»Ist ja gut, ich habe dir doch schon gesagt, daß es mir leid tut.«

Die andere Zarza strich sich eine Haarsträhne aus dem Gesicht. Sie hatte schwarze und rissige Fingernägel. Jetzt musterte sie Zarza.

»Wir sehen uns ähnlich, stimmt's?«

Zarza versuchte sich ihren Widerwillen nicht anmerken zu lassen.

»Ja, ich glaube schon. Wir sehen uns ähnlich.«

Die andere Zarza zuckte die Achseln.

»Er war ein sehr seltsamer Typ. Es gibt viele seltsame Typen. Nachts.«

Noch immer standen sie sich gegenüber und sahen sich in die Augen. Sie waren gleich groß, hatten wahrscheinlich die gleichen Verletzungen. Zarza erinnerte sich an die Nacht, an die unheilvolle Eigenartigkeit der Nächte, immer an der Grenze zur Panik. Der Ekel ist nicht das Schlimmste, wenn man auf der Straße lebt: die Körpersäfte, die Gerüche, der Schweiß der stinkenden Typen. Das Schlimmste ist nicht der Ekel, sondern die Angst. Plötzlich spürte Zarza, wie sie in die Augen, in das Innere der anderen Zarza versank, in den Geruch dieser Frau, die ihr gegenüberstand. Es war ein Moment schwindelerregender Bewußtseinstrübung, eine an Wahnsinn grenzende Verkrampfung: Sie sah sich in ihr, in der anderen Zarza, wie sie sich selbst betrachtete: rissige Fingernägel, ausgebrannt, Adern, die aus Liebe zur Königin heulten. Sie sah sich mitten in der Nacht, in all den Nächten, wie sie ohne Kompaß durch stürmische Gewässer navigierte, in der ewigen Finsternis der Styx. Zarza taumelte.

»Was ist los mit dir?« fragte die andere Zarza.

Wiederum schuf ihr feines und kränkliches Stimmchen die nötige Distanz und ließ erneut die Welt um sie herum sichtbar werden.

»Was ist los, Frau? Es sah aus, als würdest du ohnmächtig ...«

»Es ist nichts ... Ich bin nur einfach müde ...«

Die andere Zarza beobachtete sie mißtrauisch. Zarza kannte diesen Gesichtsausdruck gut. Es war der Blick der Angst, die ständige Alarmbereitschaft des nachtaktiven Tieres: mal sehen, ob die Tante hier stirbt oder ob sie mir einen vormacht, mal sehen, ob das eine Falle ist oder das Ganze kompliziert wird, ob ich in Gefahr bin. Die Frau trippelte nervöse auf der Stelle und strich sich dabei unsicher über das stumpfe Haar.

»Gut. Ich habe meinen Teil erfüllt. Ich hau jetzt ab«, murmelte sie.

Und sie verschwand geräuschlos, machte sich auf den Weg zum Schmerz und zu Schneewittchen.

Zwanzig Jahre, nachdem Donald Harris, der unselige Engländer, das Manuskript von *›Le chevalier de la rose‹* in einem Kloster in Cornwall entdeckt hatte, verkündete er einen neuen Fund: eine zweite Version der letzten Seiten des Manuskripts, vielleicht ein von Chrétien verworfener Entwurf, oder genau das Gegenteil, ein Text, den der Autor im nachhinein verfaßt hat mit der Absicht, das Original zu verbessern. Als Harris diese zweite Entdeckung publik machte, war seine Reputation gerade auf dem Tiefststand. Le Goff hatte seinen berühmten Essay über die Authentizität von *›Le chevalier de la rose‹* fünf oder sechs Jahre vorher veröffentlicht; von diesem Zeitpunkt an hatte die akademische Welt diskret versucht, Harris zu rehabilitieren, dieser hatte sich jedoch, anstatt klug zu schweigen und die guten Zeiten zu genießen, auf jedem Kongreß, zu dem er eingeladen wurde, einfach unmöglich verhalten, indem er die Experten, die seine Wahrhaftigkeit angezweifelt hatten, wüst beschimpfte, die Professoren, die ihn übergangen hatten, verspottete, und aller Welt verkündete, daß der Professor, der ihn hinausgeworfen hatte, regelmäßig mit den Stipendiatinnen des Seminars schlief. All das wurde von einer Unzahl Schimpftiraden begleitet und mit einem Übermaß an Alkohol begossen. Kurzum: Er war nicht gerade beliebt.

Als er also das neue Manuskript aus dem Ärmel schüttelte wie ein Zauberkünstler einen Hasen, begegnete die akademische Welt der Angelegenheit mit Mißtrauen, beinahe mit Ohnmacht. Einerseits trauten sie sich nicht, noch einmal offen die Authentizität des Textes anzuzweifeln, weil sie sich einst so maßgeblich geirrt hatten; andererseits wollten sie jedoch nicht jemanden unterstützen, der ihnen so unsympathisch war. So kam es, daß sie offiziell Harris' neuen Fund ignorierten. Es gab weder Kritiken noch Besprechungen noch fand der Text Erwähnung in Zeitschriften, auf Kongressen, bei Tagungen; inoffiziell war der Vorfall allerdings mehrere Monate lang in aller Munde.

Viele Historiker vertraten die Auffassung, daß diese neue Textfassung ganz offensichtlich der reinste Betrug sei, was beweise, daß auch ›*Le chevalier de la rose*‹ eine Fälschung sei, der selbst der große Le Goff aufgesessen wäre. Andere behaupteten, daß dieser zweite Teil zwar unecht sein könne, daß dies aber in keiner Weise die Authentizität des ersten Manuskripts in Frage stelle. Und es gab sogar einige wenige, unter ihnen der angesehene Gelehrte Carlos García Gual, die versicherten, daß beide Texte echt und sehr wertvoll seien und daß das Verhalten der akademischen Welt skandalös und erbärmlich sei, wie sie Donald Harris zuerst verfolgt und ruiniert hätten und nun seinen zweiten Fund mit unglaublicher Grausamkeit totschwiegen. Wie auch immer, sicher ist, daß Harris nach diesem neuen Vorfall seinen Alkoholkonsum verdoppelte und gerade mal noch ein paar Jahre lebte, bis er sich die Leber gänzlich ruiniert hatte.

Natürlich wirkt der von Harris gefundene oder gefälschte Text ein wenig seltsam, auch wenn er den Erzählton Chrétiens beibehält und eine beachtliche epische Kraft besitzt. Die neue Textfassung setzt Jahre nach der Flucht des Bastards ein. Edmund ist schon zum Rosenritter geworden und Gaon zur grausamen Eisenfaust. Beide haben ihr Leben der Kriegskunst geweiht und ziehen von Schlacht zu Schlacht durch ganz England. Bis sie eines Tages vom sächsischen König Aethelred II. ersucht werden, am Kampf gegen die fürchterlichen Wikinger teilzunehmen; der Rosenritter findet sich allein und als Söldner ein, während Eisenfaust als guter Vasall seines Fürsten mit seinem eigenen herzoglichen Heer herbeieilt. Dort, im königlichen Lager, treffen die beiden Halbbrüder zum ersten Mal wieder aufeinander. Sie sprechen jedoch nicht miteinander und gehen sich aus dem Weg; sie wissen, daß sie ihre Streitigkeiten nicht auf der Stelle schlichten können, weil die Wikinger unter Führung des berühmten und gefürchteten Thorkell des Großen schon sehr nahe sind.

Und tatsächlich beginnt der Kampf am nächsten Tag. Die Wikinger sind furchtbare Feinde: Der Schrecken, den sie verbreiten, eilt ihnen voraus, und oft fliehen ihre Gegner schon, ohne sich dem Kampf überhaupt zu stellen. Sie sind riesige und kräftige Männer, stolze Krieger, die nicht für einen Souverän, sondern nur für sich selbst kämpfen, der Beute und des Ruhmes willen; sie verachten den Schmerz der Wunden und sind imstande, einem Menschen mit beiden Händen den Kopf abzureißen (wie ein Kind einem Grashüpfer ein Bein ausreißt, schreibt Chrétien oder Harris). Die dröhnende und brutale Schlacht, die im Morgengrauen begonnen hat, dauert den ganzen Tag an. Als die bewölkte und mondlose Nacht hereinbricht und die Männer schon nicht mehr erkennen können, auf wen sie mit ihren großen Schwertern einschlagen, vereinbaren beide Seiten einen Waffenstillstand. Die Wunden werden genäht und ausgebrannt, die stumpfen Äxte durch neue Eisen ausgetauscht; sie essen und schlafen ein wenig. Und als am nächsten Morgen die Sonne aufgeht, ziehen die Überlebenden erneut auf das Schlachtfeld, einen alten Acker, der jetzt plattgetrampelt und mit einer rötlichen Schlammschicht bedeckt ist, die nach Blut stinkt.

Am zweiten Tag des Kampfes sind die Verluste noch höher: Die Männer sind verwundet und müde, sie vernachlässigen ihre Verteidigung, verteilen blindlings Schwertstreiche. Der Ausgang der Schlacht ist noch ungewiß; die Truppen von Aethelred sind zahlreicher, aber die der Wikinger grausamer. Plötzlich ist großes Geschrei zu hören; der linke Flügel, wo sich Eisenfaust befindet, tritt abrupt den Rückzug an. Der Herzog sieht seine Männer fliehen, er brüllt sie an, beschimpft sie, spießt zwei oder drei auf, zwingt die übrigen, sich dem Kampf zu stellen. »Es sind Berserker!« hatte einer der Soldaten, bevor der Herzog ihn tötete, voller Furcht geschrien. Es sind die schrecklichen Menschenbestien.

Die Wikinger verfügen über eine Geheimwaffe: kleine Gruppen von heiligen Kriegern, die direkt aus der Hölle kommen. Sie kämpfen nackt, ohne Rüstung, nur mit Tierfellen bekleidet. Die einen, die Berserker, sind Bärenmenschen; die anderen, die Ulfhednar, Wolfsmenschen. Sie stoßen schauriges Kriegsgeheul aus, Waffen können sie nicht verletzen, und sie haben kaum Menschliches an sich. Rasend und dämonengleich rücken sie in kleinen Schwärmen auf dem Schlachtfeld vor und machen alles dem Erdboden gleich. Eine jaulende Handvoll dieser Teufel steht jetzt dem Herzog gegenüber, der seine Keule schwingt und sie auf den nächstbesten niedersausen läßt; der Berserker macht einen Schritt zurück, sinkt aber nicht zu Boden, wie er es hätte tun müssen nach der schrecklichen Wunde, die sich jetzt auf seiner Brust abzeichnet. Eisenfaust betrachtet die Augen des Kriegerteufels: wie Kohlen glühende, wahnsinnige Augen. Man erzählt sich, daß die Berserker vor der Schlacht um ein Feuer tanzen und sich an magischen Tränken berauschen.

Die Soldaten des Herzogs fallen wie geschnittenes Korn zu seinen Füßen. Die Menschenbestien sind dabei, Eisenfaust zu umzingeln, der sein Ende nahen sieht. Plötzlich stößt seine Schulter mit einem metallischen Klirren gegen eine andere Schulter. Eisenfaust dreht den Kopf: Neben ihm steht der Rosenritter. Sie sind die beiden einzigen Sachsen, die sich, umgeben von den wilden Berserkern, in diesem Bereich des Schlachtfeldes noch aufrecht halten. Eine ruhmvolle und unendlich lange Zeit kämpfen die beiden Ritter verzweifelt gegen die Dämonen um ihr Leben: Rücken an Rücken, wie die Paare in der mythischen und unbesiegbaren heiligen Thebäischen Legion. Rücken an Rücken also und ihre Anstrengung verdoppelnd, bedeutet die Verteidigung des einen doch auch die des anderen, gelingt es dem Herzog und dem Bastard, die Geschöpfe der Unterwelt in den Schranken zu halten. Bis schließlich, als die beiden schon glauben, nicht mehr lange standhalten zu können, die Menschenbestien kehrtmachen und plötzlich verschwinden: Truppen des Königs nähern sich, um die zusammengebrochene linke Flanke wieder zu stärken. Die Stiefbrüder haben ihr Leben gerettet.

Tatsächlich haben sie noch etwas anderes gerettet. Verletzt wie sie sind und blutüberströmt, spürten beide weniger Schmerz als zuvor. Harris sagt, oder Chrétien, daß sie nicht miteinander reden müssen: Sie wissen sehr gut, was sie zu tun haben.

Als der Feldzug gegen Thorkell zu Ende ist, kehren die beiden zum Herzogtum zurück. Kaum sind sie im Palast angekommen, schlagen sie mit großen Keulen die zugemauerte Tür von Gwenells Turm ein. Durch das Loch entweicht ein bestialischer Geruch; und dann erscheint mit schleppendem Gang und mit Exkrementen übersät, in ihr schmutziges, verfilztes Haar gehüllt, Gwenell. Die nicht mehr Gwenell ist, sondern eine höllische Kreatur, ein schrecklicher Dämon mit denselben irren Augen wie die Berserker. Dieses fürchterliche Ding keucht und heult, es hat den Verstand verloren und zeigt eine unbeschreiblich panische Angst.

Der Rosenritter und Eisenfaust treffen daraufhin gleichzeitig dieselbe Entscheidung: Sie ziehen die Schwerter und durchbohren den armen gekrümmten Körper der Frau, die sofort tot ist. So wie jemand einen sterbenden Hund schlachtet, damit dieser nicht mehr leiden muß.

Anschließend ordnen sie an, die Leiche zu waschen, zurechtzumachen und in edle Seide zu kleiden. Drei Tage lang wachen sie bei der Toten, ohne zu essen oder zu schlafen noch zu trinken, sie reißen sich ganze Büschel Haare aus und fügen sich mit ihren Dolchen an Armen und Wangen lange Schnittwunden zu. Dann beerdigen sie sie, befehlen, die Mauern des Palastes mit schwarzem Linnen zu verhängen und ziehen sich jeder in einen der Türme zurück. Dort verbüßen sie die Strafe, die ihnen ihr Beichtvater auferlegt hat, sieben Jahre lang verlassen sie ihre Gemächer nicht, beten und meditieren, sehen keine einzige Frau an und speisen genügsam. Bis sie schließlich aus ihren Gefängnissen herauskommen, nun reife Männer mit grauem Haar und einem leicht tränenfeuchten Blick, wesentlich schlanker, ihre Kriegermuskulatur dahin. Zum ersten und letzten Mal essen Edmund und Gaon im großen Saal zu Abend; sie beschließen, daß Edmund ein kleines Rittergut übernehmen wird, das der Herzog ihm überläßt, und daß Gaon in der Burg von Aubrey bleibt; und am darauffolgenden Tag trennen sich die beiden Brüder für immer und machen sich auf den Weg zum Rest ihres Lebens. Zarza hatte sich noch nicht entschieden, ob sie diese zweite Version ihrer Ausgabe von ›*Le chevalier de la rose*‹ hinzufügen sollte oder nicht.

Instinktiv, ohne darüber nachzudenken, kehrte sie zu Urbanos Wohnung zurück. Sie war fix und fertig; die Müdigkeit schien eine ähnliche Wirkung auf sie zu haben wie eine entspannende Droge, sie rief in ihr ein fast narkotisches Gefühl von Gelassenheit hervor, eine krankhafte Abneigung gegen alle Dinge, jener vergleichbar, die ein Mensch verspürt, der gerade verblutet. Sie drückte auf die Klingel der Gegensprechanlage, und Urbano reagierte sofort, als hätte er die ganze Nacht neben dem Apparat verbracht. Im zweiten Stock erwartete der Mann sie schon an der offenen Tür: Sie sah seine angespannte Miene, sein erwartungsvolles Gesicht, und Zarzas ganze Ruhe verschwand hinter einer plötzlichen Anwandlung von Wut.

»Warum hast du mir das Geld hingelegt?« knurrte sie zur Begrüßung.

»Um zu sehen, was du tun würdest.«

»Dann hast du ja verflucht noch mal gesehen, was ich getan habe. Aus was für einem Scheißgrund mußtest du mich auf die Probe stellen?«

»Warum kommst du hierher und gehst gleich auf mich los? Damit ich keine Gelegenheit habe, dir Vorwürfe zu machen?«

Zarza überlegte einen Moment; nein, sie griff ihn an, weil sie Angst hatte. Wo war nur diese gefühllose Gelassenheit von vor ein paar Minuten geblieben? Sie wunderte sich: Als sie noch zu ihm unterwegs war, hatte sie nicht die geringste Absicht gehabt, ihn zu beschimpfen. Jetzt betrachtete Zarza Urbanos Gesicht, seinen kleinen und schön gezeichneten Mund, seine fleischigen Wangen, und fühlte sich zerbrechlich und in Gefahr.

»Warum warst du nicht Manns genug und hast mich hochkantig rausgeschmissen? Weil du genau das erreichen wolltest! Du hast mir das Geld hingelegt, damit ich es dir klaue und abhaue. Um dir selbst sagen zu können, daß mir nicht mehr zu helfen ist, daß ich es nicht wert bin. Weil du nicht den Mumm hattest, mich rauszuwerfen.«

Mitten auf dem Treppenabsatz und ohne Luft zu holen sprudelte all das aus Zarza heraus. Sie schüttete über Urbano ihre gemeinsten und heftigsten Boshaftigkeiten aus. Sie wollte ihm weh tun. Damit er sie endlich für alle Zeiten aus seinem Leben verbannte.

Urbano schnaubte; nachdenklich preßte er seine Pranken zusammen und ließ geräuschvoll die Fingerknöchel knacken. Danach sah er sie lammfromm an:

»Kann sein, daß es stimmt, was du sagst. Aber du bist zurückgekommen. Und ich freue mich darüber.«

Zarzas Magen krampfte sich zusammen, bis er nicht mehr größer als eine Murmel war. Hysterisch begann sie in ihrer Tasche herumzuwühlen:

»Ich aber nicht. Ich freue mich ganz und gar nicht darüber. Hier, nimm dein verfluchtes Geld. Ich muß gehen. Nimm dein Geld.«

Die Scheine glitten ihr aus der Hand und verteilten sich auf dem Boden, und schließlich fiel auch noch die ganze Tasche mit lautem Getöse hinunter. Zarza kauerte sich nieder, um die Sachen aufzuheben, und versuchte, sich den Knoten, der ihr den Hals zuschnürte, nicht anmerken zu lassen. Aber war es denn möglich, daß sie alle zwei Minuten losheulen mußte? Würde sie sich jetzt etwa nach so vielen Jahren der Kontrolle und Dürre in eine unerträgliche Heulsuse verwandeln? Urbano, der sich neben sie hingekniet hatte, näherte sein Gesicht dem ihren wie ein Hund, der einen anderen beschnüffelt.

»Möchtest du über all das auf der Treppe weiterstreiten, oder gehen wir rein?«

Zarza konnte nicht sprechen, ohne zu zeigen, daß sie den Tränen nahe war, weshalb sie nur eine Schnute zog und schlecht gelaunt mit dem Kopf nickte. Sie gingen in das Wohnzimmer und setzten sich jeder wie zwei Trottel, steif und finster dreinblickend, auf sein Sofa. Die Minuten verstrichen mit unerträglicher Langsamkeit, während Zarza den Mann heimlich beobachtete. Er hatte sehr schöne geschickte, große Hände. Und dann dieses Schlägergesicht, das mit den Jahren immer besser aussah. Doch vielleicht hatte das ja auch mit ihrem Blick zu tun; vielleicht betrachtete sie ihn jetzt auf andere Weise als früher. Aber Zarza wollte, konnte sich nichts vormachen.

Urbano räusperte sich. Er war die ganze Zeit in seine Grübeleien versunken gewesen, ganz tief in sich selbst, an einem fernen Ort. Jetzt, wo Zarza darüber nachdachte, fiel ihr auf, daß sie Urbano kaum kannte. Wie hatte sie all die Monate mit ihm zusammenleben können, ohne sich für ihn zu interessieren, ohne nachzufragen?

»Du weißt fast nichts von mir, Zarza. Fast gar nichts«, begann Urbano mit rauher Stimme.

Zarza zuckte zusammen angesichts ihrer übereinstimmenden Gedanken.

»Hältst du mich für einen Feigling? Antworte mir ehrlich. Du tauchst hier zum Beispiel auf, nach all dem, was du mir angetan hast, und ich schmeiße dich nicht aus der Wohnung. Glaubst du, daß ich ein Feigling bin?«

Zarza nahm sich in acht. Ihre Kehle war zugeschnürt, und ein vages Unbehagen machte sich in ihrem Brustkorb breit.

»Nein, das bist du nicht.«

»Sag mir die Wahrheit, hab keine Angst, du tust mir nicht weh. Bin ich ein Feigling?«

»Nein. Das glaube ich nicht.«

Und es stimmte. In dem Moment glaubte sie es nicht mehr.

»Ich werde dir mal was erzählen, Zarza. Also, mein Vater war ursprünglich Bauer, ging aber in die Stadt und begann in einer großen Fabrik für elektronische Komponenten zu arbeiten. Er brachte es bis zum Personalchef. Vermutlich hat er das durch unermüdlichen Fleiß erreicht, wie er selbst uns das immer wieder verkündete, doch dürfte ihm auch sein kriecherisches Verhalten gegenüber der Firma geholfen haben. Seine Kollegen haßten ihn, und Freunde hatte er keine. Als er starb, kam niemand zur Beerdigung. Immer war er besoffen, aber als er dann Chef wurde, begann er statt Rotwein Whisky zu trinken, und alles wurde nur noch schlimmer. Soweit ich weiß, hat er nie die Hand gegen uns erhoben, weder gegen meine Mutter noch gegen meine Schwester, noch gegen mich; wir hatten jedoch immer Angst vor ihm. Er wurde mit Worten brutal und schaffte es, daß man sich wie ein Stück Scheiße fühlte.«

Urbano machte eine Pause. Kinder von Alkoholikern fangen an zu trinken, dachte Zarza.

»Ich werde dir eine Szene schildern. Eine reicht. Eines Tages waren wir in unserem Haus auf dem Dorf, in dem wir immer die Ferien verbrachten und wo mein Vater dann immer mit seinem neuen Auto angab und in die Kneipe ging, um dort Whisky aus einem großen Glas zu trinken. Eines Sommers waren wir also vor dem Haus, ich war fünfzehn Jahre alt, wir saßen auf der Veranda, und es wurde dunkel. Mein Vater reinigte sein Jagdgewehr, und ich versuchte zu lernen, glaube ich, weil ich in der

Schule niemals gut war und im September immer Klausuren wiederholen mußte. Da stieß mein Vater mich an und meinte: ›Wetten, daß du zu feige bist, dem Köter da eine Kugel zu verpassen.‹ Ich schaute auf. Ein kleiner Straßenköter lief gerade am Haus vorbei, einer dieser gewöhnlichen zimtfarbenen Hunde mittlerer Größe, spindeldürr und mit einer dunklen Schnauze. Er schnüffelte im Rinnstein herum auf der Suche nach etwas Eßbarem. ›Los, nimm die Flinte‹, befahl mein Vater und streckte sie mir hin. ›Sie ist geladen und entsichert.‹ Ich nahm sie. Ich war fünfzehn Jahre alt. Ich legte an. Ich konnte schießen; mein Vater hatte es mir gezeigt, wir hatten auf Büchsen gezielt. Jetzt zielte ich auf das Hündchen und begann zu schwitzen. Mein Vater lachte: ›Los, du Scheißkerl, schieß ... das ist doch kinderleicht ...‹ Ich konnte nicht. Ich konnte einfach nicht. Ich ließ die Waffe sinken, und mein Vater riß sie mir aus der Hand. ›Ich habe schon immer gewußt, daß du keinen Schneid hast‹, sagte er; ›ich habe schon immer gewußt, daß du ein Weichei bist.‹ Und er zielte auf den Hund und drückte ab. Ich erinnere mich noch an das Krachen des Schusses, das Todesgejaule des Köters. Ich rannte auf die Straße und näherte mich dem Tier: Es krümmte sich wie wahnsinnig im Straßengraben, er hatte es am Bauch tödlich verletzt, und es wimmerte wie ein kleines Kind. Ich wußte damals nicht, daß Hunde wie Menschen wimmern können. Also nahm ich einen Stein und zertrümmerte ihm den Kopf.«

Urbano schwieg einige Sekunden lang. Auch der Rosenritter und Eisenfaust töteten Gwenell, damit sie nicht mehr länger leiden mußte, dachte Zarza und fragte sich, ob der Hund auf der Stelle tot war, ob Urbano es geschafft hatte, ihm mit einem einzigen Schlag den Schädel zu zertrümmern, oder ob er mit dem Stein mehrere Male zuschlagen mußte. Sie traute sich jedoch nicht, eine solch grausame Frage zu stellen, und er berichtete keine weiteren Einzelheiten. Er war kein guter Erzähler: Er erzählte alles im gleichen Tonfall, in einem nüchternen Monolog, bedächtig und geradlinig, wie jemand, der einen verwaltungstechnischen Text vorliest. Diese neutrale Ausdrucksweise unterstrich jedoch nur noch die Tragik seiner Erzählung.

»Meine Schwester ist fünf Jahre jünger als ich und arbeitet als Verwaltungsangestellte in einer Computerfirma. Sie heißt Catalina. Als sie achtzehn war, legte sie sich mit meinem Vater an, packte meine Mutter und nahm sie mit. Die beiden mieteten sich zusammen eine Wohnung. Catalina hat das getan, wozu mir der Schneid fehlte. Sie ist eine tolle Frau, wir sehen uns aber nur selten. Ihr geht es sehr gut, sie hat eine feste Beziehung, Freunde ... Sie ist ein ganz normaler Mensch, nicht so wie ich. Du kennst mich ja, ich habe große Schwierigkeiten, Anschluß zu finden. Ich bin ein seltsamer Kauz, eine Art Maulwurf. Ich bin wie ein Holzwurm. Immer in meinem Loch. Reden, wie du weißt, fällt mir schwer. Und wahrscheinlich habe ich noch nie so viel geredet wie heute.«

Wieder stockte er. Zarza verspürte den fast unbezähmbaren Wunsch, seine Hände zu ergreifen und diese langen, schwieligen Finger zu streicheln. Aber sie brachte dafür nicht genügend Mut auf.

»Demnach glaube ich schon, daß ich ein Feigling bin. Jedenfalls ein größerer Feigling als Catalina. Vielleicht bin ich ja auch stärker verletzt als meine Schwester. Das Leben hinterläßt innere Wunden. Narben, wie die in meinem Gesicht, die man allerdings nicht sieht. Du mußt damit weiterleben, aber es ist nicht mehr das gleiche. Ich meine, es ist nicht das gleiche, mit zwei gesunden Beinen loszulaufen, wie wenn man es als Krüppel versucht und einen Fuß hinter sich herzieht ... Ich weiß nicht, ob du das verstehst, ich weiß, daß ich mich sehr schlecht und langweilig ausdrücke ... Aber ich bin eine Art Krüppel. Die meiste

Zeit habe ich das Gefühl, mich vorwärts zu schleppen, obwohl niemand von außen mein krankes Bein sehen kann.«

»Ich verstehe dich sehr gut ...«, murmelte Zarza.

»Schau, ich hätte wie mein Vater werden können. Ich bin ein starker und großer Mann, und manchmal überkommt mich die Wut, und ich sehe rot. Eigentlich glaube ich, daß ich ihm sehr ähnlich bin. Auch mein Vater war ein ängstlicher Mensch. Er trank und beschimpfte uns und knallte Hunde ab, gerade weil er seine Angst verbergen wollte. Ich hätte wie er sein können. Das wäre das Einfachste gewesen. Aber ich habe mich dagegen entschieden. Ich habe dafür gekämpft, jemand anderes zu sein. Alles, was ich bin, wenn es auch wenig ist, habe ich eigenständig erreicht. Mehr habe ich dir nicht zu geben, aber es ist zumindest etwas, denke ich.«

Urbano lehnte sich im Sofa zurück, erschöpft von der Anstrengung, während Zarza noch immer bewegt zitterte aufgrund des letzten Satzes, der wie ein Sprengkörper in ihren Ohren explodiert war: »Mehr habe ich dir nicht zu geben.« Aber ... dann war Urbano also immer noch bereit, sich auf sie einzulassen? Schlug er ihr etwa gerade vor, daß sie es noch mal miteinander probieren sollten? Ihr? Zarza? Der Frau, die ihn halbtot geschlagen hatte? Sie empfand eine plötzliche, selbstmörderische Sehnsucht nach ihren furchtbarsten Zeiten, als Schneewittchen ihr noch das Leben aussaugte, hatte man in der Hölle doch nichts Schlimmeres mehr zu befürchten. Ich muß aufstehen, dachte Zarza; ich muß bis zur Tür gehen, sie öffnen, gehen ohne zurückzuschauen, für immer verschwinden. Ich muß wieder Distanz aufbauen, unberührbar werden.

»Ich habe entsetzliche Dinge getan«, stammelte sie, »so entsetzliche, daß es dafür keine Worte gibt.«

»Dann sprich sie nicht aus, erzähl nicht davon. Das ist dein verkrüppeltes Bein, und du mußt lernen, damit zu laufen.«

»Aber ich bin doch hier der Feigling! Was ich damit sagen will, ist, daß ich mir selbst nicht über den Weg traue. Hör zu, ich habe meinen Vater denunziert.«

»Du meinst, deinen Bruder ...«

»Ja, ja, Nicolás habe ich auch verraten, nach dem Banküberfall ... Aber das war nicht das erste Mal. Viele Jahre davor war ich daran schuld, daß mein Vater abgehauen ist. Eines Tages habe ich durch Zufall von seinen krummen Geschäften mit den gefälschten Rechnungen erfahren ... Eines Abends, als Papa ausgegangen war, habe ich in seinem Büro herumgeschnüffelt und daraufhin dem Richter einige der Dokumente geschickt, die ihn am meisten belasteten. Ich war damals davon überzeugt, daß mein Vater meine Mutter umgebracht hatte, und ich wollte mich rächen. *Mich* rächen, nicht sie. Aber das ist gleich, weshalb ist nicht wichtig, was wichtig ist, ist, daß ich niemals in der Lage war, mich aus eigener Kraft Problemen zu stellen. Merkst du was? Ich habe immer die Unterstützung einer äußeren Autorität gesucht. Daß mir etwas oder jemand alles löst, von außen. Ich glaube, daß ich mich auch aus diesem Grund Schneewittchen hingegeben habe. Ich habe alles versucht, nur um nicht zu *sein*. Während du dich bemüht hast, dich so zu formen wie du bist, bin ich immer geflohen.«

Sie schwieg bedrückt, weil sie schon wieder den Tränen zu nahe war. Plötzlich überkam sie ein ekelhaftes Selbstmitleid. Sie, die es so viele Jahre geschafft hatte, sich hinter der Geringschätzung, hinter der einfachen und kalten Verachtung ihrer eigenen Person zu verschanzen. Doch wer Selbstmitleid empfindet, glaubt, ein besseres Schicksal verdient zu haben; folglich strebt derjenige, der Selbstmitleid empfindet, nach mehr. Er hat Hoffnung. Jahre-, jahrhunderte-, jahrtausendelang, seit der Entstehung der Planeten hatte sich Zarza jegliche Hoffnung verboten. Und jetzt keimte in ihren Eingeweiden dieser kleine Hoffnungsschimmer, dieses zwergenhafte und zerbrechliche Gefühl, und kämpfte darum, zu wachsen und wahrhaft zu werden. Ihre neue Verletzlichkeit irritierte sie; sie verspürte erneut den unbändigen Wunsch zu fliehen. Das Beste, was sie machen konnte, war abzuhauen. Ich werde ihm jetzt sagen, daß ich gehen muß, dachte Zarza. Ich erzähle ihm vom Treffen mit meinem Bruder und behaupte, daß es um sechs Uhr und nicht erst um acht stattfinden wird. Und dann verschwinde ich sofort und mache Schluß mit diesem ganzen Leid.

»Das, was wir über die Feigheit gesagt haben, ist eigentlich falsch«, sagte Urbano langsam, wie jemand, der mühsam einen tiefsinnigen Gedankengang entwickelt. »Wirklich wichtig ist nicht, ob jemand Angst hat oder nicht, sondern was jemand mit seiner Feigheit macht. Man kann sich ihr, an Füßen und Händen gefesselt, wie ein Gefangener ausliefern. Oder man kann versuchen, sich ihr zu stellen und seine Grenzen auszumachen. Die Grenzen sind immer wesentlich. Ein Tisch wird erst dann zum Tisch, wenn man die Tischplatte zurechtschneidet. Bevor das nicht getan ist, bevor sie nicht begrenzt ist, ist sie nur ein unförmiges Stück Holz, das zu allem möglichen werden kann: zu einem Stuhl, dem Stiel einer Axt, zu Kaminholz, dem Fuß einer Nachttischlampe ...«

Zarza erschauderte, und eine dumme Träne verfing sich in ihren Wimpern.

»Es tut mir leid«, fauchte sie, verwirrt und verletzt durch das, was sie als Anspielung auf ihren Angriff verstanden hatte.

»Es tut dir leid? Ach so, aber nein, ich habe das doch nicht deswegen gesagt. Es soll dir nicht leid tun. Ich habe viel darüber nachgedacht, sehr lange, du weißt ja, wie langsam ich denke. Ich habe viel darüber nachgedacht, und eigentlich ist es mir einerlei, daß du mich geschlagen hast. Ich bereue auch nicht, was passiert ist. Ich bereue es nicht, dich in meine Wohnung mitgenommen zu haben und all das andere, auch wenn es so geendet hat, wie es nun mal geendet hat. Glaub nicht, daß ich das jetzt sage, weil ich eine Memme und ein Pantoffelheld bin, vielleicht bin ich das ja auch, aber ich sage das nicht deswegen. Ich sage das, weil das mit Pflichtgefühl zu tun hat, mit Eigenverantwortung. Niemand hat mir beigebracht, was Pflichtgefühl ist und heutzutage so altmodisch zu sein scheint. Ich habe gelebt wie mein Vater, allein und gegen den Rest der Welt. Und dann kam meine Schwester und hat sich um meine Mutter gekümmert. Catalina hat meine Mutter gerettet, weil sie sehr wohl wußte, was Pflichtgefühl war; ich weiß nicht, wie sie es gelernt hat, aber sie wußte, was das war. Ich habe viel über all das nachgedacht, nachdem du weg warst. Wenn man nicht in der Lage ist, auf die anderen zu achten, kann man auch nicht auf sich selbst achten. Denn die anderen um einen herum, das Leben und die Verpflichtungen, die dich betreffen, bilden die Grenzen, die das aus dir machen, was du bist. Und wenn du diese Grenzen und diese Verantwortung nicht anerkennst, bist du nichts, bist du niemand. Eine Holzplatte, die keine Form hat. Ich habe mein ganzes Leben in mir selbst gefangen verbracht, im Herzen dieses unbearbeiteten Holzes. Du bist meine erste Grenze gewesen. Meine erste erfüllte Pflicht. Deshalb bereue ich nichts.«

Er hatte die letzten Worte mit rauher und gebrochener Stimme gesprochen. Sie sahen sich mit vorsichtiger Neugierde an, als hätten sie sich gerade erst kennengelernt. Dann beugte sich Urbano vor und legte eine seiner Pranken auf Zarzas Oberschenkel. Da streckten sich die Knie der Frau von allein wie eine gespannte Sprungfeder, und Zarza stand plötzlich aufrecht mitten im Wohnzimmer.

»Was ist los?« fragte Urbano.

»Ich muß gehen«, murmelte sie. »Ich muß gehen.«

Urbano erhob sich ruhig, ging auf Zarza zu und nahm sie in

die Arme. Dieser riesige, schwere Körper, dieses heiße Fleisch. Sein Hals war eine kräftige Säule, auf der ein runder und eher kleiner Kopf ruhte. Was für eine seltsame und anmutige Mischung sein Gesicht war, die fast kindlichen, feinen Züge, die ungeheuren Wangen. Zarza dachte: Diese Narben auf seiner Stirn, meine Narben, sind wie Daniels Tätowierung. Sie sind sein kleines Gepäck. Sie vergrub ihre Nase an Urbanos Brust, in seinem weichen Hemd, in seinem männlichen Geruch mit dem klaren Bewußtsein, noch nie zuvor an diesem Ort gewesen zu sein. Sie hatte mit vielen Männern Sex gehabt, hatte unzählige Male mit Urbano geschlafen, aber nie zuvor hatte sie ihren Atem und ihre Nase an der Brust eines Mannes vergraben, den sie wirklich begehrte.

»Im Gefängnis habe ich in der Schreinerwerkstatt gearbeitet«, sagte Zarza plötzlich zusammenhanglos, den Mund noch immer gegen Urbanos Hemd gedrückt. »Ich glaube, daß ich den Job wegen dir ausgesucht habe. Damals ist mir das nicht bewußt geworden, aber jetzt schon. Ich habe viele Dinge gelernt. Jetzt könnte ich dir vielleicht sogar helfen.«

Urbano umarmte sie noch etwas fester. Der Körper des Mannes hüllte sie ein, eine warme Höhle, eine Zuflucht aus Fleisch. Zarza spürte die Hände des Schreiners auf ihrem Rücken: Sie glitten zu ihren Hüften hinab, sie umschlossen ihre Pobacken und erzeugten ein Feuerwerk an Gefühlen auf ihrer Haut. Zarzas härter werdende Brüste drückten sich gegen die Bauchmuskulatur Urbanos: Sie hätte sich so sehr gewünscht, ihn durchbohren zu können, ihre steifen Brustwarzen in dieses herrliche Fleisch zu treiben, in ihn eindringen zu können.

»Hör zu ...«, sagte Zarza in dem Versuch, sich dem Rausch des Begehrens zu entreißen, um ihr Gesicht zu heben und Urbano in die Augen zu schauen. »Hör zu, ich habe kein Aids. Ich habe ziemlich viele Tests gemacht, und ich bin sauber.«

»Freut mich.«

»Ich habe Hepatitis C, die habe ich jedoch im Griff, und sie ist nicht ansteckend. Ich könnte sogar Kinder kriegen, trotz der Hepatitis.«

»Freut mich.«

»Nicht, daß ich Kinder wollte, versteh mich nicht falsch«, beeilte sich Zarza hinzuzufügen, von ihren eigenen Worten erschrocken. Aber was sagte sie denn da, wo sollte das hinführen? »Ich will keine Kinder.«

»Ist gut.«

»Oder vielleicht will ich doch, was weiß ich, darum geht es nicht, das heißt, das habe ich nicht gemeint«, redete sie sich noch weiter um Kopf und Kragen. »Ich wollte dir nur sagen, daß ich nicht krank bin, das für dich keine Gefahr besteht.«

»Freut mich.«

»Wolltest du ... wolltest du mich denn nicht danach fragen?«

»Nein.«

»Aber du wolltest doch mit mir schlafen ...«

»Ja.«

»Vor sieben Jahren hast du auch nicht gefragt. Hattest ... hast du keine Angst?«

Urbano runzelte die Stirn.

»Wenn ich mit dir zusammen bin, macht es mir nichts aus zu sterben«, sagte er schließlich.

Und er umschloß sie wieder mit seinen Armen, zehn waren es, hundert, tausend herrliche Männerarme, die die verborgensten Höhlungen ihres weiblichen Körpers erforschten. Zarza spürte, wie sich ihr Geschlecht wie ein Vulkan öffnete, ein einziges Feuer und Ungestüm. Halb ohnmächtig gaben ihre Beine nach, sie verwandelte sich in eine radiale Öffnung, einen Stern aus Fleisch. Sie war ein Kind. Sie war eine Jungfrau. Sie war ein in Zellophan gehülltes und mit lustigen Schleifen verschnürtes

Weihnachtspäckchen. Es war das erste Mal, daß sie sich darbot. Außer ihrem Vater und ihrem Bruder hatte Zarza noch nie einen Mann geliebt. Urbano legte sie auf den Boden; er riß ihr die Kleider vom Leib, riß sie sich herunter, öffnete Zarzas Schenkel mit seinen starken Händen und teilte ihren feuchten und zuckenden Kanal, wie Moses einst die Fluten des Roten Meers geteilt hatte. Es war ein wundervoller Akt. Zischendes Streifen schweißnasser Haut, Keuchen und Stöhnen, flüssige Geräusche der Lust. Diese herrlichen Geräusche, die jetzt vielleicht durch die Wände drangen, die vielleicht die Ohren der Nachbarn erreichten; nur daß Zarza sich jetzt auf dieser Seite der Wand befand, auf der Seite der Welt, wo das Leben war. So mußten die Anfänge des Universums gewesen sein, wie die Explosion eines strahlenden Koitus; ein Durcheinander von vermischten Feuchtigkeiten, von aneinandergeschmiegten Leisten und verborgenen Anatomien, die sich solange aneinander reiben, wie die Spannung des Fleisches wächst und wächst, um dann in einem krampfartigen Höhepunkt zu explodieren, im Urknall, womit alles begann.

Sie blieben ineinander verwoben, wie Algen, die durch die Strömung miteinander verknotet werden. Und in der Tat hatte Zarza das Gefühl, daß die Minuten über sie dahinstrichen wie Wellen, die sanft an den Strand branden, schäumende Wogen einer glücklichen Zeit. Zarza die Bucklige und Urbano der Krüppel: zwei kleine verletzte Ungeheuer, die von der Flut an Land gespült worden waren. Zarza schmiegte sich noch ein wenig enger an den müden, befriedigten Körper des Mannes und spürte zum ersten Mal, daß sie zu Hause angekommen war.

Das schlimmste ist, daß das Unheil sich nicht ankündigt. Zarza lief zügig durch die eisigen Straßen und fragte sich, ob sie in der Lage wäre, den Zeitpunkt ihres Todes zu erkennen. Ob dieser letzte Tag genau wie alle anderen anbrechen würde? Oder könnte sie ihre letzte Bestimmung an irgendeinem besonderen Merkmal, irgendeinem Hinweis erkennen? Ein besonderer Grauton oder eine besondere Schwere der Luft, eine Vorahnung von Kälte in den Knochen? Zarza hatte Urbanos Wohnung sehr früh verlassen; sie hatte sich heimlich davongemacht, während der Schreiner noch schlief, weil sie nicht wollte, daß er sie in die Calle Rosas begleitete. Sie mußte Nicolás allein gegenübertreten. Ihr Schicksal annehmen, was auch immer kommen mochte.

Sie hatte sich entschieden, zu Fuß zum Haus zu gehen; es war eine halbe Stunde Weg, und sie wollte ihn nutzen, um munter zu werden und das Durcheinander ihrer Gedanken zu ordnen. In ihrer Tasche waren 950.000 Peseten. Urbano hatte ihr das Geld aus der Werkstatt gegeben, mit dem er eigentlich eine Lieferung Holz bezahlen wollte, und sie hatte es angenommen. Wieder stand sie in seiner Schuld. Wird dies mein Todestag sein? dachte Zarza, während sie die winterliche, immer noch nächtliche und schläfrige Stadt durchquerte. Oben am Himmel begann die

Dunkelheit zu einem Kobaltblau zu verblassen. Vielleicht war dieses so tiefe und schöne Blau eine der Ankündigungen des Endes. Man sagt, daß gerade vor dem Tod die Schönheit des Lebens zunimmt.

»Wenn wir nicht wüßten, daß wir eines Tages sterben müssen, wären wir wie Kinder; es zu wissen, gibt uns die Möglichkeit, geistig zu reifen. Das Leben ist nur der Vater der Weisheit; der Tod ist die Mutter.« Diese Worte schrieb Perry Smith in der Strafanstalt von Kansas, während er darauf wartete, erhängt zu werden. Das war 1965 gewesen. Ein paar Jahre vorher war Perry zusammen mit Richard Hickock in ein Farmhaus in einem Dörfchen der Vereinigten Staaten eingedrungen und hatte den rechtschaffenen Herb Clutter, dessen Frau Bonnie und deren beiden fünfzehnjährigen Söhne getötet. Sie hatten die Farmerfamilie in der Absicht umgebracht, sie auszurauben, aber sie nahmen fast nichts mit. Sie fesselten und knebelten sie und dann schnitten sie Herb die Kehle durch und erschossen die anderen. In aller Ruhe, ohne Gewissensbisse. Ein methodisches Inferno, das jeder Wut entbehrte. Dieses wahre Verbrechen bildete die Grundlage für ›Kaltblütig‹, Truman Capotes besten Roman.

Truman hatte Kontakt zu den Mördern, während sie im Gefängnis saßen und darauf warteten, daß ihr Todesurteil vollstreckt wurde. Er wurde zu ihrem Freund oder zumindest zu etwas ähnlichem, obwohl sich Capote mehr als zwei Jahre lang heimlich und sehnlichst wünschte, daß die Richter den verzweifelten Gesuchen der Verurteilten nicht stattgäben und sie ein für alle Mal erhängten, damit er so sein Meisterwerk beenden konnte. Dies bildete Truman Capotes unaussprechliche Hölle, seine Last als Lahmer, sein Gepäck an Elend, und darum, und auch noch wegen vieler anderer Dinge, beendete er sein Leben, indem er im Tartaros versank. Jeder gestaltet sich seinen eigenen Weg ins Verderben.

Im Todestrakt schrieb Perry einen vierzigseitigen philosophischen Essay mit dem Titel ›*De Rebus Incognitis*‹, ›Von den unbekannten Dingen‹, der mit dem zitierten Satz endete. Perry war fast ein Zwerg, weil ihm bei einem schrecklichen Motorradunfall die Beine abgetrennt worden waren. Das ist ja eine hübsche Tartarengeschichte, würde die Sozialarbeiterin in Zarzas Gefängnis dazu sagen; eine von diesen Geschichten über Verlust und Schmerz, von denen es im unsagbaren Geheimnis des Lebens unzählige gibt. Perry war der Sohn einer Cherokee-Indianerin und eines Iren. Seine Eltern ritten bei Rodeos junge Pferde zu und bildeten ein Künstlerpaar, das sich Tex & Flo nannte. Sie war eine Säuferin und schlief mit jedem, so daß sich der Vater auf und davon machte und Trapper im fernen Alaska wurde. Flo trank mit einem geradezu kriminellen Eifer immer weiter, und eines Tages gelang es ihr, an ihrem eigenen Erbrochenen zu ersticken (wie Zarzas Mutter, die am rosafarbenen Schaum der Barbiturate erstickt war). Sie ließ vier kleine Kinder zurück, die danach auf verschiedene Waisenheime verteilt wurden. Als Perry Herb Clutter fesselte und knebelte, befürchtete er, der Farmer könnte es auf dem kalten Kellerboden unbequem finden; also holte er eine Matratze und legte den Mann vorsichtig und voller Mitgefühl darauf. Dann schlitzte er ihm mit einem Messer die Kehle auf.

Bis zu welchem Punkt kann sich jemand auf sein Unglück berufen, um sich gehenzulassen, um nicht eine andere Landschaft anzustreben als die der eigenen Brutalität und des eigenen Schmerzes, um eingesperrt in einem unbearbeiteten Klotz Holz zu leben und jegliches Bewußtsein seiner Grenzen zu entbehren? Oder anders ausgedrückt: Bis zu welchem Punkt ist es möglich, dem eigenen Schicksal zu entkommen, einem Leben, das so verschlossen und verstümmelnd ist wie die Stahlzähne einer Bärenfalle? Kinder von Alkoholikern fangen an zu trinken; Kinder von Verrückten drehen durch, Kinder, die geschlagen wurden, prügeln.

Oder vielleicht ja auch nicht.

Nicolás war ein besonderer Junge, ein einzigartiges Kind gewesen. In der Schule hatte er immer hervorragende Noten gehabt, obwohl er kaum lernte. Er las alles, kannte alles, erinnerte sich an alles. Er hatte keine Freunde: Er herrschte mit distanziertem Mißmut über seine Kameraden. Zarza war die einzige Person, die seine größenwahnsinnigen Träume kannte, denn Nicolás brannte mit frenetischem Eifer darauf, einfach alles zu erreichen. Er wollte ein überaus großer Schriftsteller werden, ein revolutionärer Philosoph, ein entscheidender Historiker. Vor allem wollte er einfach der Allerbeste sein, ein überwältigendes Projekt, so daß sein Vater sich beauftragt fühlte, es mit einem straffen Programm an Demütigungen zum Scheitern zu bringen. Aber Nicolás überwand immer wieder sein Tief, wie ein verärgerter und wütender kleiner Gockel.

Bis die Königin kam. Möglich, daß Nicolás sich ihr in einem Akt von Auflehnung gegen seinen Vater genähert hatte, obwohl Herr Zarzamala damals bereits für immer in sein zweites Leben eines Flüchtigen entschwunden war; aber Eltern sind wie die Pocken, ihre Narben sind noch lange nach der Krankheit zu sehen. Am wahrscheinlichsten ist jedoch, daß Nicolás sich in die Arme von Schneewittchen geworfen hatte, um sich selbst einmal mehr zu messen. Um seine eigene Macht zu demonstrieren.

»Das, was man von der Drogensucht erzählt, ist Quatsch. Das sind Märchen von Schwächlingen. Das ist wie mit dem Alkohol. Wir trinken, soviel wir Lust haben, und es passiert nichts, oder?«

Sie tranken, soviel sie wollten, und übergaben sich ab und zu. Sie übergaben sich auch mit Schneewittchen, aber das war anders. Alles war anders im eisigen Reich der Königin.

»Du schaust einfach, was ich mache«, sagte Nicolás.

Und Zarza hörte auf ihn, weil sie immer seiner Macht unterworfen war.

An all das dachte Zarza, als sie durch die Straßen lief und die Stadt um sie herum mühsam erwachte. Die Metallgitter vor den Kneipen quietschten, als sie hochgezogen wurden, der Verkehr begann sich an den Ampeln zu drängen, ein paar Arbeiter auf einem Kran hängten die ausgediente Weihnachtsbeleuchtung ab, und die ganze Welt schien sich auf eine neue Darbietung des stürmischen Lebens vorzubereiten. Sie dagegen war vielleicht unterwegs zu ihrem Tod. Sie hatte Angst, aber gleichzeitig spürte sie eine seltsame Entschlossenheit, die Erleichterung des Endgültigen. Was auch immer geschehen mochte, Zarza glaubte, darauf vorbereitet zu sein, es zu akzeptieren.

Als sie vor dem Haus Nr. 29 ankam, war es 7.45 Uhr. Sie mühte sich mit der rostigen Pforte ab, quetschte sich dann durch den schmalen Türspalt und betrat wieder den verkommenen Garten, dieses arme zerstörte und verfallene Eden. Glaubte Zarza wirklich, daß Nicolás sie umbringen könnte? Auf jeden Fall hielt sie ihn zu größtmöglicher Gewalt fähig: Als kleiner Junge war er der Schule verwiesen worden, weil er einem Kameraden einen Bleistift in den Bauch gerammt hatte. Er war immer ein seltsames Kind gewesen, und manchmal blitzte in seinen Augen ein feuriger Glanz auf, eine wahnsinnige Wut (Kinder von Verrückten drehen durch). Auch Nico mochte es nicht, daß man ihn anfaßte; er war fast so widerspenstig wie Miguel. Ausschließlich von Zarza ließ er sich zur Siestazeit streicheln, im Sommer, wenn sie sich ins Gebüsch legten, vom Blätterdickicht verdeckt und eingehüllt in die weichen und klebrigen Spinnweben, wenn die Luft nach Heu roch und das Summen der Hummeln den Nachmittag durchlöcherte.

Jetzt stand Zarza wieder vor demselben Gebüsch, das nur

noch aus staubigen unbelaubten Stümpfen bestand, aus krummen Stöcken, Skeletten eines vor Jahren verstorbenen Gartens, und sie spürte, daß sie in ihrem Inneren ähnliche Leichen mit sich herumschleppte, die vertrockneten Überbleibsel der vielen Zarzas, die es gegeben hatte. Urbano hatte recht; auch sie war ein Krüppel, eine Lahme. Eine Zwergin mit so kaputten Beinen wie Perry. Schon Nicolás hatte es gesagt: Man konnte nicht noch einmal von vorn anfangen. Man konnte nicht noch einmal bei Null beginnen, weil man immer die eigenen Niederträchtigkeiten und Verstümmelungen mit sich herumträgt. Wenn man doch vergessen könnte; wenn man doch die eigene Erinnerung verwischen könnte, wie die Blutspritzer nach einem begangenen Verbrechen verwischt werden. Doch die Erinnerungen brandmarken einen wie glühende Eisen.

Sie öffnete die Tür und trat in das düstere Haus, das nur vom Schein der Straßenlaternen erhellt wurde. Sie schloß die Tür hinter sich und horchte einige Sekunden lang auf die Stille: Es schien niemand da zu sein. Vorsichtig tappte sie zum Wohnzimmer und näherte sich dem Kaminsims, um nachzusehen, ob die Pistole noch dort lag, wo sie sie vergessen hatte. Aber die Waffe war nicht mehr da. Zarza seufzte; es fiel ihr schwer, diese modrige, mit alten Erlebnissen angereicherte Luft zu atmen. Das Haus um sie herum schien animalische Eigenschaften zu besitzen: Es war wie eine verletzte Kreatur, vielleicht ein Wal, der mit Harpunen gespickt gleich in einem Meer der Finsternis untergehen würde.

Mit einer enormen Willensanstrengung entriß Zarza sich selbst dem Wohnzimmer und der Ruhe ihres Sühneopfers. Sie ging zurück auf den Flur und tastete sich an der Wand entlang zum Büro ihres Vaters. Die Tür war noch immer angelehnt, wie beim letzten Mal, als sie Angst bekam hineinzugehen und weggerannt war. Drinnen lauerte eine fast körperliche Schwärze, eine dichte Masse aus Dunkelheit. Zarza fühlte, wie in ihr die Panik wieder hochstieg, wie eine Spinne, die zur Kehle hochklettert. Sie atmete mehrere Male tief ein, holte die kleine Taschenlampe heraus, die Urbano ihr gegeben hatte, und stieß die Tür mit den Fingerspitzen auf. Der Lichtstrahl fiel zuerst auf die große Fensterfront mit den Schiebetüren, die durch die kaputten Rolladen versperrt war. Zarza tat einen schwankenden Schritt nach vorn. Sie blieb stehen. Sie versuchte sich zu beruhigen. Sie machte zwei weitere Schrittchen. Jetzt stand sie im Büro. Starr vor Anspannung begann sie, sich um sich selbst zu drehen, um das Zimmer mit dem Strahl der Lampe auszuleuchten. Aufgewirbelter Staub in den Ecken, verblichene Wände, ein Wasserfleck und im Hintergrund, wie immer geschlossen, die kleine Tür, die das Büro mit dem Wohnzimmer verband. Der Raum war vollkommen leer; nicht nur, daß die Spieldose fehlte, es gab noch nicht einmal eines dieser Möbelstücke, die sich sonst über das ganze Haus verteilten wie Strandgut nach einem Schiffbruch: die rostige Sprungfedermatratze im Schlafzimmer der Hausangestellten, der kaputte Spiegel im Wohnzimmer, der Stuhl in der Küche. Nichts, im Büro befand sich nichts. Sie schaltete die Taschenlampe aus und ging erleichtert und verwirrt in das Wohnzimmer zurück.

7.55 Uhr. Und wenn ihr Bruder nun nicht käme? Das künstliche Licht der Straßenlaternen verlieh der Umgebung etwas Irreales: Das Wohnzimmer schien Kulisse zu sein, ein bemalter Vorhang, vor dem irgendein unbedeutsames Bühnenstück aufgeführt werden sollte. Sie nahm das Geld aus ihrer Tasche, zählte es und legte es auf den Kaminsims. Sie wollte, daß Nicolás sah, daß das Geld existierte. Sie wollte, daß er es nehmen konnte, ohne sich ihr zu nähern. Ihr Bruder, ihr Dämon, ihr fürchterlicher Berserker. Jeder schafft sich seine eigene Folter.

Das Leben war Schmerz, dachte Zarza. Das Leben war ein

Tropfen Grausamkeit in der Finsternis. Der Tartaros war eine kalte Hölle, ein unheimlicher und finsterer Ort. Hesiod schrieb, er wäre ein immenser Abgrund: »Grauenerregend, selbst für die unsterblichen Götter«. Auch Schneewittchen war ein eisiger Ort. Getäuscht von dem falschen Versprechen von Sauberkeit und Ordnung, welches einem die Kälte verschaffte, war sie nach und nach in das kristallisierte Territorium der Königin vorgedrungen, bis sie schließlich in einer Eisscholle gefangen war. Auch Eis kann einen verbrennen, und Zarza verbrannte es die Würde, die Hoffnung und ihre Adern. Sie legte den ganzen Weg ihres eigenen Untergangs bis zum Ende zurück, bis in das Zentrum der Hölle selbst, bis ins Herz des Tartaros.

Als Perry hingerichtet wurde, war er siebenundzwanzig Jahre alt. Am Galgen hängend, brauchte er sechzehn Minuten, um zu sterben. Die Verfechter der Todesstrafe behaupten, daß der Knoten des Stricks dem Verurteilten das Genick bricht, daß das Rückenmark dabei verletzt wird und der Tod barmherzig und augenblicklich herabsteigt. Aber das ist in der Tat eine Tartarengeschichte, eine ungeheuerliche Lüge, ein finsterer Betrug. Perry zappelte eine ganze Weile mit seinen verkrüppelten Beinen, und währenddessen schwoll höchstwahrscheinlich seine Zunge an, bekam er eine Erektion und seine Augen drohten aus ihren Höhlen zu springen. Bis schließlich der gütige Tod eintrat, der Tod, der alles gleichmacht und alles wegwischt. Dieser Tod, der wie ein feiner und anhaltender Regen ist, der die Welt von den unbedeutenden Leben der Menschen reinwäscht.

Perrys Leben, dachte Zarza jetzt, war absurd, eine Verschwendung gewesen, das Schicksal eines Schlachtviehs. Aber alle menschlichen Existenzen waren im Grunde genommen absurd, betrachtete man sie vom strömenden Regen aus, der sie mit sich reißt. Sowohl der mächtige und grausame Dschingis-Khan, der von riesigen Imperien träumte, wie auch das unbedeutendste seiner Opfer, vielleicht ein vergewaltigtes und in der eisigen Steppe enthauptetes Mädchen, waren auf die gleiche Weise durch die Abflußrinne entschwunden, zusammen mit einer Legion von Königen und Bettlern, Weisen und Idioten, Dinosauriern und Amöben. Alle waren sie gleich geworden und hatten sich auf die reine Zersetzung eines organischen Klumpens reduziert. Das Getöse beim Untergang der alten Zivilisationen ist heute nicht lauter als das Knistern eines dürren Blattes, wenn man darauf tritt.

Die Straßenlaternen schalteten sich aus. Draußen war es bereits Tag, ein winterlicher und trüber Tag, mit einem tiefhängenden Himmel, der aus steinernen Wolken gemeißelt war. Der gelbe Schein der öffentlichen Beleuchtung war durch ein schwächeres, aber unbarmherzigeres Licht ersetzt worden, durch eine gräuliche Blässe, die dem Wohnzimmer seinen ursprünglichen Charakter zurückgegeben hatte. Der Ort schien nun nicht mehr Kulisse, sondern ein konsistenter, trostloser, leicht bedrohlicher Raum zu sein. Zarza schluckte; sie hatte das deutliche und beunruhigende Gefühl, nach einem langen Traum aufzuwachen.

Dann spürte sie etwas. Einen Luftzug, ein Knistern, ein Flüstern. Eine unendlich kleine Veränderung in der Materie. Und ohne es nachprüfen zu müssen, wußte sie, daß er gekommen war, daß sie nicht mehr allein war. Ihr sträubten sich die Haare; zuerst richteten sie sich am Nackenansatz auf, dann in einer langsamen Welle nach oben bis zur höchsten Stelle des Kopfs.

»Bist du es?« fragte sie mit gebrochener Stimme. »Bist du da?«

Um sie herum zog sich die Stille zusammen, jedoch war es eine Stille, die atmete, die pochte, die rebellisches Blut, das durch bläuliche Adern strömte, verbarg. Zarza erschauderte wieder. Ihr Herz war ein pneumatischer Hammer, der ihr die Brust zerriß. Nicolás mußte dort draußen sein, in der Diele, die, von ihrem Standort aus betrachtet, einem undeutlichen, in Schatten getauchten Würfel glich. Vielleicht stand er aber auch rechts von ihr, hinter dem Türflügel, der zur Küche ging. Obwohl er auch hinter ihrem Rücken auftauchen konnte, durch die kleine Tür, die das Wohnzimmer mit dem Büro ihres Vaters verband. Dieses Türchen, das plötzlich so bedrohlich wie das des Verräters Mirval erschien, war immer verschlossen gewesen, weshalb sie nicht auf die Idee gekommen war, es zu benutzen. Und sie hatte sich noch nicht einmal damit aufgehalten, zu überprüfen, ob die Tür tatsächlich noch verriegelt war. Zarza merkte, daß die Panik wie eine Kralle ihren Magen umschloß. Mit einem übermenschlichen Kraftakt riß sie sich zusammen und wiederholte für sich selbst, daß im Büro ihres Vaters nichts war. Gar nichts. Sie mußte folglich keine Angst haben. Nur angemessene Furcht vor der Gewalt ihres Bruders. Nur die angeeignete Furcht vor dem Realen.

»Ich weiß, daß du da bist. Bitte, komm aus deinem Versteck raus. Laß mich mit dir reden.«

Die Stille war schwindelerregend, als würde die Realität viel schneller vergehen als gewöhnlich; die Zeit zerrann Zarza zwischen den Fingern, und das war so, wie sie plötzlich verstand, weil sie jetzt leben wollte. Es handelte sich nicht mehr nur um die Frage des reinen Überlebens, atmen und weitermachen, des blinden Eifers der Zellen, des verzweifelten Ringens des Tieres mit der Falle. Nein, Zarza wünschte sich jetzt, bewußt und willentlich zu leben. In ihrem Inneren begann sie eine verrückte Hoffnung zu hegen: eine immer stärker werdende Ahnung, daß sie sich vielleicht verzeihen konnte. Aus diesem Grund, weil das Leben begann, ein schätzenswerter Ort für sie zu werden, war sie nicht mehr bereit, um jeden Preis weiterzumachen.

»Nicolás, ich weiß nicht, wie ich es dir erklären soll ... Ich verstehe, daß du dich an mir rächen willst. Ich werde mich nicht widersetzen. Ich werde nicht abhauen. Mein ganzes Leben lang laufe ich schon weg, und ich bin müde. Ich möchte so nicht weitermachen. Bestraf mich oder verzeih mir, aber laß uns ein für alle Mal damit Schluß machen.«

Um sie herum knarrte das Haus. Knirschen von altem Holz, von splittrigen Balken.

»Wenn du die Wahrheit hören möchtest, ich glaube, daß ich schon genug bestraft worden bin ... Ich verstehe die Wut, die du empfindest, sehr gut: Ich empfinde dasselbe. Wut über dieses schmutzige und häßliche Leben, über unseren schlechten Lebenswandel. Und du hast noch Glück gehabt, weil du jetzt deine ganze Wut an mir auslassen kannst. Es ist sehr bequem, sich einen Schuldigen zu suchen. Aber dann, wenn du dich gerächt hast, wird alles wieder beim alten sein. Dasselbe Scheißleben, dieselbe Heftigkeit, die dir das Herz zerreißt, dieselbe Wut. Gestern hast du gesagt, daß man nicht noch einmal von vorn anfangen könnte. Das stimmt, aber ich habe einen Freund, der sagt, daß man auch als Krüppel glücklich werden kann. Ich weiß nicht, wie ich es dir erklären soll: Ich möchte leben, Nicolás. Ich habe schreckliche Dinge getan, zum Beispiel dich verraten, aber du hast auch schreckliche Dinge getan. Wir haben beide im Schmerz gelebt, im Schmerz, den man uns zugefügt hat und den wir verursacht haben. Man kann dort nicht leben. Es ist ein Loch ohne Sauerstoff.«

Zarza spürte, wie sich ihre Augen erneut mit Tränen füllten, so überquellend wie sie war von ihrer neuen Emotionalität, von dieser gefühlvollen Weichheit, die sie seit kurzem empfand. Eine widerliche Zimperlichkeit. Oder vielleicht ja auch nicht.

»Ich habe dir Geld mitgebracht. Alles, was ich auftreiben konnte. Es liegt dort, auf dem Kamin. Es sind 950.000 Peseten. Es ist nicht viel, aber ich habe nicht mehr. Glaub bloß nicht, daß ich versuche, mir dein Mitleid zu erkaufen. Oder die Befreiung von meiner Schuld. Diese Dinge sind unbezahlbar. Ich habe es dir mitgebracht, weil ich dich liebe. Nein, das stimmt nicht: weil ich dich geliebt habe. Weil wir uns so sehr geliebt haben, Nicolás. Ich weiß nicht, ob du dich daran erinnerst. Es war in diesem Haus. Als wir noch jung und unschuldig waren. Als wir noch nichts angestellt hatten. Denn wir haben schlimme Sachen gemacht. Wir hatten uns dafür entschieden, sie zu machen. Wir waren zwei Feiglinge, du und ich; wir haben es uns in unserem Leid bequem gemacht, uns darin ein Nest gebaut, wir glaubten, moralisch im Recht zu sein. Jetzt bitte ich dich, daß wir uns eine zweite Chance geben, daß wir eine bessere Wahl treffen. Warum sollten wir uns immer weiter hassen. Laß uns versuchen zu leben.«

Zarza sprach mit leiser, kaum verständlicher Stimme. Ihre Kehle war so trocken und zugeschnürt, daß ihr jedes einzelne Wort weh tat. Mit meiner Pistole, dachte sie. Vielleicht erschießt er mich mit meiner eigenen Pistole. Obwohl ... nein, Nicolás würde es niemals so machen, aus der Dunkelheit heraus. Zuerst würde er sich zeigen und etwas sagen. Er hatte es immer geliebt, seine Handlungen theatralisch zu gestalten.

»Ich bitte dich, Bruder. Um all der schönen Dinge willen, die wir gemeinsam erlebt haben. Und auch um der schlechten Dinge willen. Hör zu, wir haben kein Glück gehabt, aber wir haben es uns auch nicht verdient. Ich könnte dir ebenfalls einige Dinge vorwerfen. Du bist derjenige gewesen, der mich zu Schneewittchen gebracht und mir dann einen Job im Turm besorgt hat. Aber für mich ist das Spiel nun vorbei, und die Schulden sind beglichen. Ich bitte dich, Nicolás: Laß uns versuchen zu leben.«

Zarza wandte ihr Gesicht zum Fenster; ihre Unfähigkeit, sich richtig auszudrücken, machte sie beklommen. Das Licht draußen war intensiver geworden und fiel nun weiß und gleichmäßig auf eine zarte Schicht aus Rauhreif, der die Erde umhüllte wie Zellophan eine Süßigkeit. Der verwahrloste Garten funkelte jetzt wie ein Märchenpark, alles war mit Diamanten bedeckt. Eine vor Kälte starre Amsel pickte in die Kristallkruste: eine Handvoll zitternder Federn, schwarze, zarte Wärme vor einem Hintergrund aus Eis. Zarza blinzelte, überrascht von der Pracht des Schauspiels. Sie erinnerte sich daran, wie sie einst an der Hand des Vaters eine ähnliche Szene betrachtet hatte und wie sie damals die ganze Welt hatte umarmen wollen. Ihre Augen füllten sich erneut mit lästigen Tränen, und sie spürte, wie in ihrer Brust der winzige und beharrliche Drang, glücklich zu sein, aufwallte. Und genau in diesem Moment stürzte, wie eine verzehrende Offenbarung, die Schönheit der Welt auf sie ein.

Die Psychiater nennen dies »ozeanische Momente«, die Mystiker glauben, daß sie in solchen Augenblicken Gottes ansichtig werden, die Biologen versichern, daß es sich lediglich um eine massive Freisetzung von Endorphinen handelt. Wie auch immer, diese heftigen visionären Anwandlungen sind Teil menschlicher Realität: die plötzliche Ahnung des Ganzen, ein Aufleuchten von funkelnden Edelsteinen im Morast. Vom Blitz des Verstehens durchdrungen sah Zarza alles. Sie sah die Mütter in Leningrad, die bereitwillig verhungerten, damit ihre kleinen Kinder zu essen hatten. Und sie sah in der Schlacht von Leuctra die dreihundert Krieger der Heiligen Thebäischen Legion fallen, dieses mythische griechische Bataillon, das aus einhundertfünfzig Liebespaaren bestand, die Rücken an Rücken kämpfend ihre Anstrengungen verdoppelten, um den Geliebten zu verteidigen. Sie sah Einstein, wie er versuchte, die Größe des Universums zu begreifen; und Giordano Bruno, der sich für die intellektuelle Freiheit und die wissenschaftliche Wahrheit bei lebendigem Leib verbrennen ließ. Sie sah irdische Engel wie Miguel und wie die Vorstellungskraft wunderschöne Paläste an die Wände von elenden Hütten malte. Sie sah die Fähigkeit der Menschen zur Überwindung, die Solidarität der Tiere, die Herrlichkeit des Fleisches. Woher nehmen die Menschen nur die Kraft, um dem sinnlosen Schmerz, dem unbegründbaren Bösen zu widerstehen? Dem Streben, größer, bedeutender zu sein, als wir sind. All diese Hoffnung, diese Kraft, trotz des Nichts, das uns bedrängt. Das Leben war ein Lichtfunken in der Finsternis.

Wie könnte ich das nur Nicolás erklären? dachte Zarza überwältigt. Mit welchen Worten könnte ich ihm zu verstehen geben, daß sich hinter allem ein Wunder verbirgt? Daß sich sogar im Herzen der Finsternis, im Zentrum des Tartaros eine abschließende Drehung verbirgt, eine endgültige Bewegung, ein Weg, um zu den ruhigen Farben zu gelangen?

»Hör zu: Auch wenn du es nicht glaubst, du kannst doch wählen; trotz allem kann man immer wählen«, sagte Zarza mit erstickter Stimme.

Dann passierte es. Zarzas Blick fiel auf den blinden Spiegel des Wohnzimmers, und blitzartig konnte sie die ganze Szene erfassen. Sie sah sich selbst, verstört und blaß, mit violetten Augenringen, die Mähne wie erlöschendes Feuer; und sie sah ihn, direkt hinter sich, wie er unscharf aus den Schatten auftauchte, in einen grauen Mantel gehüllt, groß und schwer, mit schlaffen Wangen, schütterem Haar, sein Blick fiebrig und trüb, der sie über die Spiegelfläche hinweg fixierte.

Es war nicht Nicolás.

Es war ihr Vater.

Zarza spürte, wie sich der Boden unter ihren Füßen öffnete und das Blut in ihren Adern zu Staub wurde. Ein unbeschreibliches Entsetzen durchfuhr sie wie ein elektrischer Stromschlag.

Sie schloß die Augen, unfähig, dieses fürchterliche Schreckgespenst, das aus den Höhlen der Kindheit gekommen war, noch länger anzuschauen. Sie schloß die Augen, und es schien ihr, als würde sie im Seebeben ihrer Panik abdriften. So verging eine Zeit ohne Zeit, es war nicht auszumachen, ob es vielleicht fünf Sekunden oder fünf Minuten waren, während derer Zarza nicht in der Lage war, zu denken oder sich zu bewegen, Zarza, die von der Gorgo versteinert worden war, die fiel und fiel, bis sie nicht mehr weiter fallen konnte, bis sie auf den tiefsten Grund ihrer selbst stieß.

Aus dieser tiefsten Erdspalte tauchte sie langsam und mit dem Tod ringend wieder auf. Wenn das Leben nur eine Frage von Verdiensten ist, hätte Zarza sich das Recht auf ihr Leben allein dadurch verdient, daß sie die heroische Anstrengung vollbrachte, ihre Augenlider wieder zu öffnen. Sie stöhnte, ballte die Fäuste und schaffte es, erneut ihren Blick auf den Spiegel zu richten. Hinter ihr war niemand. Vorsichtig und so steif in ihren Bewegungen, als wären ihre Wirbel miteinander verschweißt, drehte sie den Kopf. Es bestand kein Zweifel, das Wohnzimmer war leer. Sie trat in die Diele: Die Tür zur Straße stand halb offen. Mit rasendem Puls und unsicherem Schritt kehrte sie in das Zimmer zurück; das Geld auf dem Kamin war verschwunden, und dort, wo es gelegen hatte, stand nun die Spieldose. Das stärker werdende Tageslicht löste schnell die angesammelten Schatten in den Ecken auf, und Rosas Nr. 29 begann wie ein Ort ohne Geschichte und Geheimnis auszusehen, wie ein einfach verlassenes und schmutziges Haus, das eines Tages jemand anderes kaufen und bewohnen würde. Eine verachtenswerte, entbehrliche Vergangenheit.

Ein Taxi brachte sie zu ihrer Wohnung. Zarza erinnerte sich nicht, jemals so müde gewesen zu sein; es war eine tausendjährige Müdigkeit, eine seltsame Taubheit ihres Gehirns und der

Muskeln. Aber der Wunsch zu leben flatterte weiterhin in ihrer Brust, so wie die Amsel in dem eisigen Garten umherflatterte. Die Putzfrau hatte das Bett gemacht und ein wenig aufgeräumt, aber das Apartment erinnerte noch immer an ein erst kürzlich bezogenes Hotelzimmer. Zarza entfernte die Bücher, die auf der Anrichte im Wohnzimmer lagen, und stellte die Spieldose darauf. Sie trat ein paar Schritte zurück, um die Wirkung zu sehen: Es war das erste dekorative Element, das sie in ihrer Wohnung aufstellte. Es gefiel ihr. Es sah gut aus. Es war ein wunderschönes Ding. Sie hob den Deckel, und das chinesische Musikstückchen, das niemals chinesisch gewesen war, begann den Raum mit seinem feinen und zarten Notenfluß zu füllen. Zarza verspürte Lust zu lachen. Es war dieses leichte und grundlose Lachen eines kleinen Mädchens, das nach einem glücklichen Ausflugstag erschöpft nach Hause zurückkehrt. Die Spieldose verbreitete einen Hauch von Gemütlichkeit, so daß das Apartment zu einem angenehmen Ort wurde. Zarza sah sich um und fühlte sich zufrieden. Zufrieden mit ihrer Wohnung, den Büchern, mit dem bleifarbenen Winterhimmel und der Heizungswärme, mit ihrem weichen Bett, in dem sie gleich einschlafen würde, mit Chrétiens Manuskript, an dem sie arbeitete. Denn für den, der in der Unterwelt gelebt hat, war das Alltagsleben Überfluß.

Sie nahm den Telefonhörer ab und wählte Urbanos Nummer, wobei sie ein Kitzeln im Bauch spürte: Es war das erste Mal seit vielen Jahren, daß jemand auf ihren Anruf wartete, und diese Erwartung rief in ihr gleichzeitig Euphorie und Angst hervor. Sie sprach also mit dem Schreiner und erzählte ihm, was passiert war, und daß sie zu Hause sei und sich gleich hinlegen würde, um ein wenig zu schlafen; aber daß sie ihn dann, wenn es für Urbano in Ordnung wäre, gerne sehen würde. Und für Urbano schien es anscheinend in Ordnung.

Sie rief auch im Verlag an und sprach mit Lola, der anderen Herausgeberin der Reihe:

»Hallo Lola, ich bin's, Zarza ... Sofía Zarzamala. Hör mal, ich hab mich jetzt entschieden, ich werde Harris' zweite Fassung in das Buch aufnehmen ... Nein, ich werde den Text nicht verändern, nur den anderen Schluß noch hinzufügen ... Ich glaube, daß man beide Versionen veröffentlichen sollte. Ich wollte dich um einen Gefallen bitten: Wenn es dir nichts ausmacht, kündige das mit dem zweiten Text doch bitte in der heutigen Sitzung an ... Ich komme heute nachmittag ins Büro und spreche mit der Herstellung.«

Selbst Lola schien an diesem ersten Tag der neuen Zeitrechnung zugänglicher und freundlicher zu sein. Zarza ging in ihr Schlafzimmer, schlug das Bett auf und zog sich die schmutzige und zerknitterte Kleidung aus, als würde sie sich eine alte Haut vom Leib reißen. Mit einem Seufzer der Erleichterung und des Vergnügens schlüpfte sie unter die Decke, überzeugt davon, jetzt wie ein Stein schlafen zu können. Ohne Alpträume zu haben. Jetzt, wo Zarza darüber nachdachte, war sie sich der Identität des Mannes im Spiegel nicht mehr hundertprozentig sicher. Es konnte natürlich ihr Vater gewesen sein, so wie sie es anfangs geglaubt hatte. Aber es konnte auch Nicolás gewesen sein. Er war von Dunkelheit umgeben gewesen, sie konnte ihn schlecht erkennen, es war sieben Jahre her, daß sie sich zuletzt gesehen hatten, ihr Bruder mußte älter geworden sein, und schließlich hatten sich Vater und Sohn schon immer ähnlich gesehen. Natürlich paßte andererseits die Boshaftigkeit der Hetzjagd, der sie ausgesetzt gewesen war, dieses idiotische Verfolgungsspiel besser zu dem perversen Charakter ihres Vaters. Wer jedenfalls auch immer in Rosas Nr. 29 gewesen sein mochte, sicher war, daß beide, Vater und Bruder, sich noch dort befanden, an irgendeinem Ort draußen, in der weiten und feindlichen Welt. Sie konnten jederzeit wieder auftauchen, gefährlich und krank, und sie erneut bedrängen und verfolgen.

Oder vielleicht ja auch nicht.

In ein paar Stunden würde sie Urbano wiedersehen, überlegte Zarza träge in ihr Bett gekuschelt, während sie spürte, wie die Müdigkeit über ihre Gedanken rollte wie die Meereswellen über den Sand, in ein paar Stunden würde sie den Schreiner sehen, und ohne Zweifel würden sie ihre Beziehung wiederaufnehmen, und sie würde ihn in wenigen Monaten erneut verlassen, sie würde ihm erneut weh tun und alles zerstören.

Oder vielleicht ja auch nicht.

Die Hepatitis C könnte schließlich Zarzas Leber angreifen und ihr eine Zirrhose bescheren, wie dies bei Harris der Fall gewesen war.

Oder vielleicht ja auch nicht.

Das unstillbare Verlangen Schneewittchens, das auf ewig in Zarzas Gedächtnis eingebrannt war, konnte sie erneut in die Arme der Königin treiben.

Oder vielleicht ja auch nicht.

Das Leben war vollkommen ungewiß. Das Leben war nicht wie die Romane aus dem neunzehnten Jahrhundert; es hatte keinen dramatischen Knoten und keine Auflösung, es gab weder Grund noch Ordnung für die Dinge, und noch nicht einmal den einfachsten Realitäten konnte man vertrauen. Und so glaubte Zarza, daß sie ein verbotenes Verhältnis mit ihrem Vater gehabt hatte, doch Martina dachte das nicht. Der Mann im Spiegel konnte Nicolás gewesen sein, aber auch dieser möglicherweise inzestuöse Vater. Und ›*Le chevalier de la rose*‹ konnte ein Werk Chrétiens sein oder eine Fälschung von Harris. Es war sogar möglich, daß jener Harris niemals existiert hatte, und auch nicht die Hexe von Poitiers, und ebensowenig Mirval, dessen Geschichte Borges nie geschrieben hatte. Und Capote, hatte

Truman Capote existiert? Und Perry, der zwergenhafte Mörder mit den verkrüppelten Beinen? Bereits am Rande zur wohligen Bewußtlosigkeit, kurz bevor Zarza in das Gelatinemeer ihrer Träume eintauchte, kam ihr in den Sinn, daß es eigentlich nur etwas gab, das sie mit absoluter Sicherheit wußte: daß sie eines Tages sterben würde. Aber vielleicht hatte sie bis dahin entdeckt, daß das Leben trotz allem lohnt, gelebt zu werden.